은해상단 막내아들

은해상단 막내아들 31

초판 1쇄 발행 2025년 12월 23일

지은이 ı 향란
발행인 ı 최원영
편집장 ı 이호준
편집디자인 ı 박민솔
영업 ı 김민원 조은걸

펴낸곳 ı ㈜ 디앤씨미디어
등록 ı 2002년 4월 25일 제20-260호
주소 ı 서울시 구로구 디지털로32길 30 코오롱디지털타워빌란트 1301-1308호
전화 ı 02-333-2513(대표)
팩시밀리 ı 02-333-2514
E-mail ı papy_dnc@dncmedia.co.kr
블로그 ı blog.naver.com/gnpdl7

ISBN 979-11-364-6377-7 04810
ISBN 979-11-364-4602-2 (SET)

31
향란 신무협 장편소설
PAPYRUS ORIENTAL FANTASY
은해상단 막내아들
PAPYRUS
파피루스

154장. 청첩장 전하러 가는 길

청첩장 전하러 가는 길

내가 놀란 이유.

그건 내 앞에 있는 저 앳된 얼굴의 마순복이라는 젊은 무사에 대해 알고 있기 때문이다.

이전 삶에서 그는 내 호위대에 속했던 무사였다.

그런데도 내가 그를 바로 알아차리지 못했던 이유가 있다.

당시의 그는 턱수염을 길렀고 얼굴도 지금처럼 하얗지 않았으니까.

농담 삼아 산적이 따로 없다는 이야기도 했었다.

지금의 그는 미소년에 가까운데 말이지.

그나마 비슷해 보이는 것은 그의 눈매 정도.

내 호위대가 되기 전, 대체 무슨 일이 있었기에 그렇게 사람이 바뀐 거지?

그의 특기는 관찰력.

그 덕분에 목숨을 구한 적이 있는 것은 물론이고, 위기를 벗어난 적도 제법 된다.

"무슨 문제라도 있으십니까?"

그런 내 반응을 눈치챈 서우 무사의 물음에 나는 고개를 저었다.

"아무것도 아닙니다."

그런데 구표 행수에게 아저씨라고?

"구 행수님과 무슨 관계인지 물어도 되겠습니까?"

"제가 이렇게 은풍대의 대원이 될 수 있었던 건 구표 아저씨 덕분입니다. 사실, 저는…… 고아거든요. 구표 아저씨가 무관의 보증인이 되어 주시고, 제 생활비도 지원해 주신 덕분에 이번에 이렇게 은풍대 대원 선발에 합격하여 대원이 될 수 있었습니다."

그런 사연이 있었군.

그가 누군가의 지원을 받아 은풍대 대원이 되었다는 건 알고 있었으니까.

그런데 그 은인이 구표 행수였다는 건 몰랐다.

그때 매화꽃 향기가 느껴졌다.

고개를 돌려보니 서향 소저가 다가오고 있었다.

"소단주님, 여기 계셨군요."

"아! 곽 부관님."

그리고 그 옆에는 정호 형이 있었다.

두 사람을 본 마순복 무사가 얼른 포권하여 인사했다.

"첫째 소단주님과 미래의 작은 셋째 사모님을 뵙습니다! 저는 은풍대의 무사 마순복이라고 합니다!"

"만나서 반가워요."

그녀는 웃으며 그에게 인사했다.

형도 그 인사를 받아 주고는 내게 물었다.

"무슨 일이냐?"

"아, 그게 말이지……."

나는 형에게 자초지종을 이야기했다.

"그런 일이 있었군. 그렇다면 마 무사와 함께 가도록 해라."

"응?"

정호 형의 말에 순간 당혹스러웠다. 나와 일행은 주강마를 타고 북해에 다녀올 생각이었기 때문이다.

"하지만 형……."

내가 얼른 그 이유를 설명하려 했지만, 정호 형은 손을 내밀어 나를 제지했다.

"아, 그 전에 내 말부터 들어 봐. 이번에 북해에 가는 김에 얼음 좀 가져와라."

"얼음을?"

"이번에 네가 화채를 만들어서 북경지부에 돌렸다면서? 그걸 듣고 생각한 건데, 우리가 북해에 지부가 있으면서 이걸 활용하지 않으면 되겠냐?"

정호 형이 씨익 웃었다.

"얼음 팔아먹어야지."

"아……."

성품이 인자하다고 해도 역시 정호 형도 상인은 상인이다.

내 기억에 의하면, 장마가 끝난 후 시작되는 더위는 꽤 심했다.

그러니 얼음을 판다면 잘 팔릴 건 분명했다.

"그래서 북해로 보낼 사람들을 꾸릴 생각이다. 그들 중에 마 무사도 포함하면 될 것 같고."

"나야 상관없지만, 그러면 좀 오래 자리를 비우게 될 것 같은데? 형, 괜찮겠어?"

"내가 제안하는 일인데 내가 감안해야지, 뭐."

그리고 정호 형은 마순복 무사에게 말했다.

"그 서신이 무슨 내용인지는 모르지만, 분명 정성을 담아 쓰신 서신일 겁니다. 그러면 직접 전해야 뜻깊지 않겠습니까?"

"소단주님……."

그는 감동하여 눈물을 글썽였다.

정호 형은 쑥스러운 듯 미소 지었고, 나에게 말했다.

"그러니까 여기서 이러고 있을 틈이 없다. 어서 일해라! 일!"

"후, 알겠어."

"은풍대와 북경지부장에게는 내가 말해 두마."

"그럼, 그거까지 나 시키려고 했어?"

"그냥 가라."

그렇게 투덜거리며 집무실로 돌아가는데, 옆에 함께 걸어가는 서향 소저가 웃었다.

"그런데 곽 부관님께서는 어쩐 일이십니까?"

"아, 소단주님을 찾는 모습이 보여서요."

그녀가 말을 이었다.

"제가 본 바에 의하면, 이번에 마순복 무사님이 큰 역할을 하게 될 거라서…… 첫째 소단주님께서 마순복 무사를 만날 수 있도록 제가 안내한 거랍니다."

"이번 여정에 무슨 일이라도 생기는 겁니까?"

"그건 저도 몰라요."

그녀가 고개를 저었다.

"다만 소단주님이 마순복 무사님의 이름을 중얼거리면서 한숨을 내쉬는 것을 들었기든요."

"그랬군요."

그나저나 마순복 무사를 벌써 만나게 되다니.

이것도 운명인가?

.

.

.

며칠이 지났다.

당초 계획과 달리 대규모 상행단을 꾸려서 북해로 가야 했기 때문에 예상보다 출발이 늦춰졌다.

우리는 얼음을 실어 올 준비를 마치고 북경지부를 출발했다.

내가 출발하기 전에 황제의 부름이 없어서 다행이군.

이번에 북해로 가는 상행단은 규모가 컸기 때문에 야숙을 위한 짐을 챙겼다.

북해로 가는 길에는 이 정도 인원이 묵을 만한 곳이 없기 때문이다.

그렇게 출발한 지 한 닷새 정도가 지났을 때였다.

"아!"

그때 내 앞에 앉아 있던 서향 소저가 눈을 크게 뜨고 놀란 표정을 지었다.

"무슨 일입니까?"

"습격이에요."

"네?"

"화적 떼들이에요."

화적이라…… 에휴, 징글징글한 새끼들.

화적들은 녹림이라고 불리는 산적들과는 다르다.

녹림은 녹림십팔채라 불리는 녹림연합의 우두머리인 녹왕의 통제를 받는다.

그리고 한곳에 정착해서 활동하기 때문에 그 선을 넘지 않는 편이다.

하여 어지간해서는 통행세만 내고 지나간다.

하지만 화적들은 그런 거 없다. 상주하는 것이 아니라 떠돌아다니다 보니 한 번 지나친 곳을 다시 찾아가는 건 힘든 일.

그렇기에 그냥 닥치는 대로 빼고 죽일 뿐이다.

하여 화적 떼가 들이닥친 곳에 남은 건 죽음과 잿더미뿐이라는 말이 있을 정도다.

그런데 그 화적 떼가 우리를 습격한다고?

은해상단의 깃발을 달고 있는데도?

저번에 빙해린 소궁주와 이동했던 이후, 은해상단의 깃발을 보면 얼씬도 하지 않았던 이들이었기에 의아했다.

요녕 땅에서의 가장 큰 금기가 바로 북해빙궁과 관련된 자는 건드리지 않는 것이니까.

뭐, 그럴 수도 있지.

인간은 망각의 동물이고, 그 금기를 잊어버렸을 수도 있으니까.

그렇다면 금기가 왜 금기인지 다시 되새겨 주면 될 일이다.

"서우 무사님."

나는 창문을 열고 서우 무사를 불렀다.

"부르셨습니까?"

"화적 떼가 습격할 가능성이 있습니다."

"알겠습니다. 어찌 처리할까요?"

"인정 봐 줄 거 있습니까?"

"지당하신 말씀입니다."

그리고 약 한 시진 정도가 지났을 때였다. 이제 슬슬 오늘 밤 야숙할 곳을 찾아볼까 하는 생각을 할 때.

두두두두두!

저 멀리서 들려오는 요란한 말발굽 소리.

그리고 살기가 느껴졌다.

서향 소저의 말대로 화적 떼가 우리를 습격하기 위해 몰려오는 것이다.

"곽 부관께서는 잠시 여기에 계십시오. 그리고 팔갑아."

"네! 걱정하지 않으셔도 됩니다요."

혹시 몰라 금령을 서향 소저의 무릎에 올려놓으며 말했다.

"이 녀석과 함께 있으면 안전할 겁니다."

"꾸이!"

금령은 서향 소저의 무릎에 드러누웠다.

뭔가 상당히 편해 보인다? 너?

지금은 이럴 때가 아니지.

나는 마차에서 내렸다.

"주군!"

"명을 기다립니다."

나는 모두에게 말했다.

"자고로 은해상단은 오는 손님을 마다하지 않습니다. 저렇게 손님들이 많이 몰려오니, 반갑군요. 안 그렇습니까?"

"그렇습니다!"

"솔직히 좀이 쑤셔 죽는 줄 알았습니다."

"그럼 친절하게 맞아 줍시다. 그리고 은해상단이 어떤 곳인지 저들의 기억에 철저하게 새겨 줍시다."

"와아아아아!"

내 말에 무사들의 사기가 충천했다.

"으헤헤헤! 은해상단이라면 털어먹을 게 많겠지! 모두 죽여라!"

화적 떼 두목이 외쳤다.

오호라, 저놈이 두목이렷다?

탓-!

나는 검을 뽑아 들고 신법을 전개해서 그를 향해 쏜살같이 달려들었다.

초설희를 익힌 이후, 내 움직임은 한층 가볍고 빨라졌다.

상대의 경지는 절정.

화적 떼의 두목치고는 제법 높은 수준이다.

겁 없이 우리 은해상단을 노린 이유가 있군.

하지만 그게 네놈의 패착이다.

진설십이식검법 네 번째 초식, 설풍.

설풍궁의 이름을 딴 대표적인 초식이다.

내 검은 북해의 설풍처럼 순식간에 그의 목을 긋고 지나갔다.

탁.

화적 두목의 뒤에 착지했다.

그러자 곧.

"컥!"

고통스러운 신음과 함께 그의 목이 서서히 기울어지더니, 그대로 땅에 떨어져 뒹굴었다.

"헉! 두, 두목!"

"두목이 당했다!"

"으아아악!"

정적도 잠시, 화적 떼는 두목의 사망에 당황하며 우왕좌왕했다.

"은풍대!"

"네!"

"처리하세요!"

두목을 미리 처치한 덕에 상황이 정리되는 데는 오래 걸리지 않았다.

죽은 자들의 시신은 모아서 불태우고, 저들의 머리만 따로 모아서 그 옆에 은해상단의 깃발을 꽂아 놓았다.

잔인하게 느낄 수도 있지만, 어쩔 수 없다.

화적 떼에게는 이 정도 경고를 해야 의미가 있으니까.

우리를 습격하고자 한다면, 이런 꼴이 될 건 각오하라는 의미지.

그리고 저들이 가지고 있던 재물을 모았다.

아무리 화적 떼의 재물이라고 해도 버리는 건 아까우니까.

음?

그런데 화적들이 지니고 있던 물건 중에는 뭔가 낯이 익은 물건이 섞여 있었다.

어라? 이건…… 광준상단의 물건인데?

나는 생존자를 불러오라고 했다.

그는 덜덜 떨며 머리를 조아렸다.

"사, 살려 주십시오! 제발 목숨만은 살려 주십시오."

참 양심도 없네.

본인은 살려 달라고 할 때 자비를 베풀지 않았을 텐데, 왜 내가 자신에게 자비를 베풀기를 바라는 것인지.

"여기 물건 중에, 광준상단의 물건도 있더군요."

"아, 네! 오, 오래전에 탈취한 물건입니다."

"오래된 물건이라……."

나는 싸늘한 표정으로 추궁했다.

"제가 알기로 이 말안장, 이런 형태의 상품을 출시한 지 몇 개월 되지 않았습니다. 그런데 오래전이라고요?"

내 압박을 못 이긴 그는 입술을 깨물며 실토했다.

"사, 사실…… 보름쯤 전에 광준상단의 상행을 습격했습니다. 물건을 탈취하고 살아남은 자들을 노예로……."

퍽!

"커헉!"

나는 발로 그의 얼굴을 차 버렸다.

"그럼 그 노예 삼은 자들은 어디에 있습니까?"

"……."

"죽고 싶을 정도의 고통은 어떻습니까? 제가 금의위 대협들에게 배운 기술이 몇 개 있는데 마침 연습 상대가 필요했거든요."

그리고 약 반 시진 후.

나는 그에게서 화적 떼들의 본거지가 어딘지 알아냈다.

한 시진도 버티지 못할 거 그냥 순순히 불지.

나는 은풍대를 이끄는 이에게 다가가 사정을 설명했다.

"하여, 저 화적 떼들의 본거지를 습격해서 억류된 이들을 구출해 오려고 합니다. 그러니 근처에 자리를 잡고 계셨으면 합니다."

"네? 그게 무슨 말입니까? 당연히 저희도 함께해야지요."

"그 마음은 감사합니다만 이는 상단의 상행과는 관련이 없는 일입니다. 제 개인적인 일이기도 하고, 은풍대는 상행을 지켜야 합니다."

"알겠습니다. 그리 말씀하시니 어쩔 수 없군요. 부디 조심하십시오."

그리고 나는 마차의 창문을 열었다.

"곽 부관님."

"마차 너머로 사정은 들었어요."

그리고 서향 소저는 자신의 품에 안겨 있던 금령을 들어 나에게 건네어 주었다.

"이 녀석은 데리고 가셔야죠."

"꾸잉."

이제 와라. 이 녀석아.

"그리고 마순복 무사님을 데리고 가세요. 도움이 될 거예요."

"알겠습니다."

잠시 후.

나와 마순복 무사, 그리고 여섯 명의 호위무사들은 생존자가 알려 준 곳으로 향했다.

그리고 그 생존자를 포박하여 끌고 갔다.

그는 체념한 듯 우리에게 본거지로 안내했다.

"이쪽입니다. 저 길로 가면 됩니다."

그렇게 그의 안내에 따라가던 중, 마순덕 무사의 표정이 이상해졌다.

"마 무사님."

"아, 네!"

"뭔가 석연찮은 것이 있다면 망설이지 말고 이야기하십시오."

"네? 하, 하지만……."

"그대의 조언이 우리에게 도움이 된다면, 이를 알게 된 구 행수님께서 무척 기뻐할 것입니다."

내 말에 용기를 얻은 듯 그는 말했다.

"저자가 가라는 곳으로 가서는 안 된다고 생각합니다."

"이유가 무엇입니까?"

"말의 발자국이 없습니다. 만약 저곳이 정상적인 길이라면 말을 타고 이동한 흔적이 있을 것입니다."

"과연, 그렇군요."

그 말에 안내하던 화적이 당황하여 말했다.

"아, 아닙니다. 저곳은, 네, 지, 지름길! 지름길입니다."

"지름길이라…… 그런 것치고 발자국도 몇 개 없군요."

나는 그 길을 쓱 훑어보고는 피식 웃었다.

"그렇다면 뻔하군요. 저곳에 침입자를 막는 함정이 설치되어 있겠군요. 이를테면 올가미라든지, 날아오는 화살 같은 것 말입니다."

"……."

"그런데 그 정도로 우리에게 피해를 줄 수 있을 거라 생각했나요? 어지간히도 무시를 당했군요."

나는 일부러 비릿하게 웃었다.

"여기서 제가 금의위 대협들에게 배운 기술을 다시 한 번 연습하는 것도 나쁘지 않겠군요."

"흐어어억! 죄, 죄송합니다! 다시 한번만 기회를 주십시오!"

"마지막 기회입니다."

그렇게 그는 다른 길로 우리를 안내했고, 나무 목책으로 둘러싸인 곳에 도착했다.

역시 화적 떼답게 엉성한 진지로군.

이들은 오래 한곳에 머무르지 않으니까.

그때였다.

"비상! 비상! 습격이다! 적이 습격해 왔다아아아!"

그가 소리를 질렀고, 목책 위로 화적들이 모습을 드러냈다.

나는 그 화적을 방패 삼아 앞으로 내밀며 말했다.

"그럼 이제 저들이 당신에게 화살을 쏘지 않기를 바라야겠군요."

내 말에 그는 경악한 표정을 지었다.

그러니까 얌전히 있었어야지.

이러니 내가 좀 악당 같기는 하지만 뭐 어때?

선에는 선, 악에는 악이다.

내 말에 나에게 붙잡혀 있는 화적이 기겁하며 애원했다.

"사, 살려 주십시오."

"그걸 왜 나에게 말합니까? 몰래 안전하게 들어갈 수 있었는데 고래고래 소리를 질러서 저들을 불러 모은 건 그쪽입니다만?"

"……."

"그러니까 그쪽이 화살에 맞아도, 그쪽 잘못이지 제 잘못은 아닙니다."

내 말에 그는 울상이 되었다.

사실 그자가 소리를 질러 누군가를 부를 건 예상했기에 일부러 입을 막지 않은 것도 있었다.

나 대신 사람들을 불러주면 좋지 뭐.

그때 저 위에서 누군가 외쳤다.

"네놈은 누구냐?"

"그쪽이 화적들의 두목입니까?"

"아니, 나는 두목이 아니다. 두목님께서는……."

그때 나에게 잡혀 있던 자가 외쳤다.

"두목은 죽었어! 이자가 목을 베어 버렸다고!"

"뭐?"

"그러니까 지금 내가 이 꼴이지! 그러니까 당장 문 열어! 이자에게 덤벼들지 말고 당장 문 열라고!"

그 순간.

슈우우욱!

화살이 내 손에 잡혀 있는 화적의 머리를 노리며 날아왔다.

나는 그의 몸을 움직였고, 화살은 그의 어깨에 박혔다.

퍽!

"끄아아악!"

그는 비명을 질렀다.

"야! 이 새끼야! 이게 무슨 짓이야!"

"두목이 죽었다면서? 그럼 이제 새로운 두목은 나다."

"그렇군요."

새로운 두목이 나타났다고?

나는 씨익 웃으며 옆의 호위무사들에게 말했다.

"두목이라네요."

"그렇군요. 어찌할까요?"

"처리하죠."

내 말과 동시에 서우 무사와 진유 무사, 그리고 여웅암 무사가 놈을 향해 달려나갔다.

쐐애애액!

그런 무사들을 향해 쏟아지는 화살들.

하지만 그 화살들은 수가 그리 많지 않은 데다가, 절정 이상의 경지에 오른 세 호위무사들에게는 위협이 되지 못했다.

세 호위무사들은 화살을 피하거나 쳐내면서 나아갔다.

그리고 가장 빠르게 두목이라 선언한 자에게 다가간 진유 무사가 그의 목을 베어 버렸다.

그렇게 그자는 두목이라 선포한 지 일각도 되지 않아 목숨을 잃었다.

아마 최단기 두목 중 하나가 아닐까?

그가 죽음으로써 화살이 멈추고, 소란이 일었다.

그리고 겁을 먹은 것인지 문이 열렸다.

그렇게 우리는 안으로 들어갔다.

물론 혹시 함정일 수 있기에 내 손에 잡혀 있는 화석을 방패로 삼으며 경계를 풀지 않았다.

안에 있던 자들은 두려움 가득한 눈길로 우리를 보고 있었다.

나는 그런 그들에게 말했다.

"제가 이렇게 온 이유는 여러분이 광준상단에게서 털어 온 것을 되찾기 위해서입니다. 그것들을 순순히 돌려준다면 저는 여러분의 목숨은 건드리지 않겠습니다."

"……."

"어찌하시겠습니까?"

내 말에 화살에 맞아서 고통스러워하던 화적이 빽 소리를 질렀다.

"빨리 움직여! 창고에서 꺼내 오란 말이야! 이자들은 무자비한 놈들이라고! 이자의 말을 듣지 않으면 우리 모두 죽을 거야! 사냥을 나갔던 자들 대부분이 이자들의 손에 죽었다고!"

놈이 화적 떼들 사이에서 좀 강한 편이었는지, 안에 있던 자들은 그의 말에 부리나케 움직이기 시작했다.

하긴 이런 곳에서는 보통 강한 사람들이 다 약탈을 하러 나가겠지.

지금 남아 있는 이들 중에는 전투 인원이 거의 없어 보인다.

그러니 아까 화살이 그 정도밖에 안 날아온 거겠지.

그렇게 생각하는 사이 우리 앞에 물건들이 쌓이기 시작했다.

말안장과 장신구들.

제법 가격이 나가는 것들이군.

이것들을 뺏기고 광준상단에서 얼마나 속이 쓰렸을까?

그들 중에 한 노인이 나서서 조심스럽게 말했다.

"이것들이 이곳에 남아 있는 것 전부입니다."

"아직 덜 가져오셨군요."

"네?"

"듣자 하니 상단 사람들 중에 일부를 노예로 끌고 와서 지금 억류 중이라던데……."

그리고 그를 보며 한마디를 덧붙였다.

"그러고 보니 노인장께서는 저와 안면이 있으신 것 같

군요."

내 말에 덜덜 떨며 두려워하는 노인.

그 반응을 보니 확실하다.

나를 기억하고 있다.

정확하게 말하면, 북해빙궁의 빙해린 소궁주와 함께 움직였던 나에 대해 기억하고 있는 거겠지.

그리고 이 요녕에서 북해빙궁은 황제만큼이나 두려운 존재다.

"제가 지금 북해빙궁에 가는 길인데, 궁주님께 뭐라고 아뢰면 좋을지 고민 중입니다."

그 말에 노인이 다급하게 무릎을 꿇으며 빌었다.

"죄, 죄송합니다. 한 번만 더 기회를 주십시오!"

"저를 실망시키지 마십시오."

내 경고에 그는 다급히 사람들에게 지시를 했고, 안쪽에서 포박되어 있던 이들이 끌려 나왔다.

대략 서른 명 정도.

행수를 비롯한 상단 직원들이나 짐꾼들로 보였다.

무공을 익힌 이들은 다 죽었다는 말이겠지.

"헉!"

그들 중, 나를 본 누군가가 외쳤다.

"은 소단주님!"

"반갑습니다. 혹시 오 행수님이십니까?"

"맞습니다!"

"제가 잘 기억하고 있군요. 그럼 일행들을 살펴봐 주십시오. 혹시 함께 끌려온 이들 중에 이 자리에 없는 사람이 있습니까?"

내 물음에 그는 같이 끌려나온 이들을 살펴보고는 고개를 저었다.

"없습니다."

"다행히 장난질을 치진 않았군요."

나는 이필 무사와 명종 무사에게 말했다.

"이들을 풀어 주십시오."

"네."

그리고 아까 쌓여 있던 짐을 가리키며 그들에게 말했다.

"그럼 이것들을 가지고 여기서 나가도록 하십시오. 두 무사님은 이분들을 안내해 주시고요."

"알겠습니다."

"마 무사님과 창운 무사님도 함께 움직이십시오."

그들은 광준상단 쪽 이들을 데리고 나갔다.

그럼 이제 우리도 퇴장해 볼까?

나는 내가 붙잡고 있던 자에게 말했다.

"짧은 시간이었지만 즐거웠습니다."

"젠장!"

나는 그를 가볍게 밀었고, 그는 그대로 앞으로 고꾸라지며 바닥에 처박혔다.

그리고 그곳에 모여 있는 자들을 보았다.

대부분이 노약자다.

이대로 떠난다면 저들은 다른 화적들의 먹잇감이 되겠지.

그런데……. 내 생각보다 여자들의 수가 제법 된다.

"혹시, 여기 계신 분 중에 원래 화적이 아니었던 분이 계십니까?"

"……."

옆에서 서우 무사가 말했다.

"망설이지 마십시오. 저희 주군께서는 선협미랑이라 불리는 분입니다. 아무 이유 없이 해를 가하지 않습니다."

이에 대부분이 손을 들었다.

노인이 대표로 나서서 말했다.

"저희가 처음부터 화적이었던건 아닙니다. 농지에서 쫓겨나 유민이 되어 떠돌이디니디가 화적들에게 붙잡혀서 어쩔 수 없이 화적으로 살게 된 것뿐입니다."

나는 노인을 보았다.

"노인장께서도 일전에 화적 무리에 같이 계셨던 것으로 압니다만."

"맞습니다. 제가 한 짓을 부인하지 않겠습니다. 젊었을 때 화적들에게 잡혔고, 그들과 같이하지 않으면 죽인다는데 어쩌겠습니까."

그의 말대로다.

먹고살기 위해서 스스로 화적이 되는 경우도 있지만, 타의에 의해 화적이 된 자들도 많다.

자신들의 세를 늘리고, 자신이 늙어 화적 짓을 할 수 없을 때 대신 화적 짓을 해서 자신을 부양할 자를 키우는 것이지.

역겨우면서도 슬픈 연결 고리다.
저 가족들 역시 화적이 되고 싶지 않았겠지.
그렇기에 이들을 그냥 두고 갈 수가 없다.
후, 왜 나는 사서 고생을 하는 걸까…….
나는 그들에게 말했다.
"혹시 이 중에 농사를 지을 수 있는 분 계십니까?"
내 물음에 그들은 노인을 보았고, 노인이 고개를 끄덕이며 대답했다.
"여기 있는 사람들 중 반수 이상이 농사를 지을 수 있습니다."
"제가 토지를 제공해 준다면, 그곳에서 충실하게 농사에 매진하며 살겠다고 맹세할 수 있습니까?"
"그야 어렵지 않습니다. 저희가 유민이 된 것도 농사를 짓던 곳에서 쫓겨났기 때문입니다."
하긴 요 몇 년간 흉년 때문에 그렇게 유민이 된 자들이 많긴 하지.
"그러니 다시 농사를 지으며 먹고살 수 있다면 무엇을 더 바라겠습니까. 다만…… 저희에게 왜 그런 제안을 하시는지 그 저의를 모르겠습니다."
"저의는 무슨, 그런 거 없습니다."
"네?"
"그냥 이대로 저희가 떠나면, 다른 화적들이 여러분을 가만두겠습니까?"
"……."

"그게 아니라고 해도 굶어 죽겠죠."

내 말에 그들의 얼굴이 어두워졌다.

"저는 제게 발톱을 세우는 자는 봐주지 않지만, 그렇지 않으면 어느 정도 사정을 봐줍니다. 그래서 제안하는 겁니다."

나는 말을 이었다.

"이 주변에 농사를 지을 수 있는 토지를 마련해 드릴 테니, 그곳에서 농사를 지으십시오."

"그게 가능한 겁니까? 아니, 저희가 해야 하는 게 정말 그뿐입니까?"

"대신, 앞으로 십 년 동안은 무료로 봉사해 주셔야겠습니다. 그 정도는 해야 땅값은 뽑을 거 아닙니까? 그 후에는, 뭐 그때 가서 결정하죠."

노인은 무겁게 고개를 끄덕였다.

"하라는 대로 하겠습니다. 솔직히 저희를 이 자리에서 다 죽이신다고 해도 할 말이 없습니다. 이 땅의 가장 큰 금기를 어겼으니 말입니다."

그의 말대로 북해빙궁과 관련된 자는 건드리지 않는 것이 이 요녕 땅의 가장 큰 금기이지.

그런데도 우리를 건드린 것이 궁금했다.

"대체 그 금기는 왜 어긴 겁니까?"

그에 대해 묻자, 노인이 순순히 대답했다.

"사실 이번에 새로 두목이 된 자는, 기존의 관습에 대해 회의적인 자였습니다."

역시 그랬군.

관습이라는 게 너무 현실에 맞지 않거나, 케케묵은 경우도 있지만 모든 게 그렇지는 않다.

반드시 지켜야 하는 것도 있지.

"그럼에도 이렇게 저희를 살려 주시니, 그 은혜에 감사드리는 바입니다."

"감사인사는 뭣하러 합니까? 저는 여러분을 십 년 동안 무료로 부려 먹는 악덕 고용주입니다만?"

"진짜 악덕 고용주는 본인이 자비로운 고용주라고 합니다."

"……."

"그러면 바로 이곳을 떠날 준비를 하면 되겠습니까?"

"그러십시오."

그들이 목책 안을 정리하는 건 생각보다 빠르게 이루어졌다.

이곳도 임시로 지내는 곳이지, 원래는 계속 이곳저곳 떠도는 이들이었으니까.

그렇게 그들을 이끌고 원래 일행이 머무르고 있던 곳으로 향했다.

"소단주님! 빨리 돌아오셨군요."

"그런데 저들은 누구입니까?"

나는 고개를 끄덕이며 설명했다.

"저 화적 떼들과 함께 지내던 자들입니다."

"네?"

"그런 자들을 왜……."

"죄는 미워하되, 사람은 미워하지 말라고 했습니다. 저희가 방어를 위해 화적 떼를 죽이긴 했지만, 그 죄를 저들에게까지 전가할 순 없지 않습니까?"

내 말에 상단의 이들은 감동받은 표정을 지었다.

"후, 우리 소단주님은 너무 사람이 좋으십니다."

내가 사람이 좋다고?

뭔가 뒤통수가 따가워서 고개를 돌려보니 팔갑이 나를 보고 있었다.

'지금 저들은 무슨 소리를 하는 겁니까?'라는 표정이다.

그 표정 뭔데?

.

.

.

며칠 후.

드디어 우리는 광준상단이 있는 곳 근처에 도착했다.

화적의 가족들과 우리 상단 일행들을 그곳에 주둔하게 한 후, 붙잡혀 있던 광준상단의 사람들만 데리고 광준상단으로 향했다.

문지기가 우리를 보더니 깜짝 놀라 달려왔다.

"은해상단의 소단주님이 아니십니까? 그리고…… 오 행수님? 아니! 금 행수님도 계시고…… 납치되셨다고 들었습니다만?"

"여기 은해상단의 소단주님께서 구해 주셨네."

그 말에 문지기가 포권하였다.

"정말 감사드립니다! 정말 감사드립니다."

"복윤 소단주님 계십니까?"

"아, 네! 지금 당장 모셔오겠습니다."

그리고 문 앞의 종을 울리자, 곧 사람들이 우르르 몰려나왔다.

"무슨 일이냐?"

"무슨 일인데 갑급 경보를…… 헉!"

그들은 내가 구해 온 이들을 보며 경악한 표정을 지었다.

마치 죽었던 사람이 살아 돌아온 것을 본 듯한 얼굴.

하긴 몇 년만 더 지나면 그들 중에 살아 있는 자들은 거의 없었을 테니까.

그리고 복윤 소단주가 나를 보고 반색하며 달려왔다.

"은 소단주!"

"복 소단주!"

"이게 대체 무슨 일입니까?"

나는 그에게 자초지종을 설명했다.

길을 가던 도중 화적 떼에게 습격을 당한 일부터, 저들을 구한 일 등.

"사실, 이번에 화적들에게 죽은 이들의 시신을 발견하고 붙잡혀 간 이들을 구출하기 위해 수소문하던 중이었습니다. 그런데 이렇게 저들을 구출하고, 재물까지 찾아

주시다니! 이 은혜를 어찌 갚아야 할지 모르겠습니다."

나는 웃으며 말했다.

"은혜라니요? 저희 사이에 무슨 은혜입니까? 저는 복소단주의 진우 아닙니까?"

"맞습니다. 제 진우이지요."

"진우 사이에 그런 거 따지는 거 아닙니다."

"하지만 감사한 건 감사한 것이지요."

"정 그러면, 부탁 하나만 들어주십시오."

"무엇입니까? 말씀만 하십시오."

"이 근처에 구입할 만한 농지를 좀 알아봐 주십시오."

"네? 농지는 왜?"

"이번에 저희를 습격했던 화적 중 남은 가족들에게 농지를 제공해서 농사를 짓게 하려고 합니다."

"네?"

그는 놀란 표정을 지었다.

그도 그럴 것이, 보통 나 같이 미친 짓을 하는 자들은 없으니까.

"화적들이야 우리를 죽이려 했으니 그 죗값을 받아야겠지만, 그 가족들은 죄가 없으니까요. 그들도 화적이 되고 싶어서 화적이 되었겠습니까? 농사짓던 곳에서 쫓겨나 떠돌다 보니 그리된 겁니다."

나는 말을 이었다.

"그리고 증오는 증오를 낳는 법입니다. 이렇게라도 그 증오를 끊어 버리고 싶다는 생각입니다."

아무리 잘 포장해도 우리가 저들의 가족을 죽인 건 사실이니까.

상행이라는 것은 제국 전역을 돌아다니며 이윤을 추구하는 일이다 보니 알게 모르게 적이 생긴다.

그러니 이렇게 역으로 은혜를 입혀 우리를 노리는 칼날을 하나라도 줄이면 좋지 않을까?

그게 내 솔직한 심정이다.

기만일 수도 있지만, 그렇게라도 나와 은해상단을 보호하고자 하는 것이다.

그렇게 이기적인 나를 사람들이 선협미랑이라고 하니 많이 민망할 수밖에.

– 꾸이?

그래……. 위로해 줘서 고맙다.

복윤 소단주는 감탄하며 말했다.

"허어, 역시 은 소단주는 배포가 큽니다. 저로서는 상상도 못 할 일이군요."

"과찬이십니다. 그저 저와 저희 상단을 위한 생각일 뿐입니다."

"그게 쉬운 일이 아니잖습니까."

그는 연신 감탄을 내뱉었다.

"아, 이런! 제가 멀리서 온 손님을 너무 오래 세워 뒀군요. 어서 안으로 들어갑시다!"

"감사합니다."

나는 서향 소저와 함께 광준상단 안으로 들어갔다.

잠시 후.

우리는 접빈실에서 다과를 대접받았다.

"그런데 여기는 어쩐 일입니까? 이번에도 북해빙궁에 가기 위해 오신 겁니까?"

"그것도 맞긴 합니다만, 다른 용건이 있어서 왔습니다."

나는 그렇게 대답하며 품에서 붉은색 봉투를 꺼내 내밀었다.

"음? 이것은……? 설마?"

"네. 저 이번에 혼인합니다."

이미 여러 번 한 말인데 왜 이리 얼굴이 화끈거리지?

내가 내민 청첩장을 열어 본 복 소단주는 그게 웃었다.

"하하하하! 드디어 은 소단주도 가는군요!"

"그렇게 되었습니다."

"축하드립니다. 혹시 신부는 누구인지 물어봐도 됩니까?"

"함께 왔습니다."

내 말에 그는 순간 멍한 표정을 짓더니 말했다.

"함께 왔다고요? 설마!"

나는 내 옆의 서향 소저를 가리키며 말했다.

"여기, 곽 부관님과 혼인합니다."

"허! 역시로군요!"

"네?"

"사실, 예상치 못한 건 아닙니다. 흐흐흐. 서로를 보는 눈빛이 심상치 않았으니까요."

음? 내가 그랬나?

“어쨌든 축하합니다. 반드시 참석하도록 하겠습니다.”

그렇게 복 소단주와 화기애애한 시간을 보낸 후 저녁에는 광준상단의 상단주님을 뵈었다.

상단주님은 내게 감사를 표하고, 내 요청대로 농지를 소개해 주었다.

그리고 다음 날, 나는 소개받은 농지를 사들였고 내가 데리고 온 화적들의 가족들을 데리고 그 농지로 향했다.

“여기가 여러분들이 농사를 지을 땅입니다.”

“감사합니다. 정말 감사드립니다.”

“솔직히 저는 여러분들의 가족을 죽인 자 아닙니까? 그리고 여러분을 농사일로 부려 먹으러 데리고 온 것이니 감사하지 않아도 됩니다.”

“일부러 본인을 나쁘게 말씀하지 않으셔도 됩니다.”

진짜인데…….

요녕이 생각보다 농사가 잘되는 곳이라 이들이 열심히만 한다면 먹고 살기 어렵지는 않을 것이다.

“그리고 저희는 대협을 원망하지 않습니다. 오르지 말라는 산에 올랐다가 죽었다고 산을 원망하겠습니까? 산에 오르라고 부추긴 자를 원망하는 법이지요.”

그러고 보니 팔갑이 그랬지.

저들이 원망하는 자는 우리가 아니라, 우리를 공격하자고 선동했던 죽은 두목이라고.

그렇게 생각해 주면 나야 좋지.

그러면 이제 북해지부로 가 볼까.

제발 그곳에서는 별일 없었으면 좋겠는데.

.

.

.

다음 날.

우리는 다시 북해를 향해 출발했다.

복윤 소단주 내외가 서운해했지만, 서로가 바쁘다는 것을 잘 알고 있으니까.

"저들이 그 땅에서 잘 적응할지 모르겠습니다요."

팔갑의 우려에 내가 고개를 저으며 말했다.

"잘 적응할 거야. 애초부터 농사를 짓던 자들이었으니까."

"그렇긴 합니다만, 제가 걱정하는 건 혹시라도 다른 화적 떼들이 저들을 습격하지 않을까 해서 말입니다요."

"아. 그거 말인데."

나는 피식 웃었다.

"해결 방법이 있어. 북해빙궁에 가는 김에 그 일을 해결하려고."

"무슨 방법입니까요?"

"벌써 말해 주면 재미없지 않아?"

"……도련님만 재미없는 겁니다요."

"그게 제일 중요하다고 보는데?"

내 말에 팔갑은 한숨을 내쉬며 말했다.

"그냥 안 물어보겠습니다요."

나와 팔갑의 대화에 옆의 서향 소저가 웃었다.

사실, 내가 팔갑의 물음에 대답하지 않은 이유는 그에 대해 어떻게 풀어 갈지 고민 중이었기 때문이다.

그 농지를 북해빙궁에서 보호하는 것이 가장 확실하지만, 북해빙궁도 뭔가 얻는 것이 있어야 수고를 하는 보람이 있을 테니까.

일방적으로 북해빙궁에서 은혜를 베푸는 식이 된다면 나중에 곤란해질 수 있다.

곧 우리는 본격적인 초원 지대에 접어들었고, 급격하게 기온이 떨어지기 시작했다.

이 초원지대에서 가장 조심해야 할 것은 초원지대의 부족들이다.

하지만 걱정할 건 없다.

애초에 우리 은해상단의 깃발을 보면 대부분 피하기부터 할 테니까.

일전에 우리가 깽판을 좀 심하게 쳐 놨기도 했고 빙해린 소궁주와 동행한 적도 있기 때문이다.

그리고 복윤 소단주가 준 호각 덕분에 우호적인 부족으로부터 도움을 받을 수도 있고.

그렇게 계속해서 달리다가 멈춰 서서 옷을 갈아입었다.

북해의 초입이 머지않아서인지, 날씨가 쌀쌀한 것을 넘어 추워지기 시작했기 때문이다.

다시 이동을 시작한 우리는 곧 북해에 도착했다.

"워워!"

마차가 멈추면서 문이 열렸고, 나는 마차에서 내렸다.

눈이 내리네.

이렇게 눈이 내리는 설원을 보니 일전에 초설희를 통해 마주했던 조사님의 안배가 생각나는군.

"엄청 춥네요. 이곳이 북해입니까?"

그렇게 물은 이는 마순복 무사.

"맞습니다. 이곳이 북해입니다."

"며칠 전까지만 해도 무척 더웠는데, 여기는 눈이 오고 있네요."

"그래서 북해를 신비의 땅이라 부르는 겁니다. 이곳은 사시사철 눈이 오는 곳이니까요. 겨울이면 더 추워질 뿐 눈이 녹지는 않습니다."

"이런 곳에서 일하시는 거면……."

나는 그가 무슨 말을 하려는지 알 것 같았다.

"구 행수님이라면, 너무 걱정하지 않으셔도 됩니다. 이미 적응해서 잘 지내고 계시니까요."

"아, 송구합니다."

"아닙니다. 보호자를 걱정하는 건 당연한 일이죠."

나는 부드럽게 웃어 주고는 북해지부의 차장으로 들어갔다.

그 앞에서 경비를 서고 있던 문지기가 우리를 맞이했다.

"셋째 소단주님을 뵙습니다."

"오랜만에 뵙는군요. 지부는 평안합니까?"
"덕분에 별다른 일은 없습니다."
"그렇군요. 안에 지부장님 계십니까?"
"잠시 근처 사냥꾼 마을에 가셨습니다. 얼른 돌아오시라고 사람을 보내겠습니다."
그가 사람을 보내는 사이, 우리는 부지부장과 인사를 한 후 늦은 식사를 했다.
그리고 내 방에서 서향 소저와 따뜻한 차를 마시고 있을 때 밖에서 진유 무사의 목소리가 들렸다.
"주군. 부지부장님께서 오셨습니다."
음? 부지부장님이? 지부장님이 아니라?
"들어오세요."
문이 열리고 부지부장이 들어왔다.
"저……."
그 얼굴을 보는 순간, 뭔가 일이 터졌음을 알 수 있었다.
"무슨 일입니까?"
"오늘 사냥꾼 마을에 가셨던 지부장님과 일행이…… 사냥꾼 마을에 도착하지 않았다고 합니다."
"……."
제발 이곳에서는 아무 일도 없었으면 했는데, 결국 또 다시 일이 터져 버렸다.
나는 자리에서 일어나며 말했다.
"지금 즉시, 수색대를 꾸리도록 하십시오. 그리고 사냥꾼 마을에 지원도 요청해 주십시오."

"알겠습니다."

"서둘러 주세요."

그는 부리나케 내 방을 나섰고, 나 역시 방을 나설 준비를 했다.

그때 서향 소저가 말했다.

"소단주님. 가실 때 금령이의 침을 챙겨 가세요."

"네?"

잠깐, 금령이의 침을 챙기라는 말은…….

"그리고 마순복 무사님도 함께 가시면 도움이 될 거예요."

"알겠습니다. 그럼, 다녀오겠습니다."

나는 방을 나섰다.

연무장으로 나가니, 이미 무사들이 수색 준비를 마친 상태였다.

"저, 저도 가게 해 주십시오!"

그때 옆에서 외치는 소리가 들렸고, 고개를 돌려 보니 마순복 무사다.

"구표 아저씨도 함께 실종되었다고 들었습니다! 아저씨를 만나려고 이렇게 왔는데……."

나는 고개를 돌려 북해지부의 은풍대를 이끄는 소대주(小隊主)를 보았다.

각 지부의 은풍대를 이끄는 자를 작은 대주라는 의미로 소대주라고 부른다.

"마 무사님은 이번 수색에서 빠진 것입니까?"

"네. 아무래도 신참이기도 하고, 북해 경험도 없기에 위험하다는 판단 하에 제외시켰습니다."

"그랬군요. 하지만 이번에는 참여시켜 주시면 좋겠습니다. 마 무사님은 이번에 실종된 구 행수님이 후원하던 사람입니다. 자신의 은인이 실종되었으니 얼마나 애가 타겠습니까?"

"그렇게 사정을 설명하며 부탁하시지 않아도 됩니다. 그냥 그렇게 하라고만 하셔도 됩니다."

그는 손을 내저으며 말했지만, 나는 고개를 저었다.

내가 소단주라고 해서 일방적으로 명령하는 것은 좋지 않다.

그들의 마음에 반발심이 생길 수 있으니까.

나름대로 합리적인 절차를 거쳐 결정한 것인데, 윗사람이 일방적으로 그 결정을 뒤집는다면 그 누가 기분이 좋겠는가.

그렇게 마 무사도 수색대에 합류하게 되었고, 우리는 수색을 위해 북해지부를 나섰다.

"몇 년이나 오간 길입니다. 지부장님과 일행이 길을 잃었다고는 생각할 수 없습니다."

소대주가 말을 이었다.

"제 생각에는 영물에게 습격당한 것이 아닐까 싶습니다."

나 역시 그럴 가능성이 높다고 생각하고 있다.

그렇게 주변을 수색하던 중, 우리에게 다가오는 한 무

리가 있었다.

사냥꾼들이다.

“오랜만에 뵙습니다.”

“오! 소단주님도 계셨군요.”

“네.”

나는 그들에게 포권하여 고개를 숙였다.

“지부장님과 일행이 실종된 상태입니다. 부디 도움을 주셨으면 합니다.”

“물론입니다. 저희 마을이 은해상단에 입은 은혜가 얼마인데 어찌 도움을 드리지 않겠습니까?”

그는 사냥꾼 마을의 부족장의 아들인 흑철 엽사다.

일전에 설풍이 분다는 것을 알려 주고 우리에게 처소를 내주었던 인연이 있지.

그 옆에는 그의 아들인 복이가 있었다.

아무래도 부족장은 연로하니 그 아들과 손자가 대신 온 듯했다.

“시기가 좋지 않았군요. 최근에 근처에서 아곡성조(兒哭聲鳥)의 울음소리를 들었다는 말이 있어 경고하려던 참이었습니다.”

“아곡성조요?”

내 물음에 흑철 엽사(獵師)가 말했다.

“그건 이름 그대로 아이 울음소리를 내는 새입니다. 눈과 흡사한 하얀색 깃털을 가지고 있습니다.”

“그럼 잘 보이지 않겠군요.”

"그렇다고 합니다."

그 말에 나는 침음성을 흘릴 수밖에 없었다.

"음, 그 말씀은 직접 본 적은 없다는 의미입니까?"

"네. 원래는 더 북쪽으로 올라가야 볼 수 있는 사악한 영물입니다. 설풍궁 때문에 이쪽까지는 내려오지 못했었는데 최근 세력 다툼 때문인지 여기까지 내려온 것 같습니다."

"그랬군요."

"그 녀석은 성인 두 배 정도의 크기에, 부리와 발톱이 칼날입니다. 아이 울음소리로 사람을 유인하여 가까이 오게 만든 후 부리와 발톱으로 해한다고 합니다."

"그 말은…… 사람을 주로 노린다는 겁니까?"

"그건 아닙니다."

흑철 엽사가 고개를 저었다.

"아곡성조의 울음소리는 그 어떤 동물이 들어도 그 동물의 새끼 울음소리로 들린다고 하더군요. 솔직히 새끼를 보호하는 건 모든 동물의 본능 아닙니까?"

"그 본능을 이용해서 사냥을 하다니! 확실히 좋은 영물은 아니군요."

그는 걱정스럽게 고개를 끄덕였다.

"맞습니다. 그리고 아곡성조는 그 날갯짓으로 강한 바람을 일으켜 시야를 가리고 균형을 잃게 하여 상대하기가 무척 까다롭습니다."

"그렇군요. 도움을 주셔서 감사합니다. 그럼 다시 수색을 시작하도록 하죠."

그렇게 우리는 수색을 시작했다.

지금은 아직 유월 중순쯤.

겨울처럼 설풍이 자주 불지는 않지만, 그게 설풍이 아예 불지 않는다는 건 아니다.

여름에는 일정 간격으로 불기에, 그걸 피할 수 있을 뿐이다.

그리고 흑철 엽사의 말에 의하면, 이틀 뒤가 설풍이 불 때라고 했다.

"그러니 늦어도 내일까지는 그들을 찾아야 안전하게 귀환할 수 있을 것입니다."

"알겠습니다."

사실 나 혼자는 상관없다.

내가 지닌 은무검 때문인지 설풍이 내 주변에서는 불지 않으니까.

설풍이 나를 피해 가는 느낌이랄까.

하지만 그것을 다른 이들에게 알릴 수는 없는 노릇.

그리고 나 혼자서 이 넓은 곳을 수색할 수도 없다.

그렇게 사냥꾼 마을 사람들과 힘을 합쳐 수색을 이어갔지만, 그 어디에도 지부장 일행은 보이지 않았다.

계속해서 눈이 내리고 바람까지 불어 그들의 발자국을 지워 버린 탓도 있었다.

"큰일이군요. 잠시 후에 해가 질 것입니다."

"해가 지면 영물들이 활동하는 시간입니다. 그러니 서

둘러 적당한 곳을 찾아 모닥불을 피우고 대비해야 합니다."

흑철 엽사의 말에 나는 고개를 주억였다.

"소대주님. 두 분이 협의하여 야숙 장소를 찾아 준비해 주세요."

"알겠습니다."

그때 마순복 무사가 나에게 다가와 말했다.

"저…… 소단주님, 드릴 말씀이 있습니다."

"무슨 일입니까?"

"조금 전에 이상한 흔적을 발견했습니다."

아까 서향 소저의 말대로라면 이번에도 마순복 무사의 역할은 중요하다.

"그곳이 어디입니까? 그곳으로 안내해 주십시오."

마순복 무사가 자신감 없는 표정으로 말했다.

"혹시 제가 발견한 것이 쓸데없는 것일 수도 있습니다. 그러면 모두의 발을 멈춘 것이 죄송해서……."

"아닙니다. 마침 쉬어 가려고 했으니 염려하지 마십시오. 그리고 그게 쓸데없는 것인지 아닌지는 아직 모릅니다. 또한, 쓸모없는 것이면 어떻습니까?"

나는 말을 이었다.

"그렇게 걱정하다가 중요한 것을 놓치게 되면 나중에 돌이킬 수가 없게 됩니다. 그러니 자신감을 가지셨으면 합니다."

사실 그의 성장 배경을 보면 자신감이 있기 어려운 것

이 사실이다.

실수를 편하게 할 수 있는 상황은 아니었으니까.

그러나 그의 관찰력은 진짜다.

자신감을 좀 심어 줘야겠군.

나는 모두에게 잠시 휴식을 명하고, 호위무사들만 데리고 그의 뒤를 따라갔다.

"이곳입니다."

그가 손으로 어딘가를 가리켰다.

그건 눈의 절벽이었는데, 그 가운데가 움푹 들어가 있었다.

"바람에 의해 깎인 것 아닙니까?"

창운 무사의 말에 그는 고개를 저었다.

"저건 분명 누군가 일부러 깎은 것입니다. 그 아래에 쌓인 눈의 흔적이 그 증거입니다. 바람에 의해 깎인 것이라면 저 아래에 저렇게 수북하게 그 잔해가 남아 있겠습니까?"

어, 그러고 보니…….

그럼 저건 대체 누가 깎은 것이지?

나는 마순복 무사에게 물었다.

"그러면 누가 저런 짓을 했다고 생각하십니까?"

"그건 저도 자세히 살펴봐야 할 것 같습니다."

하긴, 그건 그렇지.

우리는 그곳으로 가까이 다가갔고, 그제야 보이지 않던 것이 보이기 시작했다.

바로 전투의 흔적이다.

정확하게 말하면 누군가 움푹하게 깎은 흔적이 있는 눈의 벽 주변으로 어지럽게 그어져 있는 검흔이다.

멀리서는 보이지 않았는데, 이상함을 인지하고 가까이서 살펴보니 눈에 띄었다.

그리고.

"이건 혈흔입니다."

바닥의 혈흔은 눈에 의해 사라졌지만, 눈의 벽에 생긴 검흔 안에 배어 있는 혈흔은 아직 남아 있었다.

나는 움푹하게 파낸 흔적을 살폈다.

뭔가 도끼 비슷한 것으로 찍어 가며 파낸 듯했다. 그리고 눈의 벽에 묻어 있는 하얀 깃털.

빛을 받을 때마다 살짝 빛나는 것이 눈과 구분이 잘 안 될 정도.

그것을 보니 아까 흑철 엽사에게 들었던 말이 떠올랐다.

"시기가 좋지 않았군요. 최근에 근처에서 아곡성조(兒哭聲鳥)의 울음소리를 들었다는 말이 있어 경고하려던 참이었습니다."

"그건 이름 그대로 아이 울음소리를 내는 새입니다. 눈과 흡사한 하얀색 깃털을 가지고 있습니다."

나는 고개를 주억이며 말했다.

"이곳에서 아곡성조가 숨어 있었군요. 이 깃털이 그 증거입니다."

나는 말을 이었다.

"녀석이 여기를 파낸 후, 이 안에서 눈의 벽의 일부로 위장하고 있던 거죠. 그리고 아이 울음소리를 내서 먹잇감을 유인했을 겁니다."

"그럼 지부장님 일행은 그 울음소리를 듣고 이곳으로 오셨다는 겁니까?"

"제 추측으로는 그렇습니다. 그리고 이곳에 아곡성조가 있음을 깨닫고 전투를 벌인 것입니다."

하지만 주변에 사람의 기척은 느껴지지 않는다.

그 전투의 결과는 어찌 되었으며, 생존자가 있다면 그 생존자는 어디로 간 것일까?

그때 진유 무사가 외쳤다.

"이걸 보십시오!"

그가 가리킨 것은 근처에 있던 설백목이다.

자연이라는 것은 참 신기한 것이, 이런 북해에서도 적응하며 자라는 식물이 있다는 것이다.

그중 하나가 바로 설백목이다.

말 그대로 눈 덮인 하얀색 나무라는 의미인데, 특이하게 나뭇잎이 하얀색이다.

그 스스로 열을 내서 주변의 눈을 녹인 후, 그 녹은 물을 먹고 사는 나무이기도 하지.

그렇기에 만약 북해에서 길을 잃었을 때 설백목을 안고

있으면 얼어 죽지는 않는다.

진유 무사가 가리킨 설백목의 무성한 이파리 사이의 가지에 길게 찢은 천 하나가 묶여 있었다.

피가 묻은 천.

그리고 그 천의 묶인 매듭은 은해상단에서 사용하는 표식이다.

그 의미는.

"도주하는 중. 구출 요망이군요."

"그리고 방향은, 저쪽입니다."

그 표식을 통해 자신들이 이동할 방향도 표시해 두었다.

"어찌할까요?"

"우리끼리 결정할 일은 아닌 듯합니다. 소대주님과 논의해 보죠."

아무래도 지금 우리는 내 일행만 움직이고 있는 게 아니라, 수색대를 짜서 움직이고 있다.

그리고 지부장님 일행을 찾는 것은 소대주에게도 중요한 일이니까.

우리는 수색대에 다시 합류했다.

"소대주님."

"가셨던 일은 어찌 되셨습니까?"

"지부장님의 흔적을 찾았습니다."

내 말에 그의 안색이 밝아졌다.

그리고 내 설명을 듣자, 그는 곧바로 자리에서 일어났다.

"그렇다면, 이러고 있을 시간이 없습니다."

"곧 해가 집니다만……."

누군가의 우려에 흑철 엽사가 단호하게 말했다.

"만약 아곡성조에게 쫓기는 중이라면 서둘러야 합니다."

"위험하지 않겠습니까?"

"함께 움직인다면 괜찮을 것입니다. 게다가 오늘은 달도 밝으니, 그리 어둡지도 않을 겁니다."

이 근방의 지리와 기후에 가장 익숙한 흑철 엽사의 말이니 믿어도 된다.

우리는 곧바로 수색에 착수했다.

– 꾸이!

그때 금령의 전음이 들렸다.

– 꾸이! 꾸! 꾸이!

음? 피 냄새라면 추적하는 것이 가능하다고?

사실 처음에 금령에게 지부장님의 물건 냄새를 맡게 해서 찾으려 했지만, 실패했다.

금령의 말로는 일반적인 냄새는 눈 때문에 지워져서 추적이 어렵다고.

그러면서 심부름 값을 얻지 못해서 상당히 아쉬워했었지.

전에 눈 속에 파묻힌 돈 냄새는 기가 막히게 잘 맡던데…….

– 꾸이! 꾸!

그렇다고 네가 피를 좋아하는 일반적인 동물은 아니니

까 오해하지 말라고?

애초부터 그런 오해는 하지도 않았어.

아무튼 금령이가 피 냄새를 추적할 수 있다면 일은 매우 쉬워진다.

그러면 이제 피가 있던 곳으로 가면 되는 거냐?

– 꾸이! 꾸!

아, 이미 그 냄새는 알고 있다고?

좋아. 다녀와.

금령은 곧바로 달려 나갔고, 순식간에 점이 되어 사라졌다.

원래도 조그맣긴 하지만.

그사이 우리는 계속해서 이동했다.

흑철 엽사의 말대로 밤늦은 시간에도 생각보다 환해서 수색하는 데 어려움은 없었다.

"아곡성조는 생각보다 집요한 녀석이라고 합니다. 그래서 한 번 선택한 사냥감은 끝까지 쫓는다고 하더군요."

"제법 악질이군요."

그런 녀석은 그냥 둘 수 없지.

그렇게 이야기를 나누며 수색을 이어 가고 있을 때였다.

툭.

내 가슴에 안기는 금령.

– 꾸이꾸이꾸이! 꾸!

얼른 따라오라고? 지금 전투가 벌어지고 있는데, 많이

다쳤다고?

나는 주변을 두리번거리는 척하다가 한 곳을 가리켰다.

“저기에 뭔가 흔적이 있는 듯합니다.”

그러고는 앞장서서 걸어 나가며, 슬쩍 앞에 기운을 보내어 발자국을 찍었다.

“정말이군요. 그렇다면 진행 방향은…….”

“이쪽입니다.”

그런 식으로 내가 스스로 표식을 만들면서 금령이 안내하는 곳으로 향했다.

우리가 향하는 쪽에서 무언가 소리가 들려왔고, 우리는 그 소리가 들리는 쪽으로 접근했다.

“크윽! 부상자는 뒤로 빠져!”

“젠장! 더럽게 끈질기군!”

“으아앙!”

그리고 그사이에 아기 우는 소리가 섞여 들렸다.

“이 새끼야! 어딜 가!”

“제발 저 소리 좀 어떻게 좀 해 봐!”

우리는 서둘러 그곳으로 향했고, 치열한 전투가 벌어지는 모습을 볼 수 있었다.

그들을 본 소대주가 외쳤다.

“원조해라!”

“네!”

하지만 우리를 본 그들은 손을 크게 저으며 외쳤다.

“안 됩니다!”

"안 돼! 오지 마! 오지 말라고!"

"젠장! 저 아곡성조의 목소리를 들으면 홀려 버린다고!"

뭐?

"으아앙!"

그때 다시금 들리는 아곡성조의 울음소리.

그 소리에 선두에서 달려 나가던 수색대 중 일부의 눈이 풀리며 검을 우리에게 겨누었다.

젠장, 저래서 오지 말라고 한 거였군.

그 와중에 다행인 것은 내 호위무사들은 저 목소리에 홀리지 않았다는 것이다.

아무래도 일정 거리 안에 들어가면 홀리는 듯했다.

그렇다면 이미 홀려 버린 이들은 어떻게 할까?

잠시 고민했지만 답은 간단했다.

그들을 깔끔하게 기절시키는 것.

문제는 저들을 기절시키기 위해서는 그들이 있는 곳으로 가야 하는데, 그러다가 자칫 다시 홀리는 자가 나올 수도 있다는 것이다.

– 꾸이!

응? 네가 도와준다고?

– 꾸이!

잘할 수 있으니까, 걱정하지 말고 은자나 챙겨 달라고?

나는 고개를 끄덕였다.

– 그래.

내 허락에 금령은 즉시 움직였다.

눈에 보이지도 않을 속도로 움직여 저들의 배에 몸통 박치기를 했다.

퍽!

"커억!"

퍼억!

"큭!"

아주 효과 좋네.

한 방에 한 명씩 기절하며 쓰러지는 수색대원들.

나는 계속해서 자신 앞의 이들을 공격하고 있는 아곡성조를 노려보았다.

저 앞의 아곡성조를 죽여야 근본적인 문제가 해결될 터.

"후, 제가 가도록 하겠습니다."

내 말에 진유 무사가 물었다.

"하지만……. 괜찮으시겠습니까?"

"저는 괜찮을 겁니다."

내가 위험할 것 같았으면 서향 소저가 경고했겠지.

나는 아곡성조에게 다가갔다.

"으아앙!"

다시 아이 울음소리가 들렸지만, 예상대로 그 소리는 나에게 그 어떤 영향도 주지 못했다.

설풍궁의 무공인 태음빙해신공은 사술이나 환각에 걸리지 않게 막아 준다.

그래서 설풍궁이 건재했을 땐 아곡성조가 이곳으로 올 생각을 하지 못했겠지.

아무튼 오늘 저 아곡성조는 날 잡았다.

죽을 날을 말이다.

스릉.

나는 은무검을 빼 들고 그에게 달려들었다.

아곡성조는 나를 보더니 주춤거렸다.

아니, 내가 아니라 금령 때문인가?

어쨌든 지금이 기회로군.

나는 그대로 아곡성조에게 쇄도해 은무검을 휘둘렀다.

서걱!

하지만 깊이가 얕았는지 목에 상처를 입혔을 뿐, 목을 베지는 못했다.

“끼에에에에엑!”

아곡성조는 찢어질 듯 울었다.

아까의 아이 울음소리와는 다른 울음소리.

이제야 위험하다고 느낀 거겠지.

펄럭!

아곡성조가 날개를 펄럭이며 거센 바람이 일어났다.

아무래도 저거 도망가려는 것 같은데?

그 바람에 주변 사람들이 비틀거리며 쓰러졌고, 아곡성조는 하늘로 날아올랐다.

훗!

저 녀석이 아직 모르고 있군.

설풍궁의 이름의 진정한 의미를 말이야.

설풍을 지배한다는 것이 무엇인지 제대로 보여 주지.

나는 검을 들어 올리며 진기를 끌어 올렸다. 그리고 진설십이식검법의 네 번째 초식인 설풍을 응용하여 주변에 인위적으로 설풍을 일으켰다.

휘잉!

곧 설풍이 세차게 불며 나와 아곡성조를 덮쳤다.

설풍이 불 땐 영물도 피한다.

그만큼 설풍의 위력은 무시무시하다는 의미다.

나에겐 그 어떤 영향도 주지 못하는 설풍이지만, 아곡성조에게는 아니었다.

"끼에엑!"

설풍에 휘말린 아곡성조는 바닥에 내동댕이쳐졌다. 다시 날갯짓을 하려고 했지만 소용없었다.

으득-!

결국 그 날개는 반대로 꺾여 버렸고, 그 고통에 아곡성조는 연신 고통스러운 울음소리를 냈다.

"끼에엑! 끼엑!"

이제 슬슬 끝을 내 볼까?

아, 그 전에 해야 할 게 있지.

"금령아. 저 녀석에게, 이 주변에 있는 아곡성조가 몇 마리인지 물어봐."

"꾸이!"

금령은 고개를 끄덕이고는 아곡성조에게 물었다.

"꾸이. 꾸? 꾸이."

"끼에엑. 끼룩."

금령은 그 말을 내게 전해 주었다.

이 근처에 세 마리 정도가 있다고? 허! 많이도 내려왔군.

아무튼, 그것들도 다 처리해야겠군.

그럼, 이제 볼일은 끝이다.

나는 검을 들어 그대로 아곡성조의 목을 베어 버렸다.

"끼룩!"

아곡성조는 몸을 몇 번 움찔하더니 그대로 축 늘어졌다.

후, 이걸로 이번 사건도 해결이군.

내가 내공을 거두자, 시야를 가렸던 설풍이 가라앉았다.

내가 설풍을 일으킨 건 아곡성조가 도망가지 못하게 하려는 것도 있었지만, 저들로부터 시야를 가리고 소리를 차단하기 위함도 있었다.

"주군!"

서우 무사를 위시한 호위무사들이 달려와 무릎을 꿇었다.

"저희가 도움이 되지 못해 송구합니다."

"도움이 되지 않았다니요?"

나는 고개를 저으며 말했다.

"여러분은 상황에 맞는 판단을 하신 것입니다. 저는 여러분이 제 명에 따라 주어 얼마나 다행인지 모릅니다."

만약 그들이 아곡성조의 미혹에 넘어가 검을 휘둘렀다면 정말 큰일이었을 터.

"주군……."

"그러니 너무 자책하지 마세요."

나는 그렇게 그들을 위로하며 품에서 금령의 침이 담긴 병을 꺼내 나누어 주었다.

"그럼, 부상자들을 좀 부탁드립니다."

"알겠습니다."

내 부탁에 그들은 부리나케 움직이기 시작했다.

아곡성조의 공격을 피하면서 도망하는 것이 결코 쉬운 일이 아니지.

저들이 입은 부상이 그걸 증명하고 있었다.

그사이 나는 금령이 기절시킨 이들을 깨웠다.

내 기운을 저들의 몸에 조금 넣어 주는 것으로 간단히 깨울 수 있었다.

아마 냉수마찰하는 기분일 터.

눈 오는 날 냉수마찰이라니, 좀 미안하긴 하지만 어쩔 수 없지.

그렇게 모두를 깨운 후 말했다.

"자자, 상황 종료되었습니다. 어서 저들을 도와 야숙할 준비를 하십시오."

"헉!"

"네! 아, 알겠습니다."

그리고 나는 지부장에게 다가갔다.

"살아 계셔서 정말 다행입니다."

"이렇게 저희를 구해 주셔서 정말 감사합니다. 소단주께서는 저희 생명의 은인이십니다."

"아닙니다."

나는 고개를 저었다.

"여러분을 구할 수 있었던 것은, 여기…… 마 무사님 덕분입니다."

그 말에 옆에 있던 구표 행수가 깜짝 놀라 외쳤다.

"아, 아니! 너는? 순복이 아니냐?"

"아저씨…… 훌쩍."

"이 녀석아! 울긴 왜 울어?"

"아저씨가 이렇게, 훌쩍. 힘들게 일하셔서 저를, 훌쩍, 후원해 주셔서……."

그 말에 구표 행수는 피식 웃고 말았다.

"싱거운 녀석 같으니라고."

나는 구표 행수에게 말했다.

"마 무사님이 이번에 큰 공을 세웠습니다. 중요한 단서를 발견하여 여러분을 찾을 수 있었습니다."

그가 발견한 흔적 덕분에 금령이가 그곳에 남겨진 피 냄새를 맡아 이곳까지 올 수 있었던 것이니까.

"그러니까 칭찬 많이 해 주시죠."

"물론입니다."

구표 행수는 고개를 끄덕이고는 마순복 무사를 불렀다.

"순복아! 이리 와 봐라."

그 부름에 마순복 무사는 그에게 다가갔고, 그는 냅다 그의 등짝을 내리쳤다.

퍼억!

"으악! 아, 아픕니다! 아저씨!"

"기운 내라는 의미다! 내가 죽었냐? 나 아직 멀쩡하다! 그런데 뭘 그렇게 질질 짜? 좀 더 자신 있게! 당당하게 살아라!"

그가 말을 이었다.

"너에게 부모는 없지만, 내가 있잖냐?"

"아저씨……."

"알겠으면 가서 불이나 좀 피워라. 춥다."

"네."

그는 얼른 불을 피우기 위해 분주하게 움직였다.

"크윽! 이거 죽겠군요."

그렇게 미순복 무사를 보낸 구표 행수는 신음을 토했다.

가만 보니 그의 어깨도 그렇고, 등에도 상처가 제법 깊었다.

그때 이필 무사가 다가와 그 상처에 금령의 침을 발라 주었다.

순식간에 상처가 낫는 모습을 본 그들은 깜짝 놀랐다.

"이건 뭡니까?"

그 물음에 나는 대수롭지 않게 대답했다.

"아, 영약입니다."

"네? 여, 영약이요?"

"헉! 엄청 비쌀 것 같은데……."

당연히 비싸죠.

금령이가 침을 흘리게 하려면 금자 정도는 흔들어야 하

니 말입니다.

하지만 나는 그런 말 대신에 빠른 회복을 당부했다.

“빨리 나으시면 됩니다. 그래야 이 영약 값을 하시는 거니까요.”

그나저나 오늘 금령이가 제법 활약을 했지.

후, 얼마나 챙겨 줘야 서운하지 않다고 하려나?

협상을 좀 해야겠군.

아, 이건 금령이에게 돈을 덜 주기 위한 것이 아니다.

금령이에게 협상 능력을 키워 주기 위한…….

꾸이?

내가 황제냐고?

“…….”

할 말이 없군. 췟.

.

.

.

어느덧 야숙 준비가 마무리되었다.

장작을 힘들게 짊어지고 온 보람이 있군.

북해에서 야숙할 때 가장 중요한 것은 체온을 유지하는 것이다.

자칫하면 동사할 수 있으니까.

활활 타오르는 모닥불을 가운데 두고 둘러앉아 따뜻한 탕국으로 배를 채웠다.

육포와 쌀가루를 넣고 끓여 제법 든든했다.

"여기서 쉬었다가 날이 밝는 대로 북해지부로 귀환해야 합니다."

흑철 엽사가 말했다.

"하늘을 보니 예정보다 하루 일찍 설풍이 불 듯하니 말입니다."

"그렇다면 서둘러야겠군요."

마음 같아서는 지금 당장 귀환하고 싶지만, 지부장님 일행이 너무 지친 상태였다.

금령의 침으로 외상은 다 치유되었지만, 체력이나 정신력까지는 회복시킬 수 없으니까.

그래서 이곳에서 하룻밤 쉬고 움직이기로 했다.

피에 물든 사악한 영물인 아곡성조는 태워 버렸지만, 그 깃털은 남겨놨다.

사악한 영물인 마물의 가죽은 재앙을 불러온다는 이야기가 있어 전부 태우지만, 깃털은 아니다.

상품 가치가 있는 깃털은 제법 비싸게 팔린다.

아무래도 사악한 영물의 피에 대한 거부감으로 인한 인식 차이 아닐까?

솔직히 가죽이나 깃털이나 그게 그건데.

아무튼, 눈을 닮은 아름다운 깃털이다.

그러니 태워 버리긴 아깝지.

그래서 깃털을 모조리 뽑아 부대에 담아서 흑철 엽사에게 선물했다.

"이걸 저희에게 주시는 겁니까?"

"네. 이걸로 옷을 지어 입으십시오. 살펴보니 어느 정도 방어력이 있는 듯합니다. 또한, 다른 나쁜 영물들의 눈을 피하는 데도 도움이 될 듯합니다."

"감사합니다."

이걸 비싸게 팔 수도 있지만, 거래처 관리도 중요한 법이다.

그때 소대주가 지부장님에게 물었다.

"지부장님, 대체 무슨 일이 있었던 것입니까?"

"아마 자네도 짐작하고 있을 것이네. 사냥꾼 마을로 가던 도중에 아이 울음소리가 들렸지. 자네도 알다시피 이 북해로 도망 오는 자들의 아이만 살아남는 경우가 있지 않나?"

"……."

지부장님의 말대로 제국에서 더는 살지 못해서 도망친 자 중에 일부가 실낱같은 희망을 안고 북해로 도망을 온다.

그 이유는 다양하겠지만, 대부분 같은 최후를 맞이하게 된다.

동사해서 마물들에게 잡아먹히든, 산 채로 잡아먹히든 말이지.

운이 좋다면 사냥꾼 마을에 의해 목숨을 구하거나 북해 빙궁 궁도에게 구해질 수도 있겠지만.

어쨌든 그런 일이 있으니 지부장님 일행도 혹시나 싶어 그 울음소리가 들리는 곳으로 향한 것이다.

"그곳으로 향했지만, 아이는 없었지. 그리고 선두의 몇몇 이들이 멍해진 표정으로 절벽으로 다가간 순간, 아곡성조가 모습을 드러냈네. 이에 뒤쪽에 있던 무사들이 나서서 제지하며 전투가 벌어졌지."

"그래도 아곡성조에게 잡아먹히지 않아 다행입니다."

"정말 하늘이 도왔지."

그렇게 밤은 더욱더 깊어져 갔다.

날이 밝았다.

우리는 자리를 정리하고 북해지부로 향했다.

그렇게 길을 걷던 우리는 문제가 발생했다는 것을 깨달았다.

분명히 북해지부가 보이고도 남아야 할 시간인데, 북해지부가 보이지 않았기 때문이다.

"이 길이 맞는 것이오? 이렇게 오래 걸릴 리가 없는데."

"저, 아무래도 설미에 빠진 듯합니다."

설미(雪迷)란, 눈으로 인해 길을 잃어버리는 것을 의미했다.

눈이나 바람으로 인해 지형이 바뀌면 아무리 능숙한 사냥꾼이라고 해도 길을 잃을 수 있다.

그리고 사방이 눈으로 인해 하얗다.

그렇기에 착시 현상까지 일어나 방향 감각을 잃게 되는 것이다.

"그럼 어찌하면 좋겠습니까?"

"우선 이곳에서 잠시 쉬는 게 좋겠습니다. 길을 찾을 방법을 알아보겠습니다."

"그러면 그렇게 합시다."

우리는 잠시 그 자리에 멈춰서 물을 마시고 육포를 씹으며 휴식을 취했다.

"아무래도 길을 잃은 듯합니다."

"곧 설풍이 불 텐데…… 걱정이군요."

"그러게 말입니다. 얼른 길을 찾아야 할 텐데요."

아마 나와 함께 있으면 설풍이 불어도 안전하긴 할 거다.

내가 지닌 은무검이 설풍을 제어할 수 있으니까.

하지만 하루하루 지쳐 가고 식량도 바닥이 보이는 상황이다.

서둘러 북해지부로 돌아가야 한다.

후, 무슨 좋은 방법이 없을까?

그리 고민하던 중, 하나의 물건이 떠올랐다.

아! 맞다, 현로도가 있었지.

계속해서 이동하는 대상을 찾거나 하는 데 쓸 수는 없지만, 어딘가 고정된 장소로 가는 길을 찾는 거라면 현로도는 최적의 방법이다.

나는 즉시 현로도를 꺼냈다.

그리고 옆에 내가 가고자 하는 목적지를 손가락으로 썼다.

목적지를 적을 때 반드시 붓으로 쓰지 않아도 된다는

것을 알게 되었다.

그냥 현로도가 인식할 수 있게 글자를 쓰기만 하면 되는 것이다.

곧 붉은색 보자기에 검은색 지도가 떠올랐고, 황금색의 선이 쭈욱 이어져 우리가 가야 할 길을 보여 주었다.

역시 현로도 최고다!

내가 칭찬하는 것을 알아차렸는지, 현로도의 귀퉁이가 펄럭였다.

이 길대로만 간다면 우리는 안전하게 북해지부로 갈 수 있을 터.

나는 그 길을 외운 후, 자리에서 일어나 소대주에게 다가갔다.

그는 걱정스러운 표정으로 생각에 잠겨 있었다.

"소대주님."

"아, 소단주님. 무슨 일이십니까?"

"혹시 제가 길을 안내해도 되겠습니까?"

"네? 그게 무슨 말씀입니까?"

"소대주님도 아시다시피 제가 북해빙궁에 자주 오가지 않습니까? 그런데 이 지형을 보니 제가 아는 지형인 듯해서 말입니다."

"그게 정말입니까?"

그는 반색하며 되물었다.

"정말 아시는 지형입니까?"

"네."

옆에서 서우 무사가 동조했다.

"저 역시 익숙한 지형입니다. 그리고 아시다시피 저희 주군께서 길눈이 무척 좋으시지 않습니까?"

이에 소대주가 밝은 표정으로 고개를 끄덕였다.

"그렇다면 부탁드리겠습니다. 바로 떠날 준비를 하도록 하겠습니다."

"믿어 주셔서 감사합니다."

휴식을 끝낸 우리는 다시 출발했다.

"이쪽입니다."

이번에는 나와 일행이 선두에 섰다.

그리고 틈틈이 현로도를 보면서 맞게 가고 있는지, 혹은 중간에 경로가 바뀌지 않았는지 확인하면서 이동했다.

"어! 저, 저기!"

"북해지부다!"

일행들이 큰소리로 외쳤다.

그 목소리에는 반가움과 기쁨, 안도가 섞여 있었다.

역시 현로도가 기물은 기물이네.

네 시진 넘게 길을 헤매고도 북해지부 근처도 못 왔는데, 현로도가 알려 준 길을 따라가니 겨우 한 시진밖에 걸리지 않았다.

게다가 가는 동안 피에 물든 영물은 코빼기도 보이지 않았기에 모두 안전하게 목적지까지 올 수 있었다.

"정말 감사합니다."

"덕분에 살았습니다."

그렇게 모두의 감사 인사를 받았다.

“제가 알고 있던 길이라 다행입니다.”

그리고 나는 흑철 엽사에게 다가가 제안했다.

“이제 곧 설풍이 분다고 하지 않았습니까? 부족으로 돌아가야 하는 사정은 알지만, 지금은 위험할 수 있으니 잠시 저희 지부에 머물렀다 돌아가시지요.”

내 말에 그가 고개를 주억이며 말했다.

“그럼, 염치 불고하고 잠시 머물도록 하겠습니다.”

그렇게 지부 안으로 들어가 휴식을 취하려는데, 멀리서부터 설풍이 불어오기 시작했다.

광풍이라는 말이 모자랄 정도로 거센 바람.

그 모습을 보며 모두 몸서리쳤다.

“조금이라도 늦었다면 저 설풍에 휘말렸을 겁니다.”

“으으! 생각만 해도 끔찍하군요.”

그들의 말에 나는 말 없이 웃었다.

그때 우리가 귀환했음을 전해 들은 부지부장이 달려왔다.

“지부장님!”

“아! 부지부장.”

“대체 무슨 일이 있었던 겁니까? 옷에 묻은 그 피는 다 뭐고요?”

“말하자면 길어. 그래도 소단주님이 제때 구해 주셔서 살았지. 허허.”

“아이고, 지부장님!”

그 뒤로 서향 소저와 팔갑이 내게 다가오는 모습이 보였고, 나는 그들을 보며 반갑게 웃었다.

.

.

.

소란스러운 한때가 지나갔다.

나는 지부장실 안에서 차를 마시고 있었다.

지금 밖에서는 설풍이 몰아치고 있었지만, 이곳 북해지부 안은 아늑했다.

사냥꾼 부족의 조언을 받아 지은 지부 건물은 제국의 일반적인 건물과 모양이 좀 달랐다.

우선 지붕이 높고, 경사가 가팔랐다.

그리고 지붕에 밀랍을 많이 칠해서 방수에 신경을 썼는데 이는 눈 때문이다.

눈이 잘 흘러내리도록 경사를 가파르게 한 것이고, 눈이 녹으면서 지붕으로 물이 새는 것을 막기 위함이다.

그리고 ㅁ자 형태의 집 가운데 중정을 두었는데, 이는 그곳에 눈이 쌓이도록 하기 위함이었다.

그 눈을 녹여서 생활용수 및 식수로 사용해야 하니까.

그리고 ㅁ자 형태의 집을 둘러싼 복도가 있어 밖으로 나가지 않고 그 건물의 모든 공간으로 이동할 수 있었다.

좁은 창문을 통해 보는 외부의 풍경은 좀 살벌했다. 아직 설풍이 그치지 않았거든.

"다시 한번, 소단주님께 감사드립니다."

지부장님의 인사에 나는 멋쩍게 웃었다.

“너무 그러지 않으셔도 됩니다. 저는 제 할 일을 한 것뿐이니까요.”

“아닙니다. 그래도 감사 인사는 확실하게 해야지요.”

그는 찻잔을 내려놓으며 말했다.

“주신 서류는 읽어 보았습니다. 북해의 얼음을 가지고 가서 파실 계획이시라고요?”

“그렇습니다. 아시다시피 지금은 여름이 아닙니까? 다들 더위에 힘들어합니다. 올해는 그게 좀 심한 편이고요.”

“운송만 잘 할 수 있다면 확실히 돈은 되겠군요.”

“저희 은해상단에 이렇게 북해지부가 있는데, 그렇다면 이득이 되는 방향으로 움직여야지 않겠습니까?”

“맞는 말입니다.”

지부장님이 고개를 주억이며 말을 이었다.

“그러면 얼음을 채취한 후 소단주님께서는 곧바로 돌아가시는 겁니까?”

“아닙니다.”

나는 고개를 저었다.

“저와 일행은 북해빙궁에 다녀와야 합니다. 그래서 그동안 얼음을 모아서 운송할 준비를 해 주셨으면 합니다.”

“알겠습니다. 그럼 북해빙궁은 언제 가시는 겁니까?”

“한 이틀 뒤에 출발할 예정입니다.”

아직 이곳에서 해야 할 일이 있기 때문이다.

다음 날.

나는 내 일행과 함께 북해지부를 나섰다.

설풍이 그친 것을 확인한 흑철 엽사 일행은 곧바로 부족으로 돌아갔다.

내가 북해빙궁으로 바로 떠나지 않은 이유는 남아 있는 아곡성조 때문이다.

내가 일전에 처리한 아곡성조가 말했다.

이 근처에 세 마리 정도가 있다고.

그 녀석들을 처리하지 않으면 북해지부는 물론이고, 얼음을 채취하는 이들이 위험할 수 있지.

원래는 혼자 가려고 했다.

그런데.

"저희는 주군의 호위무사입니다. 혹시 무슨 일이 있을지 모르는데 어찌 주군의 곁을 비우겠습니까?"

정론이라 할 말이 없었고, 그래서 호위무사들과 같이 온 것이다.

아곡성조는 보통 가만히 숨어서 사냥감을 노린다.

그렇기에 현로도를 이용하여 아곡성조를 찾을 생각이다.

나는 현로도를 펼쳐서 글자를 적었다.

[이 근처에서 가장 가까운 아곡성조가 있는 곳]

현로도는 곧 금색 선을 그리면서 가장 가까운 아곡성조가 있는 곳을 알려 주었다.

이 녀석 먼저 처리하면 되겠군.

나는 현로도가 가리키는 곳으로 향했고, 반 시진만에

목적지에 도착했다.

그때 들리는 아곡성조의 울음소리.

"으아앙!"

이에 진유 무사가 말했다.

"놈이 근처에 있는 듯합니다."

"혹시 모르니 여기서 잠시 대기하십시오."

"알겠습니다."

나는 호위무사들을 잠시 기다리게 한 후 그 소리가 들리는 곳으로 가까이 다가갔다.

"으아앙!"

다시 들리는 울음소리.

어디 보자…… 저기로군.

눈과 비슷한 털이 보호색 역할을 해서 찾기 힘들었지만, 음습한 기운을 찾아가니 놈의 모습이 보였다.

내가 가까이 다가가자.

푹!

나를 향해 쏘아지듯 내밀어지는 날카로운 발톱!

그러나, 그건 나에게 닿지 않았다.

그 전에 내가 그 발목을 잘라 버렸으니까.

서걱!

"끼에에에엑!"

아곡성조는 갑작스러운 고통에 비명을 지르며 도망치려는 듯 날개를 푸드덕거렸다.

그렇게는 안 되지!

이번에는 바닥을 박차고 허공으로 날아올랐다.

그리고 진설십이식검법의 여덟 번째 초식인 일점현빙을 응용하여 일격에 놈의 목을 꿰뚫어 버렸다.

쿵!

그대로 절명해 버린 듯 놈의 몸은 몇 번 날갯짓을 하다가 그대로 땅으로 떨어졌다.

이걸로 한 마리는 처리했군.

그럼 이 녀석의 깃털을 챙겨 볼까?

.

.

.

나는 네 마리의 아곡성조를 사냥했다.

세 마리라고 했는데, 현로도가 알려 준 바에 의하면 총 네 마리였다.

이 정도면 당분간 북해지부는 안전하겠지.

그리고 아곡성조의 깃털도 꽤나 많이 챙겼고.

내가 북해지부로 돌아왔을 땐 저녁을 먹을 때가 가까운 시간이었다.

"오늘 고생하셨습니다. 씻고 좀 쉰 후 저녁을 먹죠."

"알겠습니다."

처소로 돌아가니 팔갑이 나를 맞으며 말했다.

"따뜻한 목욕물 준비해 놨습니다요."

"내가 지금 올 줄 어찌 알고?"

"곽 부관님께서 알려 주셨습니다요."

"그랬구나. 감사하다고 말씀드려야겠네."

나는 옷을 벗고 따뜻한 물에 몸을 담갔다.

"으……."

온몸이 풀어지는 것 같은 기분이네.

아곡성조를 상대하면서 나는 의무감을 느꼈다.

그건 설풍궁의 재건에 대한 의무다.

조사님께서 내게 이를 부탁하셨었지. 그에 대한 지원도 많이 받았고.

만약 설풍궁이 굳건하게 유지되고 있었다면 아곡성조 같은 녀석이 감히 이쪽으로 올 생각도 하지 못했을 거다.

하지만 설풍궁이 사라지면서 이 주변의 관리가 제대로 되지 않는 것이지.

아직까지 설풍궁을 대놓고 재건할 수는 없는 노릇이지만, 이곳을 계속 그냥 두고 볼 수도 없고…….

무언가 방법을 생각해 봐야 할 듯했다.

.

.

.

하루를 푹 쉬었고, 북해빙궁으로 향할 때가 되었다.

"그럼, 조심해서 다녀오십시오."

"네."

우리는 모두의 배웅을 받으며 북해지부를 나섰다.

과연 빙궁의 궁주님께서는 청첩장을 받으시면 뭐라고 하시려나?

좀 궁금해지긴 하네.

그러고 보니 전에 궁주님이 설풍궁의 소궁주가 된 기념으로 나에게 선물을 하나 주신다고 했는데.

설마 잊어버리신 건 아니겠지?

155장. 빙궁 혼인

빙궁 혼인

우리는 북해빙궁으로 향했다.

북해지부라고는 하지만, 북해빙궁과는 제법 거리가 있는 편이다.

그렇게 이동하던 중.

"으아앙!"

어디선가 아이 울음소리가 들렸다.

"이거 아이 울음소리 아닙니까?"

"혹시 아곡성조가 또 있는 것 아닙니까?"

자라 보고 놀란 가슴 솥뚜껑 보고 놀란다고 했다.

아곡성조 때문에 제법 고생을 한 우리였기에, 경계심이 먼저 들었다.

"가 봅시다."

"네."

나는 서향 소저에게 잠시 이곳에서 다른 호위들과 기다리고 있으라고 말하려고 했다.

하지만 그녀가 먼저 입을 열었다.

"저도 함께 가고 싶어요."

보통 그녀가 그리 말할 때는 그럴 만한 이유가 있다.

그리고 그녀가 위험에 처한다고 해도 아곡성조 정도는 내가 처리하고 구해 줄 수 있기에 고개를 끄덕였다.

"그리하십시오."

그렇게 우리는 그 울음소리가 들리는 곳으로 향했다.

"으아아앙! 으아앙!"

다시금 들리는 울음소리.

그리고 곧 우리는 모두 발걸음을 멈출 수밖에 없었다.

"저런!"

"저거, 환각 아닙니까요? 진짜입니까요?"

나는 고개를 끄덕였다.

"진짜 같아."

서향 소저도 안타까운 눈으로 고개를 끄덕였다.

우리 앞에는 두꺼운 옷을 입은 세 명의 사람들이 서로 부둥켜안은 채였다.

그 위에는 눈이 수북하게 쌓여 있었다.

진유 무사와 여응암 무사가 그들에게 다가가 눈을 털어내며 살펴보더니 고개를 저었다.

"틀렸습니다."

"이미 모두 숨을 거두었습니다."

"으아아앙!"
다시금 들리는 울음소리.
"여기에 아이가 있는 듯합니다."
보통 아이들은 한 번 울면 그치지 않고 계속해서 운다. 하지만 이렇게 간헐적으로 운다면 이건 아이의 상태가 좋지 않다는 의미다.
여응암 무사가 난감한 표정으로 한 곳을 가리켰다.
"여기, 이 여인의 품 안에 아이가 있는 듯합니다."
아이에게 최대한 많은 체온을 전달해 주기 위해 그리한 듯했다.
아무리 죽은 여인이지만, 옷을 풀고 그 속살을 보는 게 좀 꺼려지는 듯했다.
이에 서향 소저가 나섰다.
"제가 아이를 꺼낼게요."
이에 다른 무사들이 뒤로 물러났고, 서향 소저가 그 여인의 품을 뒤져 아이를 꺼냈다.
이, 이래서 그녀가 함께 간다고 했구나.
두어 살 정도 되어 보이는 여자아이였다.
하지만 얼굴이 새파랗게 질려 있었고, 손가락과 발가락은 동상으로 인해 괴사가 시작되고 있었다.
"저런……."
서향 소저가 자리에 앉아 아이를 안았다.
그때 금령이 내 소매 안에서 빠져나왔다.
"꾸이?"

그리고 아이에게 다가가 손가락과 발가락을 핥아 주었다. 그러자 괴사 중이던 아이의 손가락과 발가락이 서서히 회복되기 시작했다.

하지만 이곳은 너무 추운데.

그때 팔갑이 말했다.

"도련님, 이거를 잠시 아이에게 걸어 주면 될 듯합니다요."

팔갑이 말한 것은 이전에 황제에게 받은 화씨벽 목걸이.

팔갑은 북해에 갈 때마다 저 목걸이를 꼭 패용한다.

그래서 나나 다른 호위무사들 못지않게 추위를 타지 않고 오갈 수 있지.

"넌 괜찮겠어?"

"홋! 이 정도는 괜찮습니다요. 전에 이거 없이도 북해빙궁에 갔었습니다요."

그건 그렇지.

이제 팔갑의 무공도 이전보다 많이 늘었고.

"지금은 아이를 살리는 것이 먼저 아닙니까요?"

"고마워."

팔갑이 화씨벽 목걸이를 아이에게 걸어 주면서 아이의 체온 문제는 해결했다.

하지만 아직 문제가 남아 있었다.

"아이가 오래 굶었을 테니, 뭔가 먹여야 할 듯합니다."

"그러면 마침 날도 어두워지고 있으니 이곳에서 야숙

하도록 하죠."

우리는 야숙할 준비를 했다.

우선 내가 비고에 넣어 두었던 장작을 꺼냈다. 북해에서 장작을 구하는 건 쉬운 일이 아니니까 비고를 이용해 장작을 조달하고 있지.

팔갑은 불을 피운 뒤 그 위에 솥을 걸었다.

탁, 타탁, 타다닥.

장작이 활활 타오르기 시작했고, 걸린 솥에 눈과 쌀가루를 넣고 끓였다.

오늘은 아이를 위해 미음을 만들었다.

팔갑이 그릇에 미음을 펐고, 서향 소저가 미음을 호호 불어 가면서 아이에게 조금씩 먹였다.

오물오물.

다행히 아이는 입술을 움직이며 미음을 삼켰다.

살았구나!

그제야 우리 모두 안도했다.

서우 무사가 자리에서 일어나며 말했다.

"우선 시신을 처리해야겠군요."

이대로 둔다면 피에 물든 영물들에게 먹히는 건 시간문제이다.

우리는 먼저, 옆에 따로 장작을 놓았다.

그리고 그들의 신분을 확인할 수 있는 것들을 따로 챙겼다.

그리고 보니 일전에 발견했던, 북해빙궁에 입궁하기 위

해 가다가 동사했던 이들이 떠오르는군.

여응암 무사가 무언가를 찾은 듯했다.

"여기 신분패가 있습니다!"

나는 그 신분패를 받아 살폈다.

명공강문(鳴珙姜們) 문주 강후라고 새겨져 있었다.

이를 본 서우 무사가 말했다.

"명공강문이라면 들어 본 적이 있습니다. 산서성의 문파인데, 흑도들과의 세력 다툼에서 패하여 멸문당했던 것으로 기억합니다."

"그렇다면 거기서 도망쳐서 이곳에 이른 것이겠군요."

보통 이곳으로 도망치는 무림인들의 목적은 북해에 있다는 영약인 경우가 많았다.

아마 이들의 목적도 그 영약을 통해 강해져서 복수하고 문파를 재건하는 것이었겠지.

인원 구성을 보면 남자 둘에 여자 하나, 아이 하나였다.

그렇다면 젊은 문주와 그 부인, 그리고 그들의 아이와 호위무사였겠군.

하지만 이들이 꿈꾸었던 복수와 문파 재건의 꿈은 이렇게 스러지고 말았다.

어린 딸 하나만을 남기고.

그들도 무림인인 만큼 나름대로 자신이 있어서 북해행을 택했겠지만, 그 선택은 불행한 결과를 불렀다.

북해는 그들의 상상보다 훨씬 더 비정하고 냉혹한 땅이었다.

그래도 이렇게 딸은 살렸으니, 다행이라고 해야 하나?

우리는 그들의 유품을 챙긴 후, 그들의 시신을 장작 위에 올렸다. 그리고 기름을 뿌려 불을 댕겼다.

“으아아앙!”

가족과 헤어지는 순간임을 본능적으로 깨달은 듯, 아이는 울기 시작했다.

서향 소저가 아이를 토닥이며 말했다.

“그래, 나도 네 마음 알아. 그래도 기껏 차린 기력인데 여기서 허비하면 안 되니까 오늘은 슬퍼도 참으렴. 부모님이 살려 주신 생명이잖니.”

그 모습에 나도 모르게 입맛이 썼다.

나 역시 조금이라도 발을 잘못 디디면 저들과 같은 처지가 될 테니까.

그러니 더디더라도 신중하게 한 발 한 발 나아가야지.

날이 밝았고, 우리는 다시 북해빙궁을 향해 움직였다.

아이는 팔갑이 안고 가기로 했다.

“힘들지 않아?”

“괜찮습니다요. 그리고 아이가 목에 걸고 있는 화씨벽 목걸이 덕분에 따뜻하기도 합니다요.”

아이도 팔갑이 편안한지 그 가슴에 딱 붙어 있었다.

그렇게 이동하다 보니 익숙한 건물이 보였다.

“빙궁객잔입니다.”

“그러게요. 이제는 반갑기까지 합니다.”

빙궁객잔까지 왔으면 이제는 북해빙궁에 도착했다고 봐도 되지.

그렇게 객잔에 도착하자, 그곳의 점소이인 쌍생아 형제가 나와 우리를 맞아 주었다.

“어서 오세요.”

“또 뵙는군요.”

“어서 들어오세요. 이곳은.”

“북해에서 가장 안전한 곳입니다.”

서로 말을 맞추는 것인가 싶을 정도로 딱딱 호흡이 잘 맞는 것이 언제 봐도 신기했다.

“반갑습니다. 북해빙궁은 편안합니까?”

내 물음에 쌍생아 중 하나가 대답했다.

“그런 듯합니다.”

“다행이군요.”

그들은 내 옆의 서향 소저에게는 나보다 한층 더 공손한 태도로 인사했다.

“신녀님을 뵙습니다.”

“어서 안으로 드시지요.”

“…….”

안으로 들어가자 객잔 안에 있던 궁도들의 시선이 우리에게 집중되었다.

그녀들은 내게 인사를 하다가 서향 소저를 보더니 일제히 그녀 앞에 부복했다.

“신녀님을 뵙습니다.”

서향 소저는 빙정안을 가지고 있고, 그래서 이 북해빙궁에서 신녀님이라 불린다.

즉, 북해빙궁에서는 거의 궁주님 바로 아래 위치라고 해도 무방할 정도.

하지만 서향 소저는 민망해하며 말했다.

"여러분들의 마음은 알지만, 그러시면 제가 너무 부끄럽습니다. 그러니 그냥 편하게 대해 주세요."

"그럴 순 없습니다."

"그러면 하다못해 저를 볼 때마다 부복하는 거라도 그만둬주세요. 제게 예를 갖추다가 여러분의 일에 소홀하게 된다면 북해빙궁의 이름에 누를 끼치게 되는데 그건 어불성설이지 않을까요?"

서향 소저의 말에 그녀들은 고개를 끄덕였다.

"알겠습니다."

"그럼 그리하겠습니다."

나는 그녀들에게 말했다.

"저희는 궁주님을 뵙기 위해 왔습니다. 그러니 빙궁에 전갈을 넣어 주시고, 방을 안내해 주십시오."

"알겠습니다."

"그리고, 혹시 아이를 돌볼 수 있는 분이 계십니까?"

"네?"

"아이요?"

이에 나는 팔갑의 품에 안겨 있는 여자아이를 가리키며 자초지종을 설명했다.

그러자 그녀들은 쓴웃음을 지으며 말했다.

"추몽자의 아이군요."

추몽자, 꿈을 좇는 자라는 의미다.

"간혹 이곳에서 영약을 발견하여 절세의 무공을 얻는 경우가 없는 건 아닙니다. 그렇기에 이곳을 찾는 추몽자들이 끊이지 않는 것이겠지요."

그리 말한 제자가 팔갑에게 아이를 받아 안았다.

"혹시 이 아이, 저희 빙궁에서 맡아도 될까요?"

"상관은 없지만, 이유가 있습니까?"

"네."

그녀는 고개를 끄덕였다.

"이 북해에서 발견한 여아는, 저희가 키워 북해빙궁의 제자로 입궁시키는 것이 일종의 법도입니다. 이 북해에서 죽은 목숨이 헛되지 않도록 한다는 의미도 있지요."

"그렇군요."

"그리고, 어릴 때부터 이 북해에서 자라면 좀 더 유리하기도 하니까요."

이 아이를 발견한 건 우리지만, 근본적으로 생각하면 이 북해가 아이를 살린 것이다.

그러니 이 아이의 운명은 북해빙궁에 맡겨야 하는 것이지.

"저희로서는 그리해 주시면 감사하지요. 부디 잘 부탁드립니다."

"이 아이의 이름은 무엇인가요?"

"이름은 모릅니다. 아이의 부모로 추정되는 이들에게서 유품을 챙기긴 했는데, 그중에 아이의 이름을 의미하는 건 없었습니다."

"그러면 아이의 이름을 지어 주세요."

"제가 말입니까?"

"네. 추몽자의 생존한 아이를 발견했을 경우, 그 아이의 이름은 최초 발견자가 짓는 것이 법도입니다."

그렇다면 이름을 지어 줘야 하지만…….

– 꾸이?

괜찮겠냐고?

금령아. 네가 그리 말하지 않아도 나에게 이름 짓는 재능이 없다는 거 나도 알아.

그렇다면 할 수 없지.

"곽 부관님."

"네."

"부관님께서 이 아이의 이름을 지어 주십시오. 제가 이상한 이름을 지었다가는, 평생 아이의 원망을 들을 수도 있습니다."

내 말에 팔갑이 고개를 끄덕였다.

팔갑아. 그 끄덕임, 뭔데?

서향 소저는 미소를 지으며 말했다.

"알겠어요. 부군의 부담을 덜어 주는 것은 부인으로서 당연한 일이죠."

"감사합니다."

그때 우리의 말을 들은 제자의 눈이 커졌다.

"네? 호, 혹시, 두 분이 혼인하셨습니까?"

"정확하게 말하면 혼약한 사이입니다. 올해 가을에 혼인하기로 하여 이를 궁주님께 알리기 위해 이렇게 온 것이기도 합니다."

"그러시군요."

"혼인을 축하드립니다."

"감사합니다."

"그런데 조금 얼떨떨하긴 합니다. 저희 빙궁의 역사상 혼인하신 신녀님은 없으셔서……."

나는 피식 웃었다.

"전례가 없다고 이후로도 없다는 법은 없지요. 그러니 그냥 적응하십시오."

"네. 그래야겠지요."

"그럼 다시 하던 이야기로 돌아와서, 아이의 이름은 무엇으로 하면 좋겠습니까?"

서향 소저가 잠시 생각하다가 말했다.

"이진은 어떤가요? 귀고리 이(珥)에 참되다는 의미의 진(眞)이요. 이(珥)에는 빛나고 귀하다는 의미가 있거든요. 그러니 정말 빛나고 귀하다는 뜻이지요."

"이진. 좋은 이름입니다."

역시 나보다 서향 소저가 작명 솜씨가 훨씬 좋다.

빙궁의 제자가 말했다.

"좋은 이름입니다. 그럼 이 아이의 이름은 이진으로 하겠습니다."

아버지의 성씨인 강 씨라는 성을 붙여 주고 싶지만, 북해빙궁의 제자가 되면 그때부터 북해빙궁의 법도에 따른 성이 주어지니 별 의미는 없을 터였다.

다음 날.

북해빙궁에서 반가운 사람이 마중을 왔다.

"오랜만이군요."

"아, 소궁주님."

빙해린 소궁주가 말했다.

"이제 같은 소궁주이니 그 '님'자는 좀 빼 주시죠."

"그럼 그리하죠."

소궁주는 내게서 고개를 돌려 곽 부관을 보더니 정중히 예를 갖추었다.

"신녀님을 뵙습니다."

"반가워요."

"그럼 가시죠. 궁주님께서 기다리고 계십니다."

나는 팔갑과 호위무사들을 빙궁객잔에 남겨 둔 후, 서향 소저와 함께 안개의 문을 통해 북해빙궁으로 향했다.

"그동안 잘 지내셨습니까?"

내 물음에 빙해린 소궁주는 고개를 끄덕였다.

"잘 지냈습니다."

하지만 그녀의 얼굴이 조금 찌푸려졌다.

"그런데 저 아래쪽으로 아곡성조가 몇 마리 내려간 것

같아서 그걸 어찌 처리해야 하는지 골머리를 좀 앓고 있습니다."

아곡성조?

"아…… 그거 말입니까?"

나는 머쓱하게 웃으며 말했다.

"이번에 오면서 다 잡고 왔습니다."

"네?"

"총 다섯 마리더군요."

그녀는 발을 멈추었고, 나를 보며 눈을 깜박였다.

"그걸 어찌 잡은 겁니까? 제법 까다로운 영물인데?"

"그냥…… 뭐, 어찌어찌 잡아지더군요."

자세히 설명하기는 뭐해서 그냥 두루뭉술하게 답했다.

다행히 그녀는 순순히 내 말에 수긍했다.

"하긴, 설풍궁의 무공이라면 그리 어렵지 않았겠군요."

곧 우리는 북해빙궁에 도착했다.

얼음으로 만들어진 궁은 언제 봐도 신비롭다.

우리는 빙궁에 도착하자마자 궁주님의 처소로 안내되었다.

"설풍궁의 소궁주가 북해빙궁의 주인을 뵙습니다."

"소녀, 북해빙궁의 주인을 뵙습니다."

우리의 인사에 궁주님을 나른하게 누워, 물고 있던 장죽을 입에서 떼며 말했다.

"반갑네. 그래서 여긴 어쩐 일인가?"

"궁주님께 알려 드릴 일이 있어서 왔습니다. 여기 곽부관님이랑 저, 혼인합니다."

"그렇군. 뭐 예상은 했지."

그녀가 고개를 주억이며 말했다.

"나에게 알리지 않았으면 무척 서운할 뻔했어."

나는 태연하게 웃으며 속으로 안도의 한숨을 내쉬었다.

사부님 말씀대로, 알리지 않았으면 삐지실 뻔했습니다.

후, 식은땀이 나는군.

나는 웃으며 말을 이었다.

"그런 말씀 마십시오. 제가 궁주님께 이 중요한 사실을 어찌 알리지 않겠습니까?"

– 꾸이?

금령아. 조용히 해.

궁주님은 흐뭇한 표정으로 고개를 주억였다.

"아무튼, 두 사람의 혼인을 축하하는 바이네."

"감사합니다."

우리 둘은 그녀에게 감사를 표했다.

"그간 빙정안을 가진 신녀가 혼인하는 일은 없었네만, 그대는 이 북해빙궁의 제자가 아니니 상관없지."

그리 말한 궁주님이 말을 이었다.

"그건 그렇고 혹시 빙궁 혼인이라고 아나?"

"처음 듣는 이야기입니다."

빙궁과 혼인이라니, 전혀 어울리지 않는 말인데?

북해빙궁의 제자들은 공식적으로 혼인을 인정하지 않

으니까.

“빙궁과 설풍궁의 오랜 우호 관계를 의미하는 행사로서, 설풍궁 궁주와 소궁주의 혼인을 이 빙궁에서 치르는 것이지.”

“금시초문입니다.”

“그랬겠지. 내 기억에 의하면 마지막 빙궁 혼인은 죽은 전대 설풍궁주의 혼인이었으니까.”

“…….”

아…… 사부님께서 혼인하시기 전에 설풍궁에 변고가 닥쳤으니, 그때가 마지막이겠구나.

“이렇게 다시 빙궁과 설풍궁의 인연이 이어졌으니, 빙궁 혼인을 하는 것도 나쁘지 않다고 보는데 어찌 생각하나?”

이에 대해 가타부타 말하기 전에 물어야 하는 것이 있다.

“빙궁 혼인이라는 것이 무엇인지 정확하게 알고 싶습니다.”

“그리 거창한 건 아니고, 그냥 이 빙궁에 몇 없는 축제이지. 설풍궁 궁주와 소궁주의 혼인을 핑계로 해서 말이야.”

“…….”

“소궁주도 알다시피, 이 빙궁의 규율은 상당히 빡빡하고 엄격하지. 그렇기에 그런 식으로나마 잠시 숨통을 트여 주기 위해서이기도 하지.”

“그럼 빙궁만 좋은 거 아닙니까?”

내 물음에 빙궁주가 말했다.

"그렇게만 보면 그렇지. 하지만 빙궁의 이들은 크든 작든 혼인하는 이들에게 선물을 한다네."

선물?

"또한 빙궁에서 혼인을 한 그 순간부터, 이 빙궁은 정식으로 혼인 관계를 인정하지."

나는 서향 소저를 보았다.

나 혼자 결정할 수는 없는 일이니까.

"어찌 생각하십니까?"

"저는 소단주님의 뜻에 따를게요."

나는 잠시 생각하다가 고개를 끄덕였다.

"알겠습니다. 그리하도록 하겠습니다."

"잘 생각했네."

빙궁주님을 설렁줄을 당겼고, 빙해린 소궁주가 들어왔다.

"부르셨습니까?"

"여기 소궁주와 신녀가 혼인하기로 한 사실을 알려왔다."

"혼인 말입니까?"

"그래."

그녀의 말에 빙해린 소궁주는 우리에게 정중히 축하 인사를 했다.

"감축드립니다."

"감사합니다."

궁주가 고개를 주억이며 말했다.

“그래서, 빙궁 혼인을 준비해야겠구나. 다른 제자들과 협의하여 준비하도록 해라. 장로들에게 협조를 구하면 될 것이다.”

“네. 바로 준비하도록 하겠습니다.”

“그래.”

빙해린 소궁주는 궁주의 처소에서 나갔다.

“그럼 자네도 가서 좀 쉬도록 하게.”

“그 전에 드릴 말씀이 있습니다.”

“무엇인가?”

“사실 이곳에 오다가 요녕에서 화적들을 만났습니다.”

나는 그에 대한 설명을 했다.

“……하여 지금 토지를 마련해 주고 그곳에서 농사를 짓도록 했습니다.”

“그런 일이 있었군.”

궁주님은 고개를 갸웃하며 물었다.

“자네의 생각은 이해하지만, 화적들에 의해 목숨을 잃은 무사들이 속했던 광준상단과 표국의 입장에서는 마음에 들지 않는 결정이었을 텐데?”

“맞습니다. 그래서 저도 그들에게 양해를 구했고, 그들도 대승적인 차원에서 이해해 주었습니다.”

우리를 습격했던 화적들을 죽여 복수를 해 주고 또 인질로 잡혀갔던 자들을 구해 주고 뺏긴 상품을 되찾아 주었다.

그것도 어느 정도 영향을 미쳤지.

내가 이번에 데리고 온 이들은 대부분 노인과 여자, 어린아이들이다.

그대로 놔두면 학살당하거나 노예로 잡혀갈 게 불 보듯 뻔한 상황.

“제가 상당한 돈을 들여 그들에게 농지를 마련해 주었는데, 다른 화적들이 그곳을 습격한다면 문제가 아닙니까?”

“그야 그렇지. 그래서 원하는 것이 무엇인가?”

그녀가 씩 웃었다.

“내게 이런 말을 하는 것을 보면, 내게 원하는 것이 있는 것 같은데?”

“예. 그 토지에서 나는 농산물이 빙궁의 식량으로 쓰인다면 좋을 듯합니다. 일전에 빙궁에서 식량난이 일어났던 이유도, 식량을 직접 공급받을 곳이 없었기 때문이 아닙니까?”

하여 빙궁에서 식량을 사기 위해서 준비했던 영약을 사주를 받은 매입상이 가짜로 바꿔치기한 일이 생기는 바람에 아사할 뻔했지.

“앞으로도 그런 일이 없을 거라고 장담할 수는 없다고 생각합니다. 그러니 이렇게 직접 농산물을 구할 곳을 마련해 놓는다면 좀 더 안전하지 않을까 합니다.”

“그건 그렇지. 하지만 말이지.”

궁주가 말을 이었다.

“우리도 요녕에 빙궁의 소작지를 마련하는 방법을 생

각해 보지 않은 것이 아니야. 하지만 자네도 알다시피 이를 빌미로 무림맹에서 시비를 걸면 귀찮아지니 그런 방법을 사용할 수밖에 없었지."

그녀의 말에 나는 고개를 저었다.

"궁주님. 저는 그 땅의 소유권을 빙궁에 넘긴다고 말한 적이 없습니다. 단지 빙궁과의 정기적인 식량 거래를 제안한 것뿐입니다."

"그리한다면 공식적으로는 자네의 땅이지만, 화적들이 보기에는 빙궁의 농지처럼 여겨지겠군."

"그렇습니다. 그렇다고 상시 병력을 주둔시켜 달라는 것도 아닙니다. 가끔 가서 휘 둘러보고 오시면 충분합니다."

"즉, 빙궁의 위세를 빌리겠다는 거군."

정확하게 핵심을 짚으셨다.

나는 웃으며 말을 이었다.

"위세를 빌린다니, 섭섭합니다. 약간의 수고로 확실한 식량 공급처를 마련하시는 겁니다. 대신에 기존에 빙궁에서 사 오는 금액의 칠 할에 농산물을 제공해 드리겠습니다."

궁주님은 장죽을 입술에서 떼며 말했다.

"공짜는 아니란 거군."

"세상에 공짜가 어디 있습니까. 저 역시 그 농지를 사는 데 상당한 비용이 들었습니다."

내 말에 궁주님은 잠시 생각하시다가 고개를 끄덕이셨다.

"나쁘지 않은 제안이군."

나는 내 땅과 그곳에서 농사를 짓는 인력을 지킬 수 있어서 좋고, 북해빙궁은 저렴한 가격에 안정적으로 식량을 공급받을 수 있어서 좋은 것이지.

그렇게 북해빙궁의 제자들이 자주 내려오면 그 근방의 치안도 좋아질 터.

요녕의 화적들이 절대 건드리지 않는 존재가 바로 북해빙궁의 제자들이다.

내가 알기로 북해빙궁은 자신들을 건드린 자는 끝까지 추적하여 도륙을 낸다지.

그것도 그냥 편하게 죽이는 것이 아니기에 더더욱 공포의 대상이 되는 것이다.

이를 보며 나 역시 교훈을 얻었다.

바로 누군가를 조질 땐 확실하게 조져야 한다는 것을 말이지.

"그 제안, 받아들이지."

"감사합니다."

그렇게 내가 생각했던 계획은 무사히 진행되었다.

나와 서향 소저는 처소로 안내되었다.

그런데 우리에게 주어진 처소는 하나였다.

"처소가…… 하나입니까?"

내 물음에 우리를 안내해 준 제자가 대답했다.

"네. 혼인하실 분이니만큼 특별히 처소를 하나로 준비

하라는 명이 있었습니다."

"……."

"궁주님께서 말씀하시길, 만약 이에 대해 소궁주께서 물으면 혹시 두 분 사이에 무슨 문제라도 있는지 여쭈어 보라고 하셨습니다."

"문제라니요. 그런 거 없습니다."

"그럼 되었군요. 혹시 필요하시면 설렁줄을 당기십시오."

그렇게 제자가 나가고 나는 한숨을 내쉬었다.

우리를 놀리시는 건지, 배려하시는 건지 모르겠지만 아무래도 이거 전자에 가까운 것 같단 말이지.

나는 서향 소저에게 말했다.

"소저께서 침상을 쓰십시오."

"그게 무슨 말인가요?"

그녀가 눈을 동그랗게 뜨고 반문했다.

"이 차가운 돌바닥에서 주무시겠다고요?"

이 빙궁의 바닥은 매끄럽기는 하지만, 빙궁인 만큼 매우 차갑다.

"그건 제가 용납할 수 없어요. 그리고 이미 한 침상에서 잔 적도 있는데 그렇게까지 하실 필요는 없어요."

하긴, 그렇긴 하지.

"제 말을 거절하시면, 팔갑 소이에게 이를지도 몰라요."

그건 좀 곤란하다.

팔갑이 또 맞는 말에 대해서는 단호하거든. 잔소리 엄청나게 할 거다.

"알겠습니다. 그러면 함께 자도록 하죠."

우리는 씻고 저녁을 먹은 후 따로 몇 분을 찾아뵈었다.

진호 형의 장모님과 장조모님이 이곳 북해빙궁에 계시니까.

그리고 서책을 읽고 있을 때 서향 소저가 불렀다.

"안 주무시나요?"

"아! 시간이 벌써 이렇게 되었군요."

"네. 이만 주무셔야죠. 어서 누우세요."

나는 고개를 끄덕이며 침상으로 향했다.

"오늘은 여분의 이불로 가운데 경계를 만들지 않으셨군요."

"경계를 만들지 않아도 넘어오지 않으실 텐데, 굳이 만들어야 하나 싶어서요. 만들까요?"

"아, 아닙니다."

나는 고개를 저으며 침상에 누웠다.

다행히 침상은 생각보다 넓었다.

서향 소저 역시 내 왼편에 누웠고, 나는 이를 확인하고 말했다.

"불 끄겠습니다."

"네."

나는 손을 휘둘러 공력으로 촛불을 껐다.

훅-!

사방이 어두워졌다.

침상이 넓기는 했지만, 한 이불을 덮고 누우니 나도 모르게 얼굴이 붉어졌다.

서향 소저에게 들키기 싫어 이불을 조용히 끌어 올려 얼굴을 덮었다.

그때 금령의 전음이 들렸다.

– 꾸이? 꾸?

어두워서 보이지도 않는데 뭐 하냐고?

아…….

* * *

그 시각.

북해빙궁의 한 회의실.

그곳에는 빙해린과 북해빙궁의 장로들이 있었다.

서탁 위에는 빙궁 혼인에 대한 자료들로 가득했다.

"당시 빙궁 혼인은 무척이나 화려했던 기억이 납니다."

"그랬지요."

장로들은 오랫동안 이 북해빙궁에서 지냈던 인물이니만큼, 당시의 일을 생생하게 기억하고 있었다.

"솔직히 더 이상의 빙궁 혼인은 없을 거라고 생각했는데, 이렇게 또다시 빙궁 혼인이 열리다니!"

"정말이지, 감격스럽네요."

"더군다나 그 신랑은 은서호 소궁주가 아닙니까?"

"그분은 이 북해빙궁의 은인입니다. 그분이 아니었다

면 저희는 다 굶어 죽었을 겁니다."

그들은 지난 영약 바꿔치기 사건을 해결해 주고, 대규모 식량을 보내서 빙궁을 구해 준 일을 잊지 않고 있었다.

"그러니 이번 빙궁 혼인을 허투루 준비할 수는 없다고 생각합니다."

그녀들의 말에 빙해린 역시 고개를 주억였다.

"저 역시 그리 생각합니다. 그 일뿐만 아니라 은서호 소궁주는 본궁에 크고 작은 선협을 베풀었습니다."

그녀는 회의실의 장로들을 둘러보며 말했다.

"그러니, 이번 빙궁 혼인은 더욱더 성대하고 화려하게 준비해야 할 것입니다."

"최선을 다하겠습니다."

"그럼 어떤 식으로 이번 빙궁 혼인을 준비할 것인지 의논해 보도록 하죠."

"네."

그렇게 그녀들은 열띤 논의를 벌였다.

가용 예산을 파악하고 가장 효과적인 방법을 논의해 나갔다.

그리고 마지막으로 그것들을 종합해서 빙궁 혼인 진행에 대한 계획서를 만들었다.

"궁주님께 상신하고 오겠습니다."

빙해린은 그것을 들고 궁주의 처소로 향했다.

이미 밤늦은 시간이지만 궁주가 깨어 있음은 잘 알고 있었다.

빙궁 제자들이 익히는 무공이 고강하면 고강해질수록 겪는 일종의 부작용이 바로 불면증이니까.

"궁주님, 저 빙해린입니다."

"들어오거라."

문이 열리고, 그녀는 안으로 들어갔다.

"이번 빙궁 혼인 진행 계획서입니다. 검토 부탁드립니다."

궁주는 그 계획서를 받아 읽어 보았다.

"여기 신방에 밝히는 등불이 너무 많을 것 같구나. 공기가 부족할 수도 있고, 분위기도 과할 수 있으니 반으로 줄이거라."

"네."

"그 밖에 더 말할 건 없으니, 이대로 진행하도록."

"네. 알겠습니다."

궁주는 계획서를 돌려주며 물었다.

"부럽지는 않느냐?"

"네?"

"은서호 소단주와 신녀의 혼인 말이다. 그걸 보면서 부러운 마음이 들지 않는지 묻는 것이다."

"부럽지 않습니다."

"이 빙궁의 제자들은 혼인할 수 없지. 그래서 너를 이곳에 데리고 온 것이 가끔 미안해지곤 한단다."

"그런 생각하지 마십시오."

빙해린이 말을 이었다.

"저는 저를 이 빙궁에 데리고 와 주신 것에 대해 감사하고 있습니다. 이 빙궁이 아니라면, 설풍궁 가족들의 원수를 갚는 건 꿈도 꾸지 못했을 테니까요."

"……."

잠시 말없이 그녀를 보던 궁주가 다른 화제를 꺼냈다.

"요즘은 북해 밖으로 나가지 않는구나."

"조만간 나갈 생각이었습니다. 그럼 저는 이만 가 보겠습니다."

빙해린은 궁주의 처소를 나갔고, 궁주는 장죽을 문 채 그 뒷모습을 바라보았다.

궁주는 아직 기억하고 있었다.

설풍궁의 잔해 속에서 발견한 아이는, 재갈이 물린 채였다.

소리를 내지 못하게 하려고 일부러 그리한 듯했고, 덕분에 목숨을 구할 수 있었다.

빙궁객잔으로 데리고 왔을 때 그녀는 무척이나 서럽게 울었다.

사흘 내내 계속 울기만 해서 걱정했지만, 그런 걱정이 무색하게 그녀는 나흘째 되는 날부터 더 이상 울지 않았다.

그리고 북해빙궁의 제자가 된 후, 독하다는 말을 들을 정도로 본인을 채찍질했다.

지금 그녀를 지탱해 주고 있는 건 오로지 복수심뿐.

"후, 세상에는 복수가 아니더라도 살아갈 이유가 많다

는 것을 알았으면 좋겠는데 말이지."

.

.

.

빙해린은 궁주의 처소에서 나왔다.

그녀의 눈은 가라앉아 있었다.

솔직히 혼인하는 두 사람이 부럽긴 했다.

자신도 평범한 가정에서 태어났다면, 아니 설풍궁이 변고를 당하지만 않았어도 빙궁으로 가는 선택을 하지 않고 누군가와 혼인을 했을 터.

하지만 부질없는 생각이다.

지금 그녀에게는 복수만이 삶의 원동력이니까.

그렇게 회의실에 돌아왔다.

"어찌 되었습니까?"

장로들의 물음에 그녀가 대답했다.

"한 가지 수정 사항을 제외하고는 그대로 진행하라고 하십니다."

이를 설명한 빙해린은 장로들에게 업무를 분배하였다.

"그럼, 잊지 못할 빙궁 혼인을 위해 잘 부탁드립니다."

"걱정 마십시오."

"최고의 빙궁 혼인을 위해 이 노구를 아끼지 않겠습니다."

그 말을 들으며 빙해린은 씨익 웃었다.

빙궁객잔에서 만났을 때 적잖게 당혹스러웠지만, 이제

는 친우라는 말이 가장 잘 어울리는 은서호다.

웬지 그가 깜짝 놀라는 모습이 기대되었다.

'내게 이런 면이 있었는지 미처 몰랐네.'

익숙하지 않은 기분이지만, 그리 나쁘지 않은 기분이었다.

* * *

나는 눈을 뜨고 침상에서 일어나 옆을 보았다.

그런데 서향 소저가 보이지 않았다.

어라?

언제 일어나신 거지? 전혀 기척을 느끼지 못했는데?

그때 문이 열리고 서향 소저가 들어왔다.

"일어나셨네요."

"언제 일어나셨습니까?"

"한 식경 전에요. 무척 곤히 주무시더라고요."

"제가 말입니까?"

사실 나는 그리 깊이 자지 못한다.

초절정에 오른 이후로는 더더욱 그랬다. 언제나 주변의 기운이나 소리가 민감하게 느껴지니까.

그런데 이곳 북해빙궁에서는 그런 거 없이 푹 자곤 했지.

그만큼 내가 이곳의 기운을 편하게 느낀다는 건가?

"운기조식 하셔야지요? 제가 호법을 서 드릴게요."

"감사합니다."

그렇게 나와 서향 소저는 번갈아 호법을 서면서 운기조식을 했다.

그리고 씻고 나오니 어느새 방 안에는 아침 식사가 차려져 있었다.

"감사합니다."

내 감사 인사에 제자가 겸양을 표했다.

"별말씀을요. 맛있게 드십시오."

그녀가 말을 이었다.

"빙궁 혼인을 준비하기 위해 이틀 정도가 소요될 듯합니다. 하여 이에 대해 양해를 구하고자 합니다."

그만큼 일정이 지체되긴 하지만, 어쩔 수 없지.

"알겠습니다."

"두 분이 식사를 마치시면 제자들이 두 분의 몸 치수를 재러 올 것입니다."

"네? 몸의 치수를 말입니까?"

"혼례복을 지어야 하니까요."

혼례복까지 따로 짓는다니.

생각보다 빙궁 혼인에 다들 진심이구나.

"그런데 이틀 안에 혼례복을 짓는 것이 가능한 겁니까?"

"물론입니다. 걱정하지 않으셔도 됩니다."

식사를 마친 후.

한 무리의 제자들이 내 처소에 방문했다.

제대로 준비해 온 듯 그녀들은 가림막을 치고 나와 서

향 소저의 몸 치수를 쟀다.

그 옆에서는 화사로 보이는 제자가 우리의 그림을 그렸다.

"그림까지 그리는 것입니까?"

"네. 빙궁 혼인은 본 궁에서도 중요한 행사이면서도 그 횟수가 많지 않은 만큼 기록이 중요합니다. 하여 이런 식으로 기록을 남기는 것입니다."

그녀는 말을 이었다.

"그래야 후대의 이들이 곤란을 겪지 않을 터이니 말입니다."

"그렇겠군요. 그러면 북해빙궁의 서고에는 그런 자료들이 많겠습니다."

"맞습니다."

그녀가 자랑스러운 표정으로 말했다.

"아마 이 무림에서 본 궁만큼 방대한 자료가 있는 서고도 없을 것입니다. 그리고 이곳의 날씨 역시 자료를 보관하는 데 최적화되어 있으니까요."

하긴 그렇겠네.

서책을 보관하는데 습기와 벌레가 가장 골칫거리니까.

치수를 다 잰 후에는 자유 시간이 주어졌다.

빙궁 안을 산책하고 싶긴 했지만, 제자들이 빙궁 혼인 준비로 인해 바쁘게 움직이고 있기에 산책은 좀 무리였다.

괜히 그들에게 방해가 될 것 같았기 때문이다.

그때 서향 소저가 말했다.

"전에 듣기로 이곳에 설풍궁의 추모 공간이 있다고 들었어요."

"네. 맞습니다."

"그곳에 잠시 다녀올 수 있을까요? 설풍궁의 소궁주와 혼인하는데 그래도 그곳에 인사 정도는 드려야 할 것 같아서요."

아…….

그걸 깜박했네.

그곳에 아뢰는 것이 예의인데, 미처 생각하지 못했다.

이미 그녀도 내가 설풍궁의 소궁주라는 것을 알고 있다. 그녀에게 내가 지니고 있는 위험에 대해 알리지 않는 건 예의가 아니라고 생각했으니까.

"지금 바로 다녀옵시다."

우리는 제자에게 행선지를 알려 주고, 처소를 나섰다.

전사한 설풍궁도들의 유골이 모셔져 있는 추모 공간은 빙궁의 서쪽에 있다.

이미 두어 번 가 봤기에 그리 어렵지 않게 찾아갈 수 있었다.

곧 설풍궁의 모습을 본떠 만든 조형물이 보였다.

이전에 설풍궁의 소궁주가 된 후, 정식으로 인사를 드리기 위해 찾아왔었지.

그때 내 나름의 각오를 밝혔던 기억이 났다.

"이곳입니다."

나는 그 앞에 다가가 먼저 포권하여 고개를 숙였고, 서향 소저 역시 내 옆에 서서 함께 고개 숙여 포권했다.

"저, 또 왔습니다. 제 옆의 이 아리따운 소저는 누군가 싶으시죠? 제 부인이 될 사람입니다."

"곽서향…… 아니, 동자령입니다."

그녀는 자신의 본명을 말했다.

"많이 부족하지만, 어여삐 여겨 주시고 앞으로 잘 살펴 주세요."

이에 나는 피식 웃었다.

"하나도 부족하지 않고 저에게 과분한 소저입니다. 이 혼인 허락하지 않으면, 저 평생 혼인하지 않을 터이니 알아서 잘 생각하십시오."

내 반 협박조의 말에 서향 소저이 눈이 커졌다.

"저기, 그런 말을 하시면……."

"괜찮습니다. 그리고 이게 제 진심이기도 합니다."

그렇게 인사를 마친 우리는 처소로 가기 위해 몸을 돌렸다.

그때 서향 소저가 말했다.

"저기, 담벼락에 쓰여 있던 글 있잖아요. 그게 무슨 의미일까요?"

"네? 무슨 글을 말씀하시는 겁니까?"

"저기 말이에요."

그리 말한 서향 소저가 어디론가 향했고, 나는 그녀의 뒤를 따랐다.

곧 도착한 곳은 빙궁의 담 한 귀퉁이였다.

"여기요. 여기에 글이 쓰여 있어요."

그러면서 그 담을 가리켰지만, 내 눈에는 아무 글씨도 보이지 않았다.

"저한테는 보이지 않습니다. 아무래도 곽 부관님한테만 보이는 것 같습니다."

"제 빙정안에만 보이나 보네요."

"그런 듯합니다. 그런데 뭐라고 쓰여 있습니까?"

"음, 그러니까…… 현룡과 함께 험한 길을 걷기로 한 그대에게 이것을 선물하는 바이다. 그리고 설화제성(雪花制星)이라고 적혀 있어요."

설화제성?

그 명호대로라면 눈꽃을 움직이는 엄청난 존재였을 터.

눈꽃을 움직이는 자라…….

그렇다면 설풍궁과 관련된 사람인가?

"그런데 현룡이라니? 무엇을 의미하는 것일까요?"

"아, 그건 아마 저를 의미하는 것이 아닐까 합니다. 사실 제가 현룡성체라는 체질입니다. 그래서 죽을 뻔했죠."

나는 멋쩍게 웃었다.

"미리 말씀드리지 못해서 죄송합니다. 설풍궁에 대해서는 말씀드렸는데, 현룡성체라는 제 체질에 관해 말씀드릴 생각은 못 했네요."

"아니에요. 그것 때문에 죽을 뻔하셨다고 했는데, 지금은 괜찮으신가요?"

"네. 지금은 괜찮습니다."

나는 내가 현룡성체 때문에 겪었던 사정들에 대해 간략히 설명해 주었다.

"사실 저도 이에 대해 전부는 알지 못합니다. 그리고 이것도 비밀로 해 주셨으면 합니다. 사부님께서 비밀로 하라고 하셨거든요."

"물론이에요. 그런데 현룡이라고 하니까 생각하는 게 있어요."

그녀가 말을 이었다.

"제 어머니께서 꿈속에서 현룡을 보고 저를 낳으셨대요. 제 태몽이 현룡인 셈이죠. 자세한 것까지는 말씀하시지 않아서 모르겠지만요."

"그랬군요. 그런데 선물이라고 적혀 있는데 아무것도 없는 겁니까?"

"아, 잠시만요. 여기 안에 뭔가 있어요."

그녀는 손을 담벼락 안에 쑥 집어넣었고, 곧 뭔가를 꺼냈다.

그건 하얀색 천으로 싸인, 길쭉한 무언가였다.

설마?

나는 그것을 받아 천을 벗겼다.

그러자 한 자루의 검이 모습을 드러냈다.

백색의 검.

스르릉.

나는 검을 뽑아 보았다.

그 검신은 마치 얼음으로 만든 것처럼 투명하게 빛났다.
그리고 그 검신에 이름이 새겨져 있었다.
[설홍(雪虹)]
눈의 무지개라는 의미처럼, 빛을 받아 움직일 때마다 검신이 다채로운 색을 보이고 있었다.
"좋은 검입니다."
명검이라는 것이 느껴졌다.
그때 갑자기 공명하듯 떨리는 설홍검.
그리고 내 허리에 찬 은무검도 떨리는 게 느껴졌다.
은무검은 설홍을 만난 것을 반가워하고 있었고, 설홍검도 이에 화답하고 있었다.
그렇다면 설마?
"이거…… 제 은무검과 이 설홍검이 한 쌍이 아닌가 합니다. 두 검이 공명하고 있습니다."
은무검이 설풍궁의 궁주에게 전해지던 검이라는 것을 생각하면, 설홍검은 설풍궁 궁주의 부인에게 전해지던 보물이 아닐까?
그러면 이걸 여기다 넣은 사람은…… 조사님밖에 없겠군.
그걸 빙궁의 담벼락에 숨길 수 있는 사람.
다른 사람의 눈에 보이지 않도록 이렇게 진법 같은 방법을 사용할 수 있는 사람.
서향 소저가 빙정안을 가지고 있음을 미리 알 수 있는 사람.

그 모든 것을 종합하니, 답이 나왔다.

이는 조사님이 주시는 혼인 선물이다.

이미 돌아가셔서 답을 할 수 없는 분들을 대신하여 이런 식으로 답을 하신 것이다.

이 혼인, 축하한다고.

그렇다면 감사히 받아야겠군.

"곽 부관님, 이건 곽 부관님의 것입니다. 선조들께서 혼인 선물로 주시는 것입니다."

"제가 가져도 되는 건가요?"

"물론입니다."

나는 고개를 끄덕였다.

"그러니 곽 부관님만 볼 수 있도록 조치를 해 놓은 것 아니겠습니까?"

"그렇겠네요."

그녀는 검을 잡았다.

그 순간, 그녀의 눈동자의 초점이 흐려지다가 이내 미소를 지으며 말했다.

"좋은 친우를 만났네요."

.

.

.

우리는 처소로 돌아왔다.

그리고 궁주님께 만나고 싶다는 연락을 했다.

잠시 후 궁주님의 처소를 지키는 제자가 찾아왔다.

"궁주님께서 모셔오라고 하셨습니다."
"네. 갑시다."
우리는 궁주님의 처소로 향했다.
이런 건 바로바로 말씀드리는 게 예의다.
설홍검이 설풍궁의 보물이지만, 빙궁에서 찾았으니까.
"어서 오게."
궁주님이 우리를 맞아 주셨다.
"무슨 일인가?"
"오늘 서쪽의 설풍궁을 추모하는 공간에 다녀왔습니다. 저희 둘의 혼인에 대해 말씀드려야 할 듯해서 말입니다."
"잘했네."
"그런데 그곳에서 곽 부관님이 이걸 발견했습니다."
나는 궁주 앞에 설홍검을 내밀었다.
궁주님은 고개를 갸웃하며 그 검을 만지려 했지만, 그 검을 잡지 못했다.
마치 안개를 잡는 듯이.
이에 궁주님이 깜짝 놀라 말했다.
"이건, 혹시 설홍인가?"
"이 검에 대해 아십니까?"
"나도 직접 본 적은 없지만, 본 궁의 서고에서 본 적이 있네. 적합한 주인이 아니면 잡을 수 없는 검이라고 하더군."
그녀는 말을 이었다.
"그리고, 설풍궁 안주인의 검이기도 하지."

역시 그랬군.

"꽤 오래전에 사라졌다고 들었는데 그게 본 궁에 있었다니! 자세하게 설명해 줄 수 있겠나?"

이에 서향 소저가 자초지종을 설명해 주었다.

그런데…….

설홍검은 주인이 아니면 마치 안개처럼 잡을 수 없고, 은무검은 주인이 아닌 자가 잡으면 미치고.

뭔가 서로 이름이 바뀐 거 같은데?

무지개라는 건 현혹하고 미치게 만든다는 의미도 있으니까.

그런 내 생각을 눈치채셨는지 궁주님이 말했다.

"은무검과 설홍검은 그 이름이 서로 반대의 의미를 담고 있네. 부부가 그 운명을 함께한다는 의미로 그렇게 이름을 지었다고 하지."

"그랬군요."

"하지만 은무검의 주인은 설홍검을 잡을 수 있고, 설홍검의 주인은 은무검을 잡아도 미치지 않지."

그래서 내가 설홍검을 잡을 수 있었던 것이군.

서향 소저가 말했다.

"그나저나 참으로 신기한 검이에요. 주인이 아니면 안개처럼 흩어진다니. 그런데 그 주인이라는 건 소궁주의 부인이라는 건데 아직 저는……."

이에 궁주님이 씩 웃으셨다.

"혼례 같은 형식이 중요한 게 아니지. 그 마음으로 서로

가 은애하고 있으니, 이미 서로 부부라고 여긴 것이지."

"아……."

"흠흠."

그 말에 나와 서향 소저의 얼굴이 붉어졌다.

그런 우리를 귀엽다는 듯이 바라보시던 궁주님이 말을 이으셨다.

"그 두 검은 아주 오래전 설풍궁에 속해 있던 청태 야장이 만든 검이지."

"설풍궁에 야장이 있었습니까?"

"물론. 그래서 당시에 본 궁에 무기를 공급하기도 했었지."

"그랬군요."

"아무튼, 그 야장의 솜씨는 가히 하늘에 다다랐다는 평가를 받았고, 그 진수가 바로 은무검과 설홍검이라고 알고 있네."

"그런 기술이 설풍궁의 변고로 인해 실전되었다니…… 안타깝습니다."

내 말에 궁주님이 고개를 갸웃했다.

"실전되었다니?"

"네?"

"아닐세. 천태 야장의 후손 중 일부만이 설풍궁에 남았고 나머지는 설풍궁을 떠나 제국에 정착했네."

"……네?"

그렇다면 그 후손이 지금 제국에 있다는 말인데?

"혹시 그들이 어디에 있는지 아십니까?"

"그건 나도 잘 모르네."

그럼 어쩔 수 없군.

궁주님께 여쭈어봐야 할 것이 하나 더 있다.

"혹시, 설화제성이라는 분이 누군지 아십니까?"

궁주님이 의아한 듯 반문했다.

"그걸 나에게 묻는 건 정말 몰라서 묻는 것인가?"

"네."

정말 모르니까 묻지, 알면 제가 묻겠습니까?

제가 감히 궁주님을 시험하는 것도 아니고요.

저도 목숨 아까운 줄 압니다.

"아아, 하긴. 모를 수도 있겠군."

궁주님은 뭔가 이해하신 듯 고개를 주억이셨다.

"설화제성은 설풍궁이 조사로 모시는 자의 명호이네."

그 정도로 대단한 명호를 가진 사람이 누군가 했는데, 역시 내 추측이 맞았군.

"그럼 이건, 곽 부관님께 주는 혼인 선물이 맞군요."

.

.

.

우리는 다시 처소로 돌아왔다.

궁주님께 설명을 들은 후 설홍검을 보는 서향 소저의 눈은 반짝이고 있었다.

"이 검을 한 번 제대로 잡아 보고 싶어요."

"저도 마침 몸이 근질근질하던 참인데, 대련 한 번 하시겠습니까?"

"좋아요!"

우리는 연무장으로 향했다.

빙궁에는 제법 넓은 연무장이 있었기에 마음껏 움직일 수 있었다.

그리고 가장 좋은 건, 혹시라도 바닥이 패거나 담이 무너져도 덜 미안하다는 것이다.

사방에 널린 것이 건축 재료니까.

.

.

.

약속했던 이틀의 준비 기간이 끝났다.

나와 서향 소저는 예복으로 갈아입었다.

붉은색의 예복은 대체 무엇으로 만들었는지 무척이나 가볍고 부드러웠다.

빛을 받으면 반짝이는 이런 비단은 나도 처음 보는 것이었다.

"이건 대체 무슨 비단입니까?"

"한번 맞혀 보시겠습니까?"

그렇다면 한번 고민해 볼까?

그때, 내 처소의 문이 열리면서 들어오는 이들을 본 내 눈이 커졌다.

나를 향해 달려오는 곰 한 마리.

"도련님!"

그 뒤로는 내 호위무사들이 따라 들어왔다.

"다들 여긴 어떻게?"

그런 내 의문을 풀어 준 이는 맨 뒤에 있던 빙해린 소궁주였다.

"이런 경사에 언제나 함께하는 이들이 참석하지 못한다면 많이 서운한 일이죠."

그녀가 미소 지었다.

"그래서 궁주님께서 일시적으로 이들의 출입을 허락하셨습니다."

"사실, 마음에 걸렸었는데, 배려에 감사드린다고 전해 주십시오."

"네. 그러죠. 그럼 시간이 되면 모시러 오겠습니다."

빙해린 소궁주가 내 처소를 나갔다.

"우리 도련님은 잘생기신 데다가 이런 옷까지 입으시니 선남이 따로 없습니다요."

"정말?"

"정말입니다요. 제가 언제 도련님을 두고 입 발린 소리 하는 거 봤습니까요?"

하긴…….

팔갑이가 공연히 내 얼굴에 금칠하는 짓은 안 하지.

"그런데 그 옷을 지은 비단, 상당히 아름답습니다."

이필 무사의 말에 나는 고개를 주억였다.

"네. 저도 이런 비단은 처음 봅니다."

이걸 팔 수 있다면, 상당한 이문을 얻을 수 있을 텐데 말이지.

"무슨 비단인지 맞혀 보라는데, 사실 잘 모르겠습니다. 혹시 아시는 분 있습니까?"

다들 내 옷을 살펴보더니 이내 고개를 저었다.

"잘 모르겠습니다."

"전혀 감도 안 오는군요."

서우 무사가 화제를 돌렸다.

"그런데 곽 부관님은 어디 계십니까?"

"다른 곳에서 단장 중입니다."

"얼마나 아름다우실지, 기대되시는 듯합니다."

서우 무사의 말에 나는 움찔하며 멋쩍게 웃었다.

"역시 기혼자라 그런지 잘 아시는군요."

"그 마음 제가 잘 압니다."

그 말에 또 다른 기혼자인 여웅암 무사도 고개를 끄덕였다.

이에 이필 무사가 말했다.

"왠지 부럽습니다."

"그렇게 부러우면, 내가 소저 한 명 소개해 줄 수도 있네만."

여웅암 무사의 말에 이필 무사가 웃으며 말했다.

"괜찮습니다. 사실 제가 자연스러운 만남을 추구하는 편이라서 말입니다."

"그리 말한다는 건…… 혹시 마음에 둔 소저가 있는 것입니까?"

명종 무사의 물음에 그는 손을 저었다.

"그런 건 아닙니다."

"어딘가 수상한데……."

이필 무사는 얼른 화제를 돌렸다.

"흠흠, 그나저나 오면서 보니까 술을 엄청나게 많이 준비한 듯하더군요."

북해로 오는 길에 광준상단에서 소식을 전해 들었다.

금주령이 해제되었다는 것.

이번 보리 작황이 꽤 좋아 보였는데, 황궁에서 파악하기로도 그런가 보는군.

하긴 작년에도 흉년이 끝날 징조가 보였으니.

하여 지금 곡식 가격은 거의 평년 수준을 회복하고 있었다.

내 이전 삶의 기억에서도 이번 가을은 대풍이었고.

그래서 곡식을 미리 사들여 되팔던 상단 중에 기민하게 움직이지 못했던 곳들은 적잖은 손해를 보았지.

아버지와 정호 형이 분주하게 움직이고 있겠군.

은해상단이 소유한 주도가의 술을 유통하기 시작해야 하니까.

절강성 항주에 내가 사 두었던 기루와 주루들도 이제 접었던 날개를 펴겠지.

나는 그곳에 금주령이 해제되면 자율적으로 움직이라고 말해 두었다.

내가 기루와 주루의 운영에 밝은 건 아니니까.

그들에게는 각자만의 운영 방법이 있을 텐데, 내가 괜히 끼어들면 참견하지 않는 것만도 못한 결과가 나올 터.

바삐 움직이느라 힘들지만, 그 입가에는 미소가 걸릴 거다.

장사가 안돼서 힘든 경험을 몇 년이나 해 봤으니까.

차곡차곡 돈이 쌓이는 소리가 들리는군.

– 꾸이!

요즘 금령이가 엉덩이를 씰룩이며 신나 하는 것을 보면 확실하다.

그곳들을 매입하느라 썼던 자금을 회수하는 것도 그리 오래 걸리지 않을 거다.

애초에 꽤 싸게 산 편이니까.

그때 내 침상을 본 팔갑의 두 눈이 격하게 흔들렸다.

"그, 그, 그런데, 왜 침상에 베개가 두 개입니까요?"

"아……. 궁주님께서 방을 하나만 주셨거든. 빙궁 혼인도 치르는 마당에 이미 부부 아니냐면서."

그 말에 팔갑이 아직 떨리는 눈으로 물었다.

"이불도 하나인 것을 보니 혹시, 벌써 두 분이 그, 그……."

"아니, 아무 일도 없었어."

그러곤 이내 의아한 생각이 들어 고개를 갸웃했다.

"그런데 팔갑아. 왜 네가 더 부끄러워하는 거냐?"

"꾸이?"

봐, 금령이도 이상하게 생각하잖아.

.

.

.

잠시 후.

제자들이 내 방으로 왔다.

"혼인 준비가 끝났습니다. 저희가 모시겠습니다."

"하객으로 오신 분들께서는 저를 따라오십시오."

그렇게 나는 일행들과 헤어져 제자 두 명의 뒤를 따라 어디론가 향했다.

곧 나는 어느 방 앞에 도착했고, 안에서 서향 소저의 기운이 느껴졌다.

"안에 들어가셔서 신부님을 데리고 나오시면 됩니다."

"알겠습니다."

문이 열리고, 나는 안으로 들어갔다.

안에는 서향 소저가 다소곳이 앉아 있었다.

내가 입은 예복과 같은 비단인 듯한데, 화려한 혼례복을 입고 화장까지 한 그녀를 보는 순간 나도 모르게 멍하니 바라볼 수밖에 없었다.

내가 그간 봤던 서향 소저는 아프고 병약했던 모습이거나, 내 부관으로서 수수하게 꾸민 모습 정도였다.

그 모습도 아름다웠는데, 이렇게 힘을 줘서 꾸미니 눈이 부실 정도였다.

"제가…… 많이 이상한가요?"

그런 나를 보며 서향 소저가 걱정스럽게 물었다.

"아닙니다. 너무 아름다우셔서 순간 넋을 잃었습니다."

내 말에 그녀의 얼굴이 빨개졌다.

옆에서 그녀를 꾸며 준 제자들이 흐뭇한 미소를 지었다.

"오랜만에 실력 발휘를 한 보람이 있긴 하네요."

"우리까지 닭살 돋게 하지 말고 얼른 후딱 나가세요."

"이제 이 붉은 신발을 신기고, 붉은 화관을 머리에 씌운 후 데리고 나가면 됩니다."

나는 신발을 신기고 붉은색 화관을 받아 그녀의 머리에 씌워 주었다.

"그러면 너울은 쓰지 않는 것입니까?"

내 물음에 옆의 제자가 대답했다.

"모두 여자들뿐인데, 쓸 필요가 있을까요?"

"그렇군요."

"대신, 붉은 화관으로 축복의 의미를 담았답니다."

나는 서향 소저에게 손을 내밀었고, 그녀는 내 손을 잡고 자리에서 일어났다.

"식장으로 향하는 문은 이쪽입니다."

그들은 내가 들어왔던 문과는 다른 문으로 우리를 안내했고, 우리는 그 문 앞에 나란히 섰다.

그때 문이 열렸다.

"……!"

그리고 나는 깜짝 놀랐다.

제자들이 양옆으로 쭉 늘어서서 우리를 축하해 주고 있

었기 때문이다.

많은 이들의 기운이 느껴지긴 했지만, 이렇게 정성스럽게 우리를 축하해 줄 거라고는 생각하지 못했으니까.

바로 앞에서 대기하고 있던, 악기를 든 제자가 흥겨운 곡을 연주하며 앞장섰다.

그리고 제자들이 우리에게 붉은색 꽃을 뿌리며 축하해 주었다.

"축하드립니다!"

"홍복을 누리세요!"

"백년해로하세요!"

제자들이 뿌리는 건 붉은 비단 조각으로 만든 꽃잎이었다.

제국에서도 붉은색이 좋은 의미를 가지고 있는데, 이 북해빙궁에서는 그 이상의 의미라고 들었다.

빙궁은 사방이 하얀색 일색인데, 이런저런 이유로 색을 사용하는 것이 그리 자유롭지 않기 때문이다.

특별한 날에만 허락되는 색이 붉은색이지.

모든 제자는 머리에 붉은색 장식을 달고 있었고, 붉은색 허리띠를 하고 있었다.

우리를 축하해 준 이들은 우리의 뒤를 따랐다.

그렇게 긴 복도를 지나온 나는 저 끝에 보이는 분을 보고 미소 지었다.

북해빙궁의 궁주님과 소궁주다.

"혼인을 축하하네."

"혼인을 축하합니다."

"감사합니다."

"그럼, 이제 본격적으로 빙궁 혼인을 시작하지."

궁주님과 소궁주는 우리를 데리고 뒤쪽에 마련되어 있는 자리에 앉혔다.

그 아래로는 수많은 얼음의 계단이 펼쳐져 있다.

그 계단 아래에는 식탁 수십 개가 깔려 있고, 그 식탁에는 맛있어 보이는 음식들이 가득 차려져 있었다.

"사실 이 자리는 나와 소궁주의 자리지."

"네?"

그 말에 나와 서향 소저가 깜짝 놀라 궁주님을 보았다.

"하지만, 오늘만큼은 특별히 빙궁 혼인을 치르는 두 사람의 자리가 되네."

"뭔가 민망합니다. 이렇게까지 대단한 행사일 거라고는 생각하지 못했습니다."

"아직 놀라긴 이르네."

그사이, 내 뒤를 따라온 제자들은 다시 양옆으로 갈라져 계단을 내려가 식탁 앞에 앉았다.

앞쪽에는 내 하객으로 참석한 팔갑과 호위무사들이 앉아 있었고, 그 뒤로는 모든 빙궁의 제자들이 자리에 앉았다.

궁주님께서 내 손과 서향 소저의 손을 잡아 서로 포개도록 한 후 말씀하셨다.

"오늘 나는 북해빙궁의 주인으로서, 두 사람의 성혼을

선언하는 바이다. 또한, 이 혼인의 증인이 되어 두 사람의 사이를 갈라놓는 자를 용서하지 않을 것을 약속하는 바이다."

"……."

궁주님의 말은 어찌 보면 상당히 무서운 말이기도 했다.

즉, 나와 서향 소저의 사이를 갈라놓는 자는 궁주님이 직접 처단한다는 말이기도 하니까.

"오늘은 이 두 사람의 성혼을 축하하는, 본 궁의 축제이기도 하니 모두 잔을 들어라."

그 말에 모든 제자가 잔을 들었다.

"두 사람의 행복한 백년해로를 기원하노라."

그녀의 말에 소궁주 빙해린이 말했다.

"두 사람의 행복한 백년해로를 기원합니다."

빙해린 소궁주의 선창에 모두 따라 외쳤다.

"두 사람의 행복한 백년해로를 기원합니다!"

"그럼, 모두 즐겁게 먹고 마시도록."

그렇게 본격적인 연회가 시작되었다.

그 즐거운 모습을 보며 문득 사부님과 그 사모님이 떠올랐다.

두 분도 혼주로서 이 자리에 참석하셨다면 좋았을 텐데 말이지.

그리고 두 분은 설풍궁의 궁주와 그 사모님으로서 마땅히 이 빙궁 혼인을 누릴 자격이 있다.

하지만 상황이 여의치 않았기에, 전대 궁주님 다음으로

사부님을 건너뛰고 나와 서향 소저가 이 호사를 누리게 되었다.

언젠가는 반드시 설풍궁을 재건해서, 늦게라도 사부님과 사모님이 이 빙궁 혼인을 치를 수 있게 해 드려야지.

그때 빙해린 소궁주가 우리에게 다가왔다.

"선물을 준비했습니다."

나와 서향 소저에게 각각 하얀색 비단으로 만들어진 주머니 하나씩을 내밀었다.

"열어 봐도 됩니까?"

내 물음에 그녀가 대답했다.

"당연한 것을 물으시네요."

이에 나는 주머니를 열어 보았고, 그 안에는 금자 다섯 개가 들어 있었다.

"생각해 보니, 소궁주가 가장 좋아하는 것이 돈이라서요. 그래서 선물로 돈을 준비했습니다."

뭔가 좀 찔리긴 하는군.

"그리고 이왕이면 같은 것을 준비해야 하니, 신녀님의 선물 역시 같은 것으로 했고요."

이렇게 선물을 주니 고맙긴 한데, 금자 다섯 냥?

다섯이라는 숫자는 중용을 의미하기도 하지만, 한편으로는 아무것도 없다는, 무(無)를 의미하기도 한다.

그리고 보통 축의금은 짝수로 주는 것이 관례이기도 하고.

나를 놀리는 건가?

"오해할까 봐 말하는 건데, 두 개의 주머니의 돈을 모으면 금자 열 개죠. 이는 십전(十全)이라는 말처럼 둘이 합쳐 완전함을 이룬다는 의미랍니다."

"그런 의미가 있었군요."

"그러니까 오해하지 마세요."

"오해라니요. 그런 적 없습니다. 하하하."

"다시 한번 두 분의 혼인을 축하드립니다."

그녀를 시작으로 빙궁의 제자들이 한 명씩 우리를 찾아왔다.

그리고 우리의 혼인을 축하하며 선물로 돈을 두 냥씩 주었다.

장로들은 금자로 두 냥, 그 밑에는 은자로 두 냥.

훈련 제자들은 동으로 두 냥.

그렇게 우리 앞에 놓인 축의금 통에는 돈이 차곡차곡 채워지기 시작했다.

"꾸이! 꾸!"

그걸 보며 금령은 침을 흘리며 좋아했고.

이럴 줄 알고 빨리 그릇을 준비해 달라고 했지. 후후후.

금령의 침은 아주 귀하거든.

축의금을 주는 시간이 끝나고, 본격적으로 먹고 마시는 시간이 되었다.

아래쪽을 보니 내 일행들도 먹고 마시며 즐거운 시간을 보내고 있었다.

그러면서도 내 쪽을 계속 흘깃거리는 게, 아마 내 신변을 계속 신경 쓰고 있는 게 분명했다.

그나저나 우리는 언제까지 이곳에 앉아 있는 거지?

그런 의문을 가진 채 옆을 보았다.

내 옆에는 궁주님이, 서향 소저 옆에는 빙해린 소궁주가 앉아 연회를 즐기고 있었다.

나는 궁주님께 작은 목소리로 물었다.

"저, 이 연회는 언제 끝나는 것입니까?"

"거의 이틀 동안 계속되지."

"그럼 저도 이곳에서 이틀 동안 앉아 있어야 하는 겁니까?"

"그건 아니지."

궁주님이 빙그레 웃으셨다.

"아! 마침 시간이 되었군."

그 말이 끝나자마자 시간을 알리는 북이 울렸다.

자시(子時:23~01시)를 알리는 신호다.

"이제 신랑과 신부는 둘만의 시간을 가질 시간이네. 두 사람은 일어나게."

"네?"

그때 붉은색 꽃으로 머리를 장식한 두 명의 제자가 우리에게 다가왔다.

"신방으로 모시겠습니다."

그렇게 그녀를 따라 향한 곳은…….

"저곳입니까?"

"네. 저곳입니다."

그곳에는 수십 단의 계단이 있었고, 그 위에 작은 별채가 있었다.

눈으로 만들어진 아름다운 별채였는데, 그 집의 사방은 누군가 매달려 있을 곳도 없었다.

애초에 올라가는 것도 힘들어 보이는데.

"두 분이 별채로 들어가시면 이 계단은 그대로 허물어지도록 설계되어 있습니다."

그녀가 말을 이었다.

"그 누구도 두 분의 오붓한 시간을 방해하면 안 되니까요. 그럼 어서 올라가시죠."

"네. 그러면 가실까요?"

나는 서향 소저에게 손을 내밀었고, 그녀는 내 손을 잡았다.

그리고 함께 눈으로 만든 계단을 걸어 별채 안으로 들어갔다.

그 순간.

후두두둑.

우리가 걸어 올라왔던 계단은 제자의 말대로 순식간에 허물어졌다.

안에는 간단한 주안상이 차려져 있었고, 침상에는 비단 이불이 깔려 있었다.

그리고 붉은색 등불이 곳곳에 있어 묘한 분위기를 연출했다.

정말 아무도 찾아오지 않는 시간인가 보군.

나는 서향 소저와 마주 앉았다.

"한 잔 드릴까요?"

"네."

서향 소저는 수줍은 목소리로 대답했고, 우리는 술잔을 나누었다.

후, 그럼 이제…….

"금령아. 잠깐 나가 있어라."

"꾸……?"

아무것도 모르는 척해도 소용없어.

어딜 훔쳐보려고!

어림도 없다.

* * *

그 시간.

빙궁주는 신방을 보며 피식 웃었다.

"저 신방을 보는 것도 두 번째네."

첫 번째는 그의 친우이자, 전대 설풍궁주의 빙궁 혼인 때.

그리고 지금.

사실 현 설풍궁주인 곽명현이 빙궁 혼인을 치르지 못했다는 사실이 못내 가슴이 아팠다.

"내 못난 아들을 좀 잘 살펴주게나."

"왜 갑자기 그런 말을 하는 건가? 죽을 날 받아 놓은 사람처럼?"

"그러게 말이야."

"정말 뭔가 좋지 않은 상황이라도 있는 건가?"

"아직은 잘 모르겠네. 확실해지면 말해 주지."

그게 그 녀석과의 마지막 대화였다.

'자네 아들에 대해 자네가 뭐라고 생각할진 모르겠지만, 적어도 내가 볼 때 설풍궁주로서는 더없이 훌륭한 녀석이야. 저렇게 뛰어난 자를 후계자로 세웠으니 말이야.'

그리 생각하고 있을 때 소궁주 빙해린이 찾아왔다.

"궁주님. 경계를 서던 자들의 교대를 명했고, 이를 확인했습니다."

"수고했다. 그나저나, 제법이더구나."

"네?"

"은서호 소궁주를 상대로, 축의금을 금자 열 냥으로 끝내다니 말이야."

"아……."

빙해린은 씩 웃었다.

"은 소궁주에게 배운 것입니다. 적은 돈이라고 해도 의미를 담으면 많아 보인다더군요."

사실 금자 열 냥이 적은 돈은 아니다.

하지만 북해빙궁의 소궁주가 내는 축의금으로는 많은 편이 아니다.

그녀는 은서호에게 배운 방법을 써서 적은 축의금으로 효율을 극대화한 것이다.

그녀는 한쪽 눈을 찡긋하며 말을 이었다.

"아, 하지만 이건 비밀입니다."

* * *

다음 날 아침 나는 눈을 떴다.

뭔가 상당히 기분이 상쾌하군.

내 옆에 서향 소저가 앉아 있었다.

"안녕히 주무셨어요?"

"아! 일찍 일어나셨군요. 왠지 빙궁에만 오면 제가 게을러지는 것 같습니다."

"그리 생각하지 마세요. 그냥 제가 유독 눈이 일찍 떠졌을 뿐이니까요."

나는 자리에서 일어나 옷을 챙겨 입었다. 그리고 우리는 번갈아 호법을 서 주면서 운기조식을 마무리했다.

"사실, 혼례를 이렇게 일찍 올리게 될 거라곤 생각하지 못했어요."

"혹시…… 실례를 한 것일까요?"

내 걱정스러운 말에 그녀는 부드럽게 고개를 저었다.

"아뇨. 좋다는 이야기였어요. 간밤에 좋았고요."

그리 말하는 그녀의 두 뺨이 장밋빛으로 물들었다.

원래도 그녀에게서 느껴지던 매화향이 아찔할 정도로

진하게 느껴진 건 처음이었지.

"그런데 금령이가 삐진 건 아니겠죠?"

내가 간밤에 잠깐 나가 있으라고 했거든.

나는 피식 웃으며 말했다.

"괜찮습니다. 저랑 따로 협상을 좀 했습니다."

"협상이요?"

"네. 잠시 자리를 비우는 대가로 은자를 하나 주기로 했더니 좋아서 나가더군요."

꼬리를 흔들며 나갔던 것을 보면, 기분이 좋다는 건 분명하다.

기분이 좋지 않으면 절대 꼬리를 흔들지 않으니까.

"그럼 지금 어디 있을까요?"

"글쎄요? 그래도 돌아와야 할 때가 되면 알아서 돌아올 겁니다."

그때였다.

사각사각사각.

이게 무슨 소리지?

소리가 나는 쪽을 보니, 우리가 있던 눈으로 만든 별채에 구멍이 뚫리고 있었다.

그리고 그 구멍으로 금령이 쏙 하고 들어왔다.

"꾸이!"

"너였구나? 그래도 그렇지 벽에 구멍을 뚫으면 어떻게 해?"

"꾸이. 꾸!"

창문이 없어서 어쩔 수 없었단다.

그리고 어차피 눈으로 만든 것이니, 눈으로 대충 땜빵하면 되는 거 아니냐고?

틀린 말은 아니군.

금령은 자신이 꼬리로 감아서 가지고 온 무언가를 나에게 내밀었다.

"꾸이!"

"응? 선물이라고?"

나는 고개를 갸웃하며 그것을 받았다.

어? 이거…… 설마 백진초(白珍草)?

이파리가 백색이며, 백색 진주를 닮은 열매가 열리는 북해의 영초다.

심지어 열매도 달려 있네?

이 백진초는 부르는 게 값일 정도로 귀한 영초인데, 이 영초의 특별한 효능 때문이다.

그건 바로…….

"꾸이! 꾸이!"

열매는 남자에게 좋고 이파리는 여자에게 좋다고?

비싸다고 해서 팔아 버릴 생각 하지 말고 나랑 서향 소저 먹으라고?

나는 금령의 머리를 쓱쓱 쓰다듬어 주었다.

"그래, 알았어."

이렇게 좋은 선물도 주고 기특하네.

"그럼 나가 볼까요?"

"네."

나는 우리가 들어왔던 문을 밀었다.

후, 역시 문이 얼어서 열리지 않는군.

왜 이 방이 일회용이라고 하는지 알 것 같았다.

나는 검을 뽑았고, 문을 따라 검으로 스윽 그은 후 문을 밀었다.

스르륵. 쿠웅!

문이 열렸다. 엄밀히 말하면 아래로 떨어져 버린 것이지만 말이지.

나는 서향 소저를 안은 채 그대로 아래로 뛰어내렸다.

탁!

아래에서는 내 호위들이 우리를 기다리고 있었다.

"기침하셨습니까?"

"네."

"그래서, 도련님. 간밤에는 즐거우셨습니까요?"

팔갑의 물음에 나는 씨익 웃으며 물었다.

"궁금해? 그건 하화 소저랑 혼인하면 알게 될 거야."

"무, 무, 무슨, 마, 말씀을 하, 하시는 겁니까요!"

무척이나 당황해하는 그 모습에 우리는 모두 웃었다.

역시 팔갑이 놀리는 게 제일 재밌단 말이지.

빙궁의 연회는 아직도 진행 중이었다.

정말 체력도 좋네.

연회가 오늘까지라고 했으니, 이제 내일 돌아가면 되겠지.

하지만 그 전에 해야 할 일이 있다.

나는 연회에 참석하는 대신 궁주님께 향했다.

문이 열리고 궁주님의 처소 안으로 들어갔다. 궁주님께서는 오늘도 나른한 표정으로 비스듬히 누워 계셨다.

"신부는 어디 가고, 혼자인가?"

"드릴 말씀이 있어서 왔습니다."

"무슨 일이지?"

"저번에 제가 소궁주가 되었을 때 주신다는 선물이 무엇인지 궁금해서 말입니다. 그리고 혼인 선물도 궁금하고요."

궁주님이 피식 웃으며 물었다.

"내가 잊어버렸을까 봐?"

"그건 아닙니다."

"사실 잊어버리긴 했지."

"네?"

당황한 내 반응에 궁주님은 장난기 어린 표정을 지으셨다.

"농담이네."

궁주님은 곧 진지한 표정이 되어 말했다.

"우선 혼인 선물은 그 예복이 실마리인데…… 그 표정을 보니, 아직 그 예복을 지은 비단이 무엇인지 알아내지 못한 모양이군."

"사실, 그렇습니다."

"따라오도록."

궁주님은 자리에서 일어나 바깥으로 나갔고, 나는 궁수님의 뒤를 따랐다.

그렇게 우리가 도착한 곳은…….

"어라? 여긴 혹시 농장입니까?"

그도 그럴 것이, 싱싱한 식물들이 줄을 지어 자라고 있었기 때문이다.

"이게 바로 그 옷의 비밀이지."

궁주님은 그 식물의 이파리를 뜯더니, 그대로 그 이파리를 가로로 베었다.

스윽.

손이 스치자, 살짝 두툼한 이파리는 매끈하게 잘려 나갔고 그 사이로 붉은색 즙이 주르륵 흘러나왔다.

"이걸로 물을 들이면, 자네가 입은 예복과 같은 색의 비단이 되지."

"이 반짝임도 표현할 수 있습니까?"

내 물음에 궁주님은 고개를 끄덕였다.

"일반적인 붉은색을 표현하는 염료라면 이리 수고롭게 이것들을 기르겠나?"

"그렇긴 하군요."

나는 고개를 끄덕이며 말을 이었다.

"이것들을 저에게 보여 주시는 이유가 무엇입니까?"

"이걸 거래하고 싶네. 그리고 그 수익의 삼 할을 자네에게 선물하지."

"그게 혼인 선물입니까?"

"그러네."

나는 내 눈앞에 펼쳐진 식물을 보며 물었다.

"이 식물의 이름은 무엇입니까?"

"녹익초라고 이름을 붙였네."

"그건, 세상에 없던 식물이라는 말씀입니까?"

"다른 영초들 가운데 생겨난 변이식물이지. 그 식물의 즙이 옷에 묻으면서 색이 물든 것을 보고, 염료로 쓸 수 있다는 것을 알아냈고."

그런데 이걸 왜 나는 이전 삶에서 몰랐을까?

이렇게 은가루를 뿌리지 않고도 반짝이는 아름다운 색을 낼 수 있는 식물을 내가 모를 리가 없을 텐데.

혹시……?

"이거 먹을 수도 있습니까?"

"물론. 아주 맛있다네."

이전 삶에서 왜 이것에 대해 알려지지 않았는지 알 것 같았다.

수라혈교의 수작질로 인해 북해빙궁에 식량난이 닥쳤을 때 이것들을 먹어 버렸던 거겠지.

당장 굶어 죽기 직전인데 염료가 무슨 소용이 있을까?

하지만 이번에는 내가 개입해서 북해빙궁의 식량난이 해결된 덕분에 이것들이 남아 있게 된 듯하다.

"이런 염료라면 상당한 이문을 남길 수 있을 것입니다. 제게 거래의 권리를 주시는 것만 해도 충분한데, 어째서 수익의 삼 할까지 선물로 주시는 겁니까?"

아무리 내 혼인 선물이라고 해도 너무 과한 것 같은데.

"몇 가지 이유가 있지. 우선 첫 번째 이유는 자네 덕분에 이것들이 남아 있을 수 있었으니까. 자네가 우리를 도와주지 않았다면, 우리는 이것들을 전부 먹어 치웠을 테지."

역시…… 내 예상이 맞았네.

"두 번째 이유는 자네만큼 뛰어난 상인은 본 적이 없으니까."

"네?"

"내가 무슨 의미로 이리 말하는지는, 자네가 더 잘 알 것이네."

솔직히 너무 많긴 하네.

"자네라면 삼 할의 가치를 높이기 위해 최선을 다할 터. 그러면 우리의 이득도 커지겠지."

하긴 같은 삼 할이라고 해도 열 개 중의 삼 할과 백 개 중의 삼 할은 엄연히 다르지.

나에 대해 너무 잘 아시는군.

"세 번째 이유는…… 이게 가장 중요한 이유겠군."

그녀는 나를 보았다.

"본 궁은 쥐새끼나 발정난 짐승과는 거래하지 않네."

아…….

나는 고개를 주억였다.

"타당한 이유입니다."

나는 포권하여 머리를 숙였다.

"이 거래를 저에게 맡겨 주신 것을 후회하지 않도록 하겠습니다."

"믿겠네."

"그러면 한 가지만 더 여쭙겠습니다. 조금 민감한 질문일 수도 있습니다만."

"말해 보게나."

"이 녹익초 염료를 파신다는 건, 돈이 필요하다는 말씀인 듯합니다. 솔직히 지천에 널려 있는 것이 영약인데 녹익초 염료를 통해 돈을 버시는 이유가 있으십니까?"

"그야, 영약을 현금화하는 것이 썩 쉬운 일이 아니니까."

"아……."

"저번 본 궁의 식량난을 통해 다시금 깨달았지. 역시 돈은 많으면 많을수록 좋고, 언제 무슨 일이 있을지 알 수 없으니 현금은 쌓아 놔야 한다는 것을 말이야."

나는 피식 웃었다.

"지당하신 말씀입니다. 그러면 제 소궁주 즉위 선물은 무엇입니까?"

"소원권이네. 본 궁에 큰 위험을 주거나, 이상한 일이 아니라면 한 가지 소원을 들어주도록 하지."

"네?"

"왜 마음에 들지 않나? 그러면 그냥 돈으로 줄까?"

"아닙니다!"

나는 얼른 손을 저었다.

이는 어찌 사용하느냐에 따라서 황금보다 더 귀한 선물이 될 수도 있다.

어쩌면 내 목숨을 구할 수도 있겠지.

“아껴 두다가 쓰도록 하겠습니다.”

그날 오후.

나는 빙궁의 사업과 재정을 담당하는 자들과 녹익초 판매에 대해 논의했다.

물론 이 일을 실제로 진행하는 것은 북해지부의 사람들이 되겠지.

내가 계속 이곳에 있을 수 있는 것도 아니고, 이 물건은 북해지부 사람들의 품이 많이 들어갈 예정이다.

녹익초로 색을 내기 위해서는 날씨가 추워야 한다고 한다.

그러지 않으면 은가루 뿌린 듯 반짝이는 선명하고 붉은 색이 나오지 않을 뿐만 아니라, 최악의 경우에는 물이 제대로 들지 않을 수도 있다고.

북해지부에서 꽤나 고생을 해야 할 듯하다.

북해지부가 바빠지는 것에 대해 지부장님께서는 어찌 생각하시려나?

.

.

.

다음 날.

이제 우리 일행이 북해지부로 돌아가는 날이다.

빙해린 소궁주를 비롯해 백여 명의 제자들이 나와 동행할 채비를 했다.

그들 중 일부는 북해지부에서 녹익초 염료 사업에 대해 구체적으로 논의하기 위한 이들이다.

그리고 나머지는 내가 요녕에 마련한 땅의 시찰을 위한 이들이었다.

궁주님이 일은 확실하게 하신단 말이지.

"그럼, 다음에 또 볼 날을 고대하지."

"베풀어 주신 은혜에 감사드립니다. 건강하십시오."

그렇게 정중히 인사를 드리고, 나와 일행은 북해빙궁을 나섰다.

그런 우리 뒤를 빙궁의 제자들이 따랐다.

며칠 후.

우리는 북해지부에 도착했다.

"어서 오십시오!"

지부장님과 은풍대 소대주를 비롯한 북해지부의 사람들이 우리를 반갑게 맞이해 주었다.

마침 흑철 엽사도 북해지부에 있었는지, 지부장님과 같이 나를 맞이해 주었다.

"흑 엽사는 얼음을 채취하는 일에 도움을 주기 위해 이리 왔습니다."

"감사한 일이군요."

"은해상단을 돕는 일입니다. 어찌 몸을 사리겠습니까?"

그렇게 인사를 나눈 지부장님은 우리 뒤를 따라온 이들을 보며 말했다.

"빙궁의 빙해린 소궁주님 아니십니까?"

"헉!"

그 말에 흑철 엽사는 얼른 그 자리에 납작 엎드려 고개를 땅에 대었다.

"비천한 이 몸이 빙궁지존의 후계자를 뵙습니다!"

공손히 포권하여 인사하던 지부장은 그 격한 반응에 의아한 표정이었다.

빙해린 소궁주가 말했다.

"일어나세요."

"소지존의 앞에서 일어섬을 허락하여 주시니 감사할 따름입니다."

사실 저 반응이 이곳에서의 일반적인 반응이다.

이 근방에서, 빙궁의 존재는 공포의 대상이니까.

북해지부의 이들이 의아해하는 건, 아직 그에 대해 실감하지 못했기 때문이겠지.

"안으로 드십시오."

"감사합니다."

우리는 북해지부에서 오래 머물지 않았다.

이미 빙궁에서 며칠 시간을 지체했기 때문이다.

이번 북해행의 주 목적은 얼음을 가져가는 것인데, 서둘러 가져가야 최대한으로 팔아먹을 수 있다.

얼음만큼 날씨를 타는 것도 없으니까.

하여 녹익초 염료에 대한 자세한 논의는 지부장에게 맡긴 후 우리는 얼음을 가지고 곧바로 출발했다.

북해빙궁의 이들과 함께하니 요녕까지 가는 길은 일사천리였다.

그렇게 요녕에 도착한 우리는 광준상단으로 향했다.

그들의 도움을 받아야 북경까지 순탄하게 갈 수 있기 때문이다.

"어서 오십시오!"

빙해린 소궁주와 북해빙궁의 제자들의 방문에 광준상단의 상단주와 복윤 소단주는 대문 앞으로 나와 극진하게 그녀들을 맞이했다.

"그, 그런데 여기까지 어인 일로?"

내가 대신 설명했다.

"제가 이곳까지 소궁주를 모신 이유는, 제가 구입한 농지 때문입니다."

"……?"

"그 농지의 모든 소출을 북해빙궁과 거래하기로 했거든요."

"허…… 그게 정말인가?"

"네. 하여 비정기적으로 그 토지 주변을 순찰해 주시기로 했습니다.”

“그거 참으로 반가운 일이군.”

북해빙궁에서 비정기적으로라도 이쪽을 순찰해 준다면 치안이 좋아질 테고, 광준상단 역시 그에 대한 반사이익을 볼 수 있을 테니까.

그렇게 화기애애하게 이야기를 주고받던 중, 우리를 향해 황급히 달려오는 이가 있었다.

어? 저자는?

156장. 북해지극

북해지국

그자는 내가 데려온 화적들의 가족 중 한 명으로, 젊은 여인이다.

납치당해서 강제로 화적의 부인이 되었다고 들었던 것 같은데…….

"무슨 일입니까?"

"크, 큰일이에요! 화적들이 습격해 왔어요!"

그 말에 빙해린 소궁주가 나서서 물었다.

"안내하세요. 어딥니까?"

"이쪽입니다."

빙해린 소궁주가 빙궁의 제자들에게 말했다.

"빙궁의 깃발을 드세요! 지금부터 우리는 빙궁의 거래처를 지키러 갑니다. 그리고 보여 주십시오. 우리 빙궁은, 방해하는 모든 것에 대해 자비가 없음을!"

"네!"

우리는 내가 마련한 농지로 달려갔다.

그리고 그 농지에 다다르기도 전에 화적들의 만행을 목도할 수 있었다.

"으하하하! 집 안에 있는 거 다 꺼내!"

"모두 포박해라!"

"이게 웬 횡재냐! 이렇게 싱싱한 것들이 이렇게 한곳에 모여 있다니!

포박당해 끌려가는 이들을 보며 나는 입술을 깨물었다.

화적에 의해 납치당해 화적이 되고, 또 노예처럼 살아가던 저들이다.

그런데 또 이런 일을 당하게 되다니!

그저 힘이 없다는 이유만으로 비참하게 살아갈 수밖에 없는 현실이 슬퍼졌다.

그러나 지금은 슬퍼하고 있을 때가 아니다.

탓-!

바닥을 박차고 달려 나가서 저고리의 옷고름이 풀린 채 끌려가는 여인의 머리채를 잡고 있는 한 화적을 향해 검을 휘둘렀다.

서걱-!

"끄아아악!"

잘린 손목을 부여잡고 비명을 지르는 그의 다리가 잘렸다.

그가 쓰러지는 뒤쪽으로 빙해린 소궁주가 보였다.

"되도록 살려 두세요."

"네?"

"이곳의 호위를 본 궁에 맡겼으니, 본 궁의 방식대로 처리하겠다는 말이에요."

그러고 보니 빙궁의 제자들은 화적들의 손과 다리만 베어 무력화시키고 있었다.

빙궁 제자들과 화적들의 무력 차이는 압도적이었고, 상황은 순식간에 종료되었다.

빙해린 소궁주는 제자들에게 명령했다.

"묻어 버리세요."

"알겠습니다."

그녀들은 땅을 파서 화적들을 머리만 내놓은 채 묻어 버렸다.

입에 재갈까지 물려 있으니, 그들이 할 수 있는 것은 신음을 내는 것뿐.

"잔인하다고 생각하시나요?"

그 모습을 보며 묻는 빙해린 소궁주에게 나는 고개를 저었다.

"아닙니다. 저 정도는 해야 경고가 되겠죠."

"맞아요. 화적들은 유독 독한 놈들이 많아서 이렇게 하지 않으면 경고가 되지 않더라고요."

"그런데 그냥 저대로 두는 겁니까?"

그녀가 고개를 끄덕였다.

"뭐, 굶어 죽든 까마귀밥이 되든 하겠죠. 그리고……

이건 저들에 대한 경고이기도 하죠."

그리 말하며 빙해린 소궁주가 일별한 것은 내가 데리고 와 농사를 짓도록 한 이들이다.

"몸이 편해지면 마음도 편해지고, 그러다 보면 딴마음을 먹게 되기 마련이거든요."

그 말에는 나는 반박하지 않았다.

사람 마음이 간사하다는 것을 나 역시 잘 알고 있었으니까.

화적들에 대한 처리가 끝났다.

그사이 빙궁의 제자들은 저들에 의해 포박된 이들을 풀어 주고 다친 이들은 치료해 주었다.

그리고 모두 한 자리에 모았다.

"죽은 자가 없어서 다행입니다."

"제때 와 주신 덕분입니다. 정말 감사합니다."

감사를 표하는 그들에게 내가 말했다.

"여러분을 구해 주신 분은 북해빙궁의 이들입니다."

이 김에 확실하게 알려 주어야겠지.

"그리고 이분은 북해빙궁의 소궁주이십니다. 저는 이곳에서 생산되는 식량을 전량 북해빙궁과 거래하기로 했습니다. 즉, 여러분이 생산하는 작물은 모두 북해빙궁으로 가는 것입니다."

나는 말을 이었다.

"그게 무엇을 의미하는 것일까요?"

"……."

그들이 서로의 눈치만 보고 있을 때, 빙해린 소궁주가 내 말을 받았다.

"이곳의 치안이나 안전은 걱정하지 않아도 된다는 의미다. 그 누구도 감히 이곳을 건드릴 생각은 하지 못할 터이니. 하지만……."

그녀는 빙궁의 제자들에 의해 산 채로 땅에 파묻혀 신음하는 이들을 가리키며 말했다.

"빙궁을 능멸한다면, 저자들과 똑같은 신세가 되겠지."

"……."

동시에 뿜어져 나오는 혹한을 닮은 차가운 기운에 그곳의 이들은 벌벌 떨었다.

짝짝!

나는 가볍게 박수를 쳐서 분위기를 환기시켰다.

경고를 위함일 뿐이니까.

"아무튼, 열심히 농사를 지으면 된다는 말입니다. 아시겠습니까?"

"네!"

"그리하겠습니다."

내 농지에 침입했던 자들을 심문하니, 그들은 떠돌아다니며 노략질을 해 왔기에 다른 일행은 없다고 했다.

그리고 근처 동굴에 노예로 팔아먹기 위해 잡아서 가두어 놓고 있는 자들이 있다고 했다.

우리는 즉시 그곳으로 향해 납치되어 있던 이들을 구해주었다.

돌아갈 곳이나 가족이 있는 이들은 돌려보내 주었고, 돌아갈 곳이 없다고 한 이들은 내가 구입한 농지로 데리고 왔다.

내가 이번에 구입한 농지가 꽤 넓었기 때문에 사람이 늘어나서 나쁠 건 없었으니까.

그렇게 화적 떼의 일을 마무리하고, 북해빙궁 사람들을 배웅했다.

그리고 돌아와 복윤 소단주 내외와 만나 저녁을 먹었다.

"이번에도 큰일을 하셨다고 들었습니다."

"제가 한 건 없습니다. 빙궁에서 도와주신 거지요."

"하지만 은 소단주가 빙궁과 계약을 하지 않았다면, 빙궁에서 도와주셨겠습니까?"

"이것 참 민망하군요."

나는 멋쩍게 웃으며 뒷목을 긁적였다.

그런 내게 복 소단주가 웃으며 차를 따라 주었다.

내가 술은 별로 내켜 하지 않음을 알기에 나에게 술은 권하지 않았다.

그걸 보면 참 좋은 사람이다.

나는 술을 강권하는 사람이 싫다.

좋아하는 사람끼리 마시면 되지, 왜 남에게 강권하는지 이해도 되지 않고.

마시고 같이 죽자는 건가?

"금주령도 풀렸으니, 술 한잔하셔도 됩니다."

내 말에 복 소단주가 고개를 저었다.

"아닙니다. 앞으로 마실 일이 많은데, 이런 시간이라도 사로 몸을 달래야지 않겠습니까?"

그 말에 피식 웃고는 찻주전자를 들어 그에게도 차를 따라 주었다.

"감사합니다. 그나저나 얼음을 가지고 이동하고 있다고 들었습니다."

"맞습니다. 북해에서 가지고 온 얼음입니다."

"그러면 북경에서 파실 생각입니까?"

"아닙니다. 이왕 힘들게 가지고 왔는데, 좀 더 비싸게 팔릴 만한 곳에서 팔아야지 않겠습니까?"

"그러면 더 남쪽으로 내려가시겠군요."

"예. 호북성으로 가서 팔 생각입니다."

"호북성이라면, 은해상단 본단이 있는 곳 아닙니까?"

"맞습니다."

나는 고개를 주억였다.

제국에서도 덥기로 유명한 곳 중 한 곳이 바로 호북성의 무한이다.

전체적으로 더운 운남 지역을 제외하고, 난주와 무한, 중경을 일컬어 제국의 삼대 화로라고 할 정도.

그만큼 얼음의 수요가 많을 수밖에 없는 곳이다.

더울 때 시원해지기 위한 용도로도 쓰지만, 음식이 상하지 않도록 하는 데에도 많이 필요하다.

물론 호북성에도 벌빙지가가 있긴 하지만, 그 수요를 따라가지 못한다.

아마 내가 가져가는 얼음을 비싸게 팔아도 날개 돋친 듯 팔릴 터.

그렇다고 터무니없는 가격을 받을 생각은 없고, 어느 정도의 이문만 남길 생각이다.

"그리고 본단이 있는 곳이니, 주변에서 괜한 시비를 걸어오지도 않을 테고요."

내 말에 복윤 소단주가 묘한 표정으로 나를 보았다.

"왜 그러십니까?"

"과연 이 제국에서, 은 소단주가 있는 은해상단을 건드릴 수 있는 자가 있을지 궁금해서 말입니다."

"……."

다음 날.

나와 은해상단 일행은 북경으로 출발했다.

우선 북경까지 간 후, 그곳에서 재정비하고 다시 출발할 계획이다.

이번에 캐서 운송하는 얼음의 양은 상당히 많다.

이동 중에 녹지 않도록 상자에 단열 처리를 하긴 했지만, 그것만으로는 부족하다.

그래서 내가 주기적으로 상자 안에 냉기를 불어넣어서 얼음이 녹지 않도록 유지해 줘야 했다.

사실 지금의 내 실력이라면 북해의 얼음을 가져오지 않고, 호북성에서 물을 얼려서 팔아도 된다.

하지만 세간에 알려진 내 실력은 여전히 절정의 경지이

기에 그러지 않는 것이다.

어자피 북해에 다녀올 일도 있었는데 정호 형의 제안 덕분에 명분이 생겼으니 다녀온 것이지.

요녕에서 북경까지는 거의 평원이었고, 우리를 노리는 자들도 일전의 경고 때문인지 은해상단의 깃발을 보고 숨어 버려서 아주 편하게 왔다.

우리가 북경지부에 도착한 시간은 별이 총총 떠 있는 밤이었다.

"어서 와라!"

정호 형이 우리 일행을 반갑게 맞아 주었다.

"형, 나 진짜 힘들었어."

"안 그래도 그래 보인다. 수고했다."

그렇게 나를 토닥여 주고는 내 뒤를 따라 들어오는 수레를 보며 감탄했다.

"그런데 진짜 많이 가져왔구나?"

"이왕 가지고 오는 거, 많이 가져와야지. 그나저나 이 북경에서는 얼마나 필요해?"

"응? 그건 왜?"

"최대한 호북에 가서 팔아먹으려고."

전혀 생각지 못했던 듯 정호 형이 당황한 얼굴로 물었다.

"이 오뉴월에 얼음을 가지고 호북까지 간다고? 그게 가능한 거냐?"

"가능하니까 호북에 가서 팔아먹는다고 하는 거지."

정호 형은 뺨을 긁적이며 말했다.

"그러면 다 가져가도 된다. 북경에서야 얼음을 팔아도 그렇게 이문이 크지 않으니까. 다만, 장강 쪽까지 가는 것이 힘든 일이니 북경에서 팔겠다는 것이었다."

"알겠어. 그러면 호북으로 전량을 가지고 갈게."

"그래. 고생이구나."

"이왕 고생하는 거, 최대로 벌어먹어야지. 자고로 상인이 이문 앞에 물러서면 되겠어?"

"네 말이 맞긴 하지. 그리고 그럴 능력이 된다는데 내가 말리겠냐?"

"허락하는 것으로 알게. 그러면 형."

나는 씨익 웃었다.

"나 없는 동안, 잘 부탁해."

내가 뭘 말하는지 알아차린 정호 형은 한숨을 푹 쉬었다.

"안 그래도 지금 금주령이 풀려서 바빠 죽겠는데. 그래, 뭐, 어쩔 수 없지."

"너무 걱정하지 마. 이번에는 곽 부관님은 북경에 두고 갈 거니까."

부모님이 계시는 본단이다.

마음 같아서는 서향 소저와 함께 가고 싶었지만, 이번에도 서향 소저와 같이 갔다가는 나중에 돌아와서 일이 감당이 안 될 터.

조금 미안하지만, 서향 소저가 현풍국의 일을 어느 정도 해 줘야만 내가 숨을 돌릴 수 있었다.

하여 양해를 구하려고 했는데, 서향 소저가 먼저 북경에 남겠다고 말해 줘서 무척 고마웠다.

다음 날 새벽.

우리는 호북성으로 출발했다.

아직 별이 총총 떠 있는 이른 새벽이다.

북경지부에 도착하자마자 씻고 일을 정리한 후 출발한 탓에 한숨도 자지 못해 피곤했다.

하지만 어쩔 수 없다.

내가 도착했다는 소식을 듣고 황제가 나를 부르면 곤란하니까.

그러니 얼음이 녹는다는 핑계로 잽싸게 출발한 것이다.

* * *

맴. 맴. 맴.

매미가 요란하게 울어 대는 여름.

사람들이 삼삼오오 모여 나무 그늘 밑에 펼쳐 놓은 자리에 앉아 작풍기의 바람을 쐬고 있었다.

"후! 덥다 더워!"

"올여름이 유난히 더운 것 같단 말이지."

"그나저나 이번에 강 시랑 댁 어르신 생신 연회가 있다지 않았어?"

"내일모레였던 것 같은데?"

"이렇게 더우면 연회 준비는 괜찮으려나. 음식들이 쉬어 버리겠구만."

"지금 그게 걱정인가? 더위 먹어서 쓰러진 사람들이 한둘이 아니야."

그때 그들 앞에 그릇을 들고 부리나케 달려가는 누군가가 보였다.

"저거, 영식이 아녀?"

"영식아! 어디 가냐?"

"지금 얼음 사러 가요!"

"얼음?"

"아버지가 지금 더위 먹어서 쓰러지셨잖아요! 얼음으로 몸을 차갑게 하면 좋다고 해서 얼음 사러 가는 거예요."

"이해는 하지만, 얼음을 어디서 산다고?"

"그리고 판다고 해도 엄청 비쌀 텐데."

그 말에 영식이라 불린 자는 고개를 저었다.

"아니에요."

"응?"

"지금 은해상단에서 얼음을 파는데, 합리적인 가격에 판다고 의원님이 알려 주셨어요."

"응? 은해상단에서 얼음을 판다고?"

"네. 그럼 저 먼저 가 볼게요. 줄을 서야 겨우 산다고 해서요."

그렇게 그는 후다닥 달려갔다.

그 뒤를 이어 수레를 끌고 달리는 자들은 강 시랑 낵하인들.

그리고 그릇을 들고 달려가는 사람들이 여럿 보였다.

이에 나무 그늘 밑에 앉아 있던 자들은 주섬주섬 자리에서 일어났다.

"갑자기 바쁜 일이 생각이 나서."

"약속이 있는 거 깜빡했네."

그들은 각자의 집으로 가서 돈을 챙겨서 은해상단으로 달려가기 시작했다.

* * *

내가 호북성 본단에 도착한 지 사흘째 되는 날.

나는 대문 밖에서 북적거리는 모습을 흐뭇하게 바라보았다.

사람들이 줄을 서서 내가 가져온 얼음을 사 가고 있다.

생각대로 얼음은 호북성에서 선풍적인 인기를 누렸다.

"네가 얼음을 가지고 호북성으로 온다는 말에 그게 가능한가 했는데, 정말 가능한 일이었구나."

"아버지. 저, 눈을 가지고 귀주성에도 다녀왔었습니다."

"하하. 그러고 보니 그랬었지."

아버지께서 너털웃음을 지으며 고개를 끄덕였다.

"아버지, 이제 얼음을 판매하는 일은 아버지께 좀 부탁드려도 되겠습니까?"

"응? 벌써 북경으로 갈 생각인 것이냐?"

아버지의 물음에 나는 고개를 저었다.

"그건 아닌데, 잠시 해야 할 일이 있습니다."

잠시 후.

나는 서가의 전당포로 향했다.

호북성에 온 이유 중에 하나가 바로 귀면포 황보휘 어르신을 뵙는 일이었기 때문이다.

땡볕이 내리쬐는 거리.

어르신께서는 전당포 앞의 다탁 앞에 앉아 작풍기 바람을 쐬고 계셨다.

"그간 강녕하셨습니까?"

"더워 죽겠다."

어르신은 투덜거렸다.

"꼼짝도 하기 싫으니 귀찮은 일이면 그냥 가라.

"이거 가지고 왔는데요."

나는 팔갑이 들고 있던 것을 가리키며 말했다.

"뭐냐?"

"얼음물에 담가 놓은 술입니다만, 가라고 하시니 그냥 가야겠네요."

"허허! 이놈아! 가라고 한다고 진짜 가냐?"

그 말에 나는 씩 웃으며 자리에 앉았다. 그리고 손가락 다섯 개를 펼치며 말했다.

"그럼, 한 잔당 동 다섯 문에 모시겠습니다."

나는 가져왔다고 했지, 공짜라고는 안 했다.

내 말에 황보휘 어르신이 못마땅한 표정으로 말했다.

"너는 이 노인네의 주머니까지 털어먹어야 직성이 풀리겠느냐?"

"어르신. 누가 보면 제가 가난한 노인 등쳐 먹는 파렴치한 놈이라고 생각하겠습니다."

나는 얼음물에 담가 놓은 술병을 가리키며 말했다.

"그리고 이거 한 병이라고 해도 은자 한 냥도 안 됩니다."

"이놈이 은자 한 냥을 한 끼 식비처럼 말하는구나! 그거 웬만한 집 한 달 생활비다!"

금령이는 그거 한 번에 먹어 치우는데…….

나는 웃으며 말했다.

"황보세가가 웬만한 집안은 아니지 않습니까?"

"험험."

어르신은 전낭에서 은자 한 냥을 꺼내 내려놓으며 말했다.

"됐냐?"

"감사합니다."

"거스름돈은 확실히 받을 거다."

그럼 그렇지.

나는 피식 웃으며 말했다.

"그건 걱정하지 않으셔도 됩니다."

그러곤 얼음물에 담가 놓았던 술잔을 꺼내 술을 따라 주었다.

이러면 술을 더욱 차갑게 마실 수 있지.

"드시지요."

어르신은 술잔을 쭈욱 들이켜고는 만족스러운 표정을 지으셨다.

"크흐! 그래, 이 맛이지!"

"금주령이 해제된 것이 좋으신 모양입니다."

"당연하지! 그나저나 얼음을 가지고 이곳까지 오느라 고생이 많았겠구나."

"그럼요."

"네놈도 사서 고생이다."

내게 말씀하시는 것을 보면 어르신께서도 내 실력을 알고 계시는 듯했다.

"어쩌겠습니까? 제가 자초한 일인걸요."

그렇게 쓴웃음을 지으며 대답하고는 화제를 돌렸다.

"이번에 황보세가에서는 황보홍의라는 분이 교관으로 와 주시기로 했습니다."

"그 녀석이라면 책임감이 강하니 잘할 거다."

"네. 가주님께서 추천해 주셨으니 잘하실 거라 믿습니다. 그리고 황보인아 부인께서 무관의 기숙사 사감으로 와 주시기로 했습니다."

"응?"

이건 뜻밖이었는지 어르신이 눈을 크게 뜨며 반문했다.

"인아가?"

"네."

그러고 보니 어르신이 황보인아 부인의 숙부가 되시는구나.

"허! 재주도 좋구나. 우리가 그렇게 말해도 마음을 열지 않고 귀를 꼭 닫고 있던 녀석의 마음을 어찌 돌린 것이냐?"

"그냥, 대화를 좀 했을 뿐입니다."

나는 그렇게만 대답하고는 주머니에서 열쇠를 꺼내 탁자 위에 놓았다.

"그리고, 어르신의 진짜 생신이 언제인지 알아냈습니다."

"언젠간 알아낼 거라고 생각했지만, 생각보다 훨씬 빠르구나."

어르신은 조금 놀란 표정을 지었다가 곧 차분한 얼굴로 술잔을 내밀었다.

"한 잔 더 따라 봐라."

"네."

어르신께서는 술잔이 채워지는 것을 보며 입을 열었다.

"그것들은 내가 전 제국을 다니면서 모았던 것들이다. 너에게 유용하게 쓰일 터."

"감사합니다. 의미 있는 곳에 쓰겠습니다."

"그러면 됐다."

그리고 술을 들이켜셨다.

"크! 시원하다!"

내가 듣기로 황보휘 어르신은 혼인하지 않으셨다.

황제의 호위를 하시면서 혹시라도 처자식으로 인해 안 좋은 일이 생길 게 두렵다며 혼인하지 않으셨다지.

하여 자신의 것을 물려줄 이를 찾다가 나를 점찍으신 듯했다.

"그것들을 물려받는 대신, 부탁이 하나 있다."

"무엇입니까?"

"황제 폐하의 곁을 떠나지 말아라."

"……."

그 말에 나는 선뜻 대답할 수가 없었다.

"왜 대답이 없냐?"

"무슨 저의이신지 모르겠습니다."

"저의는 무슨. 그냥 말 그대로다."

"그렇다면 안심하셔도 됩니다. 황제 폐하의 곁에 있는 게 제게도 이득인데, 왜 떠나겠습니까? 다만……."

"다만? 뭐냐?"

"황제 폐하께서 저를 황궁의 관리로 탐내셔서 그게 힘들 뿐이죠."

내 말에 어르신은 웃으며 말했다.

"에끼! 미꾸라지가 형님이라고 할 놈이. 요리조리 잘도 빠져나가면서 죽는소리는……."

"아니, 어르신! 진짜 수명이 막 줄어들 것 같고 그렇다고요."

"그게 잘난 네 탓이지, 인재 좋아하는 황제 폐하 탓이겠느냐? 너도 인재라변 눈에 불을 켜지 않더냐?"

그건…… 맞네. 할 말이 없군.

.

.

.

나는 그렇게 어르신과 이야기를 마무리하고 창인표국으로 향했다.

이번에 해결해야 할 또 다른 중요한 일이 있었기 때문이다.

"어서 오십시오!"

창인표국에 들어서자, 표사들이 나를 반겨 주었다.

우리 온혜상단이 주 거래 표국이기도 하지만, 설풍궁의 제자들이 세운 표국이기도 하니까.

"아! 오랜만에 보는군요!"

"하철 표두님."

둘째 형수님의 아버지이기도 한 그가 나에게 다가왔다.

"비번이신가 봅니다?"

"표행에 다녀온 지 이틀밖에 되지 않았습니다."

"고생 많으셨네요. 사부님과 국주님께서는 안에 계십니까?"

"네. 마침 다들 계십니다."

이미 금령을 보내서 오늘 찾아뵙겠다고 했으니, 안에 계시겠지만 그래도 확인차 물어봤다.

“제가 모시죠. 이쪽으로 오십시오.”

“네.”

나는 국주님의 집무실로 향하면서 주변을 둘러보았다.

이전보다 사람들이 늘어난 기분인데?

“표국에 사람들이 좀 늘어난 듯한데, 맞습니까?”

“역시 알아차리셨군요.”

그가 씩 웃으며 말했다.

“최근에 항주에 갔다가 신입 표사들을 데리고 왔습니다.”

그 말은 즉, 양양무관의 아이들 중에 성년이 되면서 표사가 되길 희망하는 이들을 데리고 왔다는 의미다.

“그랬군요.”

그렇게 이야기를 나누며 국주님의 집무실에 도착했다.

내 도착을 고하기도 전에 안에서 사부님의 목소리가 들렸다.

“들어오십시오.”

“네.”

역시 사부님, 내가 도착한 것을 알고 계셨군.

나는 하철 표두에게 인사하고 안으로 들어갔다.

안에는 국주님과 사부님이 계셨다.

국주님은 오랜만에 뵙는군.

나는 그 앞에 포권했다.

“소상, 은서호가 두 분을 뵙습니다.”

이에 국주님이 손을 저었다.

“저에게는 그리 예를 갖추시지 않아도 됩니다.”

"아닙니다."

나는 웃으며 말했다.

"저는 연장자는 우대하는 편이라서요."

나는 존댓말이 심적으로 편하다.

또한, 상대방의 기분을 좋게 할 수도 있고 내가 원하는 것을 얻는 것도 쉽게 해 주지.

내가 질 나쁜 자들에게도 존대를 하는 건, 내가 그들과 같은 수준이 되지 않기 위함이다.

그리고 혹시 일이 커진다고 해도 존댓말을 사용하는 내 쪽이 더 유리해지기도 하고.

물론, 지금은 말 그대로 존경의 의미다.

국주님은 거래처의 수장이면서 동시에 설풍궁의 선배시기도 하니까.

"앉으십시오."

"네."

나는 사부님의 권유에 자리에 앉았고, 국주님이 직접 차를 우려서 대접해 주었다.

"드시지요."

"감사합니다."

나는 차를 한 모금 마시고 찻잔을 내려놓았다.

내가 왜 모여 달라고 했는지 매우 궁금해하는 눈빛들이다.

"제가 두 분을 같이 보자고 한 이유는, 저희 설풍궁의 미래에 대한 논의 때문입니다."

"계속 말하십시오."

나는 사부님께 전음을 보냈다.

– 국주님께서도 수라혈교에 대해 아십니까?

– 예. 국주도 알고 있어야 하니까요.

국주님도 아신다면 바로 본론을 꺼내면 되겠군.

"두 분도 아시다시피 설풍궁에 변고를 일으킨 자들이 수라혈교라는 것이 거의 명백해진 상황입니다. 하지만 그렇다고 해서 설풍궁이 계속해서 이렇게 웅크리고만 있어서는 안 된다고 생각합니다."

내 말에 국주님이 우려를 표했다.

"하지만 수라혈교의 배후가 누군지 모르는 상황입니다. 섣불리 움직였다가 그 배후에게 당하면 정말 끝이라는 것을 소궁주님도 아시잖습니까?"

"물론입니다. 저도 당장 수면 위로 올라가 모습을 드러내자는 것은 아닙니다."

나는 차분히 설명을 이어 나갔다.

"하지만 저는 조금 더 준비를 적극적으로 해나가야 한다고 생각합니다. 설풍궁의 재건을 위해서도 말입니다."

그때 사부님이 물으셨다.

"그래서, 무슨 생각이 있는 것입니까?"

"네. 창인표국 북해지국입니다."

내 말이 갑작스러웠던 듯 두 분은 잠시 당황했다.

"북해에 창인표국의 지국을 세우자는 말입니까?"

국주님의 물음에 나는 고개를 주억였다.

"그렇습니다. 북해에 지국이 있다면 북해의 사정을 좀 더 빠르고 자세히 알 수 있지 않겠습니까? 또한, 무공을 수련할 때도 좀 더 효과가 좋을 겁니다."

설풍궁의 무공은 빙공이다.

그렇기에 가까운 곳에 음기가 있으면 수련에 더욱 유리한데, 그 음기의 최고가 바로 눈이다.

특히 설풍궁의 무공은 눈의 기운을 활용하는 데 특화되어 있지.

"그리고 때가 되었을 때 설풍궁은 그 누구보다 더 기민하고 빠르게 움직일 수 있을 겁니다."

내 말에 두 분은 눈을 감고 생각에 잠겼다.

잠시 후 국주님이 눈을 뜨고 이의를 제기했다.

"맞는 말씀이지만, 문제가 있습니다."

"무슨 문제입니까?"

"우선 저희 창인표국이 북해에 지국을 세울 명분이 마땅치 않습니다. 저희가 뜬금없이 북해에 지국을 세우면 저들은 분명 창인표국을 의심할 것입니다. 북해를 경계하고 있는 수라혈교나 그들의 배후가 그리 생각하지 않을 리가 없습니다."

국주님이 말을 이었다.

"또한, 표국의 입장에서도 그곳에 지국을 세우는 건 경제성이 없습니다. 지국을 세우는 데 필요한 비용 정도는 어떻게 할 수 있지만, 문제는 운영비입니다. 그곳에서 의뢰를 받는다고 해도 그 수익이 얼마나 되겠습니까?"

이에 사부님께서도 고개를 끄덕이셨다.

"저 역시 같은 생각입니다."

그들의 우려는 이미 예상 범위 안이다.

나는 씨익 웃었다.

"그거라면 문제가 없습니다."

"설명을 부탁드립니다."

"사실 저희 은해상단에서 북해지부를 중심으로 해서 사업을 확장할 계획입니다."

"북해의 짐승 가죽을 운송하는 것 말고, 말입니까?"

"네. 우선 얼음 사업을 시작할 생각입니다."

"얼음 사업이라면?"

"본단에 대규모 빙고를 짓고, 그 얼음을 장강 이남에 판매할 생각입니다. 이를 위해서는 북해를 정기적으로 오가면서 얼음을 운송할 필요가 있습니다."

"그 일을 우리 창인표국에 맡긴다는 것입니까?"

국주님의 물음에 나는 고개를 끄덕였다.

"그럴 생각입니다. 그리고 창인표국 사람들의 빙공이라면 얼음 운송에 제격 아닙니까?"

"그렇긴 합니다."

"또한, 북해의 비단을 북경이나 호북까지 운송해야 합니다."

"비단이라면?"

"이는 북해빙궁에서 제안한 사업입니다."

나는 은가루를 뿌린 듯 반짝이는 붉은색으로 물들일 수

있는 염료에 관해 설명했다.

"이 두 가지 사업은 저희 은해상단에 큰 이문을 줄 수 있는 사업입니다. 하지만 거리가 멀고 특히 비단은 운송상의 위험성이 있으니 표국의 역할이 아주 중요합니다."

나는 사부님과 국주님을 보며 말을 이었다.

"이 정도면 누가 봐도 북해에 지국을 세울 만한 이유가 될 거라고 생각합니다."

국주님은 눈을 반짝였다.

"확실히 그렇군요. 그거라면 창인표국이 북해에 지부를 세울 충분한 이유가 되겠군요."

역시 국주님은 사업을 하시는 분이다.

이해득실을 철저하게 따지는 것을 보면 말이지.

지금까지 창인표국이라는 이름으로 설풍궁이 존재할 수 있었던 건 국주님 덕분이겠지.

재정이 부족한 단체는 파도가 몰아치면 마치 쓸려 버리는 모래성과 진배없으니까.

또한 그 단체가 버티고 나아가게 해 주기 위해서는 이상이 있어야 하고 이를 지탱하는 누군가가 있어야 한다.

현재 설풍궁의 정신적인 거목 역할을 사부님께서 해 주고 계시는 거지.

사부님이 말씀하셨다.

"즉, 소궁주는 북해지국을 설풍궁 재건의 디딤돌로 삼자고 하시는 거군요."

"맞습니다."

"북해에 지국을 세우면 북해의 정보를 빠르고 정확하게 알 수 있을 테니, 설풍궁의 변고에 대해서도 또 다른 정보를 알게 될 수도 있겠군요."

"네."

"오랜만에 북해 땅을 밟아 보겠군요."

그리 말씀하시는 사부님의 얼굴에는 회한이 가득했다.

"이 일은 정식으로 호법들과 논의하겠습니다."

"알겠습니다."

.

.

.

나는 국주님의 집무실을 나와 창인표국을 둘러보았다.

내 이전 삶의 기억보다 훨씬 좋은 환경이다.

전일 표두가 자금을 횡령한 탓에, 제법 오랜 시간 동안 자금이 부족했었으니까.

그때 뒤에서 사부님의 목소리가 들렸다.

"소궁주."

고개를 돌리니 사부님께서 다가오고 계셨다.

"바래다주도록 하죠."

마침 잘 되었다.

사부님께 드리고 싶은 말이 있었거든.

"거절하지 않겠습니다."

그렇게 우리는 마구간으로 향했고, 말에 올라탔다.

"이랴!"

말을 출발시켰지만, 속도는 내지 않았다.
내 호위들은 눈치껏 뒤로 물러났다.
"사부님. 감사합니다."
"뭐가 말입니까?"
"이번에 북해빙궁의 궁주님께 제 혼인에 대해 말씀드리지 않았다면, 크게 토라지실 뻔했습니다."
"제가 뭐랬습니까? 그 할망구가 잘 삐진다고 하지 않았습니까?"
사, 사부님…….
"그리고 빙궁의 궁주님께서는 저와 곽 부관님께 빙궁 혼인을 베풀이 주셨습니다."
내 말에 사부님께서는 고개를 주억이셨다.
"빙궁 혼인이라…… 추억의 일이군요. 돌아가신 어머니께서 가끔 말씀해 주셨습니다. 그래서, 좋았습니까?"
"네. 무척 좋았습니다. 그래서 사부님께 죄송했습니다."
"뭐가 말입니까?"
나는 뺨을 긁적였다.
"사실, 저보다 먼저 그런 호사를 누리셔야 했는데 말입니다."
"괘념치 마십시오. 상황이 어쩔 수 없었지 않습니까?"
"그래서 하나 약속드리겠습니다."
사부님은 나를 보셨다.
나는 그런 사부님과 눈을 마주하며 말했다.
"반드시 나중에라도 사모님과 빙궁 혼인을 치를 수 있

도록 해 드리겠습니다. 그래서 빙궁으로부터 사모님과 정식으로 부부로 인정받도록 말입니다."

내 말에 사부님은 부드럽게 미소 지으셨다.

사부님의 미소는 정말 귀한데, 내 약속이 마음에 드셨나 보다.

"그 약속, 기대하겠습니다."

사부님이 말을 이으셨다.

"그런데 소궁주의 말에서 이해가 안 되는 게 하나 있군요."

"무엇입니까?"

"빙궁 혼인까지 치렀는데 왜 곽서향 소저를 부인 혹은 안사람이 아닌 곽 부관이라고 부르는 겁니까?"

사부님의 말씀에 나는 순간 당황했다.

생각해 보니 그렇긴 하지만…….

"왠지 쑥스럽습니다. 그리고 아직 사람들 앞에서 정식으로 혼인한 것도 아니고요."

"처음엔 다 쑥스러운 법입니다. 하지만 계속 부르다 보면 익숙해지는 것이지요."

"경험자의 조언입니까?"

내 물음에 사부님은 고개를 끄덕이셨다.

"네. 호칭은 그 사람의 정체성이기도 합니다. 소궁주께서 계속 곽 부관이라 부른다면, 곽서향 소저는 부관으로 머무르게 될 겁니다. 부관이 필요해서 혼인하는 건 아니잖습니까?"

"물론이죠!"

"그렇다면 제 조언을 기억하셨으면 합니다. 그리고 오늘이 유월 말이니, 혼인까지 사 개월도 남지 않았군요."

"그렇…… 네요."

"그때는 되도록 일을 맡지 않을 생각입니다. 제자의 혼인에 사부가 불참하면 되겠습니까?"

담담하게 말씀하셨지만, 그 말에 담긴 사부님의 마음에 뭔가 마음이 뭉클해졌다.

.

.

.

은해상단 본단으로 돌아온 나는 바쁘게 움직였다.

해야 할 일이 많았으니까.

그중 가장 시급한 것은 본단에 얼음 창고를 만드는 일과 북해빙궁의 비단을 운송하고 판매하는 일이다.

밤늦도록 이에 대한 논의를 이어 갔다.

다음 날, 창인표국의 국주님이 공식적인 요청을 받고 방문하셨다.

두 가지 일은 표국의 도움이 없이는 진행될 수 없는 일이었으니까.

"창인표국의 국주 유성이 상단주님을 뵙습니다."

"어서 오십시오. 이리 발걸음해 주셔서 감사합니다."

"별말씀을 다 하십니다."

"이리 앉으십시오."

그렇게 국주님까지 참석한 후, 본격적으로 회의가 시작되었다.

"우리 은해상단에서는 얼음 사업과 함께 북해빙궁의 비단 역시 포목상의 상품에 포함할 생각입니다."

"그러시군요."

국주님은 처음 듣는다는 표정으로 고개를 끄덕였다.

전에 만나서 나눈 이야기는 비밀로 해 달라고 부탁했으니까.

"얼음 사업은 이해합니다만, 북해빙궁의 비단이라니요?"

"북해빙궁에서 발견한 염료로 염색한 비단입니다. 그리고 이게 그 견본입니다."

아버지가 탁자 위에 있던 길쭉한 상자 하나를 가리키자, 상유각의 연 각주님이 직접 뚜껑을 열어 그 안에 들어 있던 비단을 보여 주었다.

이에 국주님은 깜짝 놀랐다.

진심으로 놀랐음을 알 수 있을 정도였다.

"이렇게 아름다운 비단은 처음 보는군요. 그런데 북해라면 매우 멀고 위험한 곳입니다. 그러면 표행비는 어떻게 생각하고 계십니까?"

"그래서 국주를 부른 것입니다. 지금부터 심도 있는 논의를 해야 할 문제니까요."

잠시 생각하던 국주님이 말했다.

"그렇다면, 차리리 북해에 창인표국의 지국을 세우는 것이 나을 듯합니다."

"북해에 지국을 세우겠다는 말씀입니까?"

"네. 북해의 가죽을 운송하나 보니 그곳에 내해 어느 정도 알겠더군요."

거짓말에 제법 능숙하시네.

애초부터 북해에서 지내던 이들인 만큼 원래도 북해에 대해 잘 알고 계셨을 텐데 말이지.

하지만 이는 비밀이니, 섣불리 말할 순 없는 진실이다.

"북해는 변덕스러운 곳이라고 다들 입을 모아 말하는 곳입니다. 이렇게 북해의 일이 많아진다면, 그 표물들을 안전하게 운송하기 위해서는 지국을 세우는 게 나을 것 같습니다."

"일리 있는 말이지만, 지국을 세운다는 게 그리 쉬운 일은 아닐 터인데……."

"그래서 은해상단의 도움을 받고자 합니다. 이미 북해에 지부를 두고 있는 만큼 그에 대한 경험이 있지 않겠습니까?"

국주님의 말에 아버지가 흔쾌히 고개를 끄덕였다.

"당연히 도와드려야지요. 창인표국은 우리 은해상단과 떼려야 뗄 수 없는 협력 관계 아닙니까?"

"그리 말씀해 주시니 감사합니다."

.

.

.

그렇게 회의는 순조롭게 마무리되었다.

북해빙궁의 비단은 내가 직접 관여하기로 했다.

궁주님께서 내가 그 일을 맡는 대가로 이익의 삼 할을 떼어 주는 것을 약속하셨기 때문이다.

이대로라면 며칠 내로 북경으로 돌아갈 수 있겠군.

나는 그런 생각을 하며 공밀의 작업실로 향했다.

공밀의 나이는 이제 열아홉.

어엿한 청년이 다 되었지만, 여전히 작업실에서 살다시피 한다고 했다.

내가 하루에 최소 두 끼는 반드시 챙겨 먹고 오전 오후 반 시진씩은 산책해야 한다고 했기에 망정이지, 그게 아니었다면 이전 삶에서처럼 비쩍 마르고 건강이 안 좋아졌을 게 분명하다.

그런데 공밀의 작업실 앞에서 기웃거리고 있는 아이가 보였다.

열두엇쯤 되었을까.

누구지?

나와 일행이 다가가는 소리도 듣지 못한 채 뭔가를 지켜보고 있는 듯했다.

무엇을 보고 있는지 궁금하여 가까이 가 보니, 공밀이 안에서 뭔가를 만드는 데 열중하고 있었다.

"뭐가 그렇게 재밌니?"

내 물음에 그 아이가 대답했다.

"공 장인님의 손에서 기상천외한 것들이 만들어지는 것이 신기하잖아요."

"그래?"

그때 우리의 목소리를 들었는지 공밀이 고개를 들더니 나를 보고 반갑게 외쳤다.

"소단주님!"

이에 안쪽을 기웃거리고 있던 소년이 깜짝 놀라 뒤돌더니, 나를 보고 얼른 고개를 조아렸다.

"죄, 죄송합니다."

"뭐가 죄송한데?"

"저, 그게……."

"너는 내가 묻는 말에 대답한 것뿐이잖아. 죄송해할 거 없어."

그나저나 이 아이, 왜 이리 낯이 익지?

그때 공밀이 쓴웃음을 지으며 말했다.

"또 너로구나."

"아는 아이야?"

내 물음에 공밀이 대답했다.

"네. 서 대행수님의 손자입니다."

서 대행수라면, 자무인형을 판매하는 홍하 명품점에 납품되는 물건의 총책임자를 담당하고 계신 분인데…….

아! 누군지 알겠군!

"홍하 명품점 서지평 점주의 다섯째 아들?"

내가 그 아이에게 고개를 돌리며 묻자, 아이는 고개를 끄덕이며 대답했다.

"네. 맞아요. 제 이름은 서용이에요. 사용될 용(用)자를 써요. 어디건 요긴하게 쓰이는 사람이 되라는 의미예요.”

“좋은 이름이네.”

그 아이에 대해서는 어느 정도 알고 있다.

그 역시 아버지의 뒤를 이어 행수가 되었지.

이전 삶에서 특별했던 기억도 있다.

그나저나 주변에 별 관심이 없는 공밀이 알 정도면, 제법 오랫동안 공밀의 주변을 맴돌았다는 건데…….

나는 서용에게 물었다.

“너도 공밀 장인처럼 신기한 기물들을 만들고 싶니?”

“……네. 만들고 싶어요.”

그리 말하는 서용의 눈은 반짝이고 있었다.

그때 뒤에서 귀에 익은 목소리가 들렸다.

“오라버니의 제자로 받아달라고 저러고 있는 거예요.”

뒤를 돌아보니 공래다.

“공래 왔구나!”

“네.”

공래가 내게 인사하고는 공밀에게 말했다.

“오라버니. 이제 그만 제자로 받아 주지 그래요?”

그 말에 공밀이 손사래를 쳤다.

“내 나이에 제자는 무슨…….”

“나이가 무슨 상관인가요? 남보다 뛰어난 재주를 전수하려는 의지가 있으면 제자를 둘 수 있는 것 아닌가요? 제 말이 틀리나요? 소단주님?”

공래의 말에 나는 피식 웃었다.

"네 말이 맞아."

그러곤 공밀을 보며 말했다.

"제자는 말이지, 한 장인이 세상에 스스로를 남기기 위한 방법의 하나야. 장인이 가진 기술과 지식을 온전히 남기는 건 그 어떤 방법으로도 불가능하거든. 글로도 말로도 표현할 수 없지."

이전 삶에서 참으로 많이 겪었던 일이다.

장인의 기술과 지식이 제대로 전수되지 못해 안타까웠던 일들.

"만약 네가 세상에서 사라진다면, 나는 두 번 슬플 거야."

"왜 두 번인가요?"

"한 번은 너에 대한 슬픔이고, 또 한 번은 네가 가진 기술이 실전되는 것에 대한 슬픔이지."

"……."

"물론 제자를 키우는 건 쉬운 일이 아닐 거야. 네 시간을 빼앗긴다는 느낌을 받을 수도 있지. 하지만 교학상장이라는 말이 있듯이, 분명 가르치면서 배우는 것도 있을 거라고 하는 생각해."

내 말에 공밀은 잠시 고민하다가 고개를 끄덕였다.

"알겠어요. 소단주님이 그리 말씀하신다면, 제자를 들이도록 하죠."

이에 서용은 신이 나서 허공을 향해 주먹을 내질렀다.

나는 서용에게 말했다.

"대신, 용아."
"네?"
"아버지에게 허락을 받고 오도록 해. 내가 가서 물어볼 거야."
"네!"
그리고 신이 나서 달려갔다.
그렇게도 좋을까?
내가 적극적으로 서용을 공밀의 제자로 받아들이도록 추천한 이유가 있다.
그건 내가 서용을 이전 삶에서 기억하고 있는 이유와 일맥상통한다.
이전 삶에서도 그는 유난히도 손재주가 좋았다.
망가진 신발을 고치는 것은 물론이고, 내가 쓸 그릇과 수저까지 손수 깎아 줄 정도였다.
마차의 바퀴를 고치는 건 눈 깜짝할 사이에 해냈고.
그런 그에게 물어봤었다.
그 정도 재능이라면 장인이 되면 좋았을 텐데, 왜 행수가 되었느냐고.
그는 내 물음에 당당하게 대답했었다.
자신의 심장을 뛰게 만드는 장인을 만나지 못했기 때문이라고.
하지만 이번 생에서는 내가 공밀을 데리고 오면서, 서용은 자신의 심장이 뛰게 만드는 장인을 만난 것이다.
좋네.

이렇게 또 한 명의 장인이 생기다니!

그때 공밀이 말했다.

"전에 래아를 통해 전해 주신 전언은 잘 전달받았습니다만, 서운합니다. 저를 만나고 가시지……."

"작업에 집중하고 있는데, 그 집중을 깨고 싶지 않았어."

"괜찮습니다. 다음에 혹시 또 제가 뭔가에 집중하고 있으면 편히 저를 불러 주세요. 전에 보여 드리고 싶었던 것이 있었는데 보여 드리지 못해서 아쉬웠습니다."

"하하하. 미안해."

나는 사과하며 말했다.

"그래서, 나에게 보여 주고 싶었던 게 뭔데?"

"이겁니다."

공밀은 선반에서 뭔가를 꺼내어 탁자 위에 올려놓았다.

그건 유리로 만든 병이었다.

"이게 뭐야?"

"밀봉(密封) 병입니다."

내가 바로 이해가 되질 않아서 고개를 갸웃하자, 공밀은 병의 뚜껑을 열더니 그 안에 물을 부었다.

그리고 뚜껑을 닫고 내게 물었다.

"이걸 거꾸로 들면 어떻게 될까요?"

"어떻게 되긴. 물이 흘러내리겠지."

내 말에 공밀은 웃으며 병을 거꾸로 들었다.

그런데…….

"어?"

뚜껑이 빠지지도 않고, 뚜껑 사이로 액체가 흘러나오지도 않았다.

나는 깜짝 놀랄 수밖에 없었다.

보통 병의 마개는 무른 재질의 나무나, 종이를 뭉쳐서 만든다.

하여 거꾸로 들면 액체가 마개를 밀어내 결국 내용물이 쏟아지지.

그래서 오랫동안 보관해야 하는 경우에는, 병의 마개를 아예 밀랍으로 때워 버린다.

그리하면 당연히 병은 재활용하기 어려워지는 등의 단점이 있지.

"어떻게 만든 거야?"

"비밀은 이 뚜껑에 있습니다."

"뚜껑?"

"네. 잘 보시면 여기에 뭔가 붙어 있죠?"

"어? 이거 설마?"

"네."

공밀은 고개를 끄덕였다.

"자무인형에 들어가는 부품 중 하나예요. 물고기의 부레로 만든 탄력 있는 줄이요. 그걸 이렇게 뚜껑에 붙여봤어요. 이렇게 하니까 여러 번 여닫아도 내용물이 흐르지 않더라고요."

그 설명에 나도 모르게 감탄이 나오고 말았다.

"이런 생각을 하다니! 너는 정말 천재야!"

"헤헤헤."

내 칭찬에 공밀은 쑥스럽다는 듯 머리를 긁적였다.

공밀이 만든 이 밀봉 병은 다양한 곳에 쓸 수 있다.

특히 술을 담을 때 요긴하게 쓰이겠지.

이거는 절대 놓쳐서는 안 된다.

그나저나…… 우리가 이걸 대량으로 만들 수는 없으니, 무동상단과 협업을 해야겠군.

이걸 진작 알았으면 좋았을 텐데.

저번에 이곳에 왔을 때 그냥 부를 걸 그랬군.

"그리고 일전에 전해 주신 전언이요."

"아! 그래, 그것은 어떻게 됐니?"

"만들어서 창고 안에 넣어 놨습니다. 잠시만요."

잠시 후 공밀이 가지고 온 건, 바퀴가 달린 의자다.

의륜의는 아니고, 내 집무실에서 사용할 의자다.

서탁에서 팔이 닿지 않는 위치의 물건을 잡기 위해서 매번 의자에서 일어나는 게 불편해서 제작을 의뢰한 것이다.

이거면 자리에서 일어났다가 다시 앉는 시간을 줄일 수 있겠지.

.

.

.

시간이 흐르고, 은해상단의 새로운 사업에 대한 논의가 끝났다.

그리고 이번에 내가 북경으로 향할 때 창인표국의 이들도 함께 가기로 했다.

본격적으로 비단 운송이 시작되기 전에 미리 창인표국의 지국을 세우기로 한 것.

마침 날씨도 여름이니 지국을 세우기에도 딱 좋다.

그리고 상단 소속의 건상이 마침 바쁘지 않아서 그들도 이번에 같이 가기로 했다.

서용은 아버지 서지평 점주의 허락을 받았고, 어제부터 공밀의 제자가 되었다.

그나저나 표행을 갔다던 진호 형이 아직 돌아오지 않아서 아쉽네.

나는 진호 형의 처소로 향했다.

"오셨어요?"

"형수님을 뵙습니다."

둘째 형수님께서는 마당에서 홍려와 놀아주고 계셨다.

홍려는 태어난 지 이제 일 년이 조금 넘었는데, 혼자서도 곧잘 걸었다.

그래서 그런지 나를 보더니 도도도 달려왔다.

"오아! 오아!"

좋다는 거겠지.

나는 홍려를 부드럽게 안아 주었고, 홍려는 나를 보며 방긋방긋 웃었다.

음, 이거 팔갑이 봤으면 '더러운 세상 어쩌고' 했겠군.

둘째 형수님이 말했다.

"제 아버지께서 북해로 가신다고 들었어요."
"네. 북해지국을 맡게 되셨다고 들었습니다."
그만큼 하철 표두가 능력 있고 믿을 만한 분이라는 의미겠지.
"제 아버지를 잘 부탁드려요."
"물론입니다. 최선을 다하겠습니다."
그렇게 홍려와 잠시 놀아주고 형수님과 인사를 나눈 뒤 별당으로 돌아왔다.
"오셨습니까요?"
"응."
"오늘 저녁은 어떻게 하실 생각입니까요?"
"별다른 약속은 없어."
"알겠습니다요. 그나저나 정말 놀랍습니다요. 그 많은 얼음이 그렇게나 빨리 팔리다니 말입니다요."
팔갑의 말대로 이번에 가지고 온 얼음은 닷새도 되지 않아 모두 팔렸다.
그만큼 수요가 있다는 의미였기에 얼음 사업을 시작하기로 한 것이다.
그때 서우 무사가 돌아왔다.
"주군, 돌아왔습니다."
"가족들과 시간은 잘 보내고 오셨습니까?"
"네. 덕분에 즐거운 시간이었습니다."
은해상단 본단에 온 김에 서우 무사와 여응암 무사에게 교대로 이틀의 휴가를 주었다.

다른 호위무사들 역시 휴가를 줬고.

그런데 서우 무사의 얼굴에 뭔가 고민이 있어 보인다.

"무슨 일 있으셨습니까? 표정이 좋지 않군요."

"아, 그게 말입니다."

서우 무사가 복잡한 표정으로 입을 열었다.

"제 아들의 재능을 발견한 것 같습니다."

157장. 행방

행방

서우 무사와 홍금소 부인 사이에서 태어난 아들의 이름은 윤.

부인이 서윤을 가졌을 때, 사고를 당해 큰일 날 뻔했지만, 서향 소저 덕분에 무사할 수 있었다.

그때 금령이 홍금소 부인에게 먹으라고 준 열매가 태재실이다.

아이를 가졌을 때 태재실을 먹으면, 태어난 아이는 뭔가 특출난 재능을 하나 가지고 태어난다고 했었지.

"대체 무슨 재능이기에 그러십니까?"

서우 무사가 고민하는 것을 보니, 도둑질 같은 나쁜 종류의 재능인가?

내 물음에 서우 무사가 머뭇거리며 대답했다.

"……산술입니다."

"네? 산술이요?"

전혀 생각지도 못했던 이야기에 나는 멍하니 반문했고, 서우 무사는 고개를 끄덕였다.

"네. 수를 헤아리는 산술 맞습니다."

솔직히 서우 무사와 홍금소 부인의 아이니만큼 검술이나 색감에 관련된 재능을 타고났을 거라고 생각했다.

그런데 산술이라니…….

그래도 나쁜 건 아니군. 괜히 걱정했잖아.

나는 서우 무사에게 말했다.

"윤의 재능을 발견했다니, 축하드릴 일이군요. 그런데 좋아할 일에 왜 수심이 깊으신 겁니까?"

"아이가 더 커서 어려운 셈을 하게 될 때, 저희 부부가 아이를 이해하지 못하게 될까 봐 걱정입니다."

이에 여응암 무사가 말했다.

"서 무사도 알다시피, 상대방의 모든 것을 이해할 수 있는 사람도 없고 모든 것을 이해받는 사람도 없지."

여응암 무사의 말대로다.

그 사람이 되어 보지 않는 이상, 그건 불가능하지.

그게 천재건 바보건 평범하건 상관없다.

"그렇기에 다투고 싸우는 것이고."

"그렇지요."

"하지만 서로가 서로를 위하는 마음이 있다면 상대방의 전부는 아니지만 어느 정도는 이해할 수 있다고 생각하네."

여응암 무사는 씩 웃었다.

"그러니까 너무 걱정하지 말게. 자네 가족이 서로를 생각하는 마음이 있다면, 머리로는 이해할 수 없어도 마음으로는 이해할 수 있을 테니까. 그러면 되는 것 아닌가?"

그 말에 나도 고개를 끄덕이며 거들었다.

"저 역시 여응암 무사님의 말이 맞다고 생각합니다. 그런데. 지금 윤이 몇 살이었죠?"

내가 알기로 아직 어리다고 알고 있는데.

"아, 두 살 하고도 반 년 지났습니다."

"그러면 이제 조금씩 말다운 말을 할 정도의 나이 아닙니까?"

"그렇습니까? 사실 어제 산딸기를 따와서, 똑같이 나누어 주라고 했더니 산딸기의 숫자를 세더니 '여섯 개 먹으면 돼요.'라고 하더군요."

그건 나누기인데?

"그리고 제 부인에게 두 개를 더 주라고 했더니, '그러면 아버지가 네 개밖에 못 드시니까 제가 두 개 더 드릴게요. 저는 네 개만 먹어도 괜찮아요.'라고 하더군요."

"……."

확실히 천재이긴 하네.

지금 서우 무사는 산술 재능에 대해 주목하고 있지만, 내가 볼 때 그렇게 말을 할 수 있다는 것 자체가 천재다.

"저는 수에 대한 감각보다, 부모님을 생각하는 그 마음에 더 감동했습니다."

내 말에 서우 무사는 쑥스러운 표정을 지었고, 나는 피식 웃었다.

"조만간 괜찮은 보모를 알아봐 드리겠습니다."

오늘 저녁은 나가서 먹기로 했다.

내일은 북경으로 떠날 준비를 하느라 시간이 없을 것 같았기 때문이다.

금주령이 풀려서 그런지 확실히 거리는 떠들썩했다.

식사를 마치고 돌아오는 길.

서가를 벗어나자, 여름의 향기가 코에 스쳤다.

본격적인 여름이다.

바쁜 와중에도 이렇게 잠시나마 여유롭게 밤 산책을 하니 좋네.

그때 명종 무사가 말했다.

"저 사람은…… 마순복 무사 아닙니까?"

그가 가리키는 곳을 보니 정말 마순복 무사가 있었다.

북경으로 배치된 신입 무사로, 얼음을 가지고 이곳 호북까지 함께 왔다.

관찰력이 좋아서 그에게 도움도 받았지.

그런데 이 시간에 여기는 무슨 일이지?

호기심이 생긴 나는 그에게 가까이 다가갔다.

그는 무기점의 점주와 실랑이 중이었다.

"부탁드립니다. 제가 지금 가진 돈이 은자 두 냥밖에 없습니다. 나머지는 외상으로 안 되겠습니까?"

"그건 곤란한데……."

"제발 부탁드립니다."

나는 슬쩍 그들에게 다가가며 물었다.

"무슨 문제라도 있습니까?"

나를 발견한 마순복 무사가 얼른 포권했다.

"소단주님을 뵙습니다."

"네. 반갑습니다. 그런데 무슨 일이라도 있습니까?"

"그게…… 실은 저번 북해에서의 전투 때 검에 금이 갔습니다. 그래서 대장간에 가서 수리하려고 했더니, 땜질을 해도 얼마 못 버틸 거라면서 새로 마련하라고 하더군요."

"그래서 무기점에 오셨군요."

"네. 적당한 검을 발견해서 하나 마련하려고 했는데……."

말을 잇지 못하는 그를 대신하여 무기점의 점주가 대신 말해 주었다.

"돈이 부족하다고 합니다."

하긴…… 신입 무사의 월봉은 얼마 되지 않으니까.

그리고 무기라는 건 생각보다 상당히 비싸다.

"그래서 염치없지만 외상으로 좀 해 주십사 부탁드리던 참이었습니다."

"그랬군요."

나는 마순복 무사를 보았다.

고아 출신이었지만, 구표 행수의 후원으로 성장해서 은풍대 무사까지 된 인물이다.

하지만 더 손을 벌리기에는 염치가 없어서 어떻게든 혼자 해결하려는 것이다.

그걸 보면 세상 참 불공평하지.

이토록 재능 있는 자가 다른 사람들보다 먼저 고아가 되어서, 그리고 돈이 없어서 자신의 재능을 만개하지 못한다니 말이다.

물론 나도 안다.

그런 의미에서 보면 나는 복 받은 놈이라는 것을.

비록, 이전 삶에서는 서른아홉 살 생일에 내가 이룩한 모든 것을 잃어버리고 살해당했지만.

딴 길로 잠시 샜군.

이렇게 인연이 되었고 내 눈에 들어왔다는 건, 이번 삶에는 마순복 무사의 타고난 재능을 활짝 피우라는 하늘의 뜻이겠지.

"저를 따라오십시오."

"네?"

"잠시 갈 곳이 있습니다."

내가 그를 데리고 향한 곳은 염씨 노장의 대장간.

"계십니까?"

내 부름에 안에서 염씨 노장의 아들이 나왔다.

그는 나를 알아보고는 놀라서 얼른 고개를 숙였다.

"은해상단의 셋째 소단주님이 아니십니까? 여긴 어인 일이십니까?"

"검을 하나 맞출 일이 있어서 왔습니다만, 노장께서는 안에 계십니까?"

"네. 안에 계십니다. 들어오십시오."

우리는 그의 안내를 받아 안으로 들어갔다.

염씨 노장은 빨갛게 피어오르는 불꽃을 보고 계셨다.

처음 뵈었을 때가 육 년 전인데, 아직도 정정하시군.

나는 그에게 정중하게 예를 갖추었다.

"은해상단의 소단주 은서호가, 어르신을 뵙습니다. 그간 정정하셨습니까?"

"허허. 매년 의원을 보내어 보약을 지어 주시는데, 당연히 건강하지요!"

나는 은해상단의 의원에게 부탁해서 해마다 보약을 보내드리고 있다.

자고로 상인이라면 뛰어난 장인과의 인맥을 소중히 여겨야 하는 법이다.

"앉으십시오."

그는 공손하게 자리를 권했다.

염씨 노장은 상대방의 태도에 따라 응대를 달리하시는 분이고, 내가 정중하게 대하니 염씨 노장도 나를 정중하게 대해 주시는 것이다.

"감사합니다."

나는 자리에 앉으며 말했다.

"이 늦은 밤에 찾아와 송구합니다만 급하게 부탁드릴 것이 있습니다."

"무엇입니까?"

"여기 이 무사의 검을 부탁드립니다."

"알겠습니다."

그는 흔쾌히 내 청을 승낙하고 마순복 무사에게 손을 내밀었다.

"검을 좀 줘 보게나."

"네."

그는 자신이 차고 있던 검을 내밀었고, 염씨 노장은 이를 면밀하게 살폈다.

"음…… 혹시 최근에 아주 추운 곳에 다녀왔나? 예를 들면 북해 같은 곳?"

"네! 맞습니다."

"별로 좋지도 않은 검을 가지고 용케 버텼군."

그 직설적인 말에 마순복 무사는 민망한 표정을 지으며 고개를 숙였다.

"하지만…… 엄청나게 노력했군. 죽을힘을 다해서 말이야."

이에 그는 고개를 들었다.

"하지만 검이 망가질까 봐 뭔가를 내리치지도 못하고 그저 허공만 하염없이 베었겠지."

"……맞습니다."

"칼밥 먹고 사는 자가 그러면 쓰나?"

"……."

염씨 노장은 검신을 살펴보며 말을 이었다.

"딱히 소중한 검은 아닌 듯하고, 그저 다른 검을 살 돈이 없어서 이 싸구려 검을 아낀 듯하군."

"어찌 아셨습니까?"

용한 점쟁이라도 보는 눈빛이다. 이에 염씨 노장은 너털웃음을 터트렸다.

"이 정도는 누구나 아는 거네."

이에 나는 속으로 고개를 저었다.

아닙니다, 어르신. 다른 이들을 너무 과대평가하시는군요.

"어쨌든 알겠습니다. 이 무사에게 좋은 검을 만들어 드리죠."

"감사합니다. 그리고 그 검이 완성되기 전에 임시로 쓸 검이 필요합니다."

"하긴 그렇겠군요. 어디 보자……."

그는 자리에서 일어나 근처에 걸어둔 검들을 살펴보다가 하나를 들고 왔다.

"이거면 검이 완성될 때까지 그럭저럭 쓸 수 있을 겁니다."

"감사합니다."

나는 그 검을 마순복 무사에게 건넸다.

"받으십시오."

"저……."

그는 검을 받지 않고 망설이다가 물었다.

"제가 무엇을 해 드리면 되겠습니까?"

"네?"

"그게…… 제가 어릴 적부터 깨달은 건, 누군가 호의를 베푸는 건 대가를 바라기 때문이라는 것입니다. 그러니 이것 역시 대가가 있는 것 아닙니까?"

"구표 행수님도 대가를 바라고 후원을 해 준 것이라고 생각합니까?"

"그, 그건……."

말문이 막힌 그에게 나는 부드럽게 말했다.

"사람은 때론 바라는 것 없이 누군가에게 선의를 베풀곤 합니다. 그 이유는 사랑이나 동정이 될 수도 있고, 운명이나 인연이 될 수도 있겠죠."

나는 말을 이었다.

"그리고 저는 이게 인연이라고 생각하지만, 그게 불편하면 대가를 바라기 때문이라고 생각하셔도 무방합니다."

"……대가가 무엇입니까?"

"실력을 키우십시오. 그래서 은해상단을 지켜 주시면 됩니다. 그리고 저번 북해에서 큰 도움을 받지 않았습니까? 그 보답도 포함되어 있습니다."

내 말에 그는 입술을 깨물었다.

"제가 도움이 되었다는 건 잘 모르겠지만, 실력을 키워서 은해상단을 지키는 건 최선을 다해 보겠습니다."

"그거면 됩니다. 그리고…… 이왕이면 그 외모도 소중히 하십시오."

"네? 제 얼굴…… 말입니까?"

나는 고개를 끄덕였다.

"사람은 생각보다 보이는 것에 민감합니다. 그리고 잘생긴 사람에게 사람은 쉽게 호의를 베푸니까요."

이전 삶의 기억에서 그는 자신의 산적 같은 외모 때문에 종종 오해를 받았다고 했지.

지금부터라도 그 외모를 가꾸면 그런 억울한 일은 생기지 않을 터.

"그럼, 다들 잠시 나가 계십시오."

사실 마순복 무사 때문이 아니라도 이곳에 올 생각이었다.

그렇게 모두를 내보내고 염씨 야장과 단둘이 대화를 나누었다.

"왜 모두를 내보내신 겁니까?"

"우선 이것 받으십시오."

나는 전표를 꺼내어 내밀었다. 그는 내가 내민 전표의 액수를 보고 살짝 놀랐다.

"상당한 금액이군요."

"예. 노장께서 정성을 다해 검을 만들어 달라는 의미입니다. 제가 저 무사에게 빚을 좀 졌거든요."

"알겠습니다."

"그리고 임시로 쓸 검은 얼마나 드리면 됩니까?"

"그건 그냥 제가 드리겠습니다."

"그러면 감사하죠."

"검이 완성되면 어떻게 할까요?"

"제가 찾으러 오겠습니다. 아시다시피 제가 가을에 혼인을 하지 않습니까?"

"네. 청첩장이 왔더군요. 꼭 축하드리러 가겠습니다."

마순복 무사의 검은 이 정도면 되겠고…….

나는 은무검을 풀어 그 앞에 놓으며 말했다.

"이 검, 기억하십니까?"

"네. 기억합니다."

"전에 이 검을 보고 말씀하시길, 빙정으로 만든 검이라고 하셨지요."

"그랬습니다."

염씨 노장은 순순히 고개를 끄덕였다.

"그리고 당시 이전에 빙정을 본 적이 있기에 알아차릴 수 있었다고 하셨습니다."

"……."

"사실, 빙정은 북해빙궁의 보물입니다. 그걸 일반인이 보는 건 불가능에 가깝습니다."

염씨 노장은 내 말에 침묵을 지켰다.

내 짐작이 맞다는 생각에 직설적으로 물었다.

"혹시, 청태라는 야장을 아십니까?"

내 물음에 그가 한숨을 내쉬듯 대답했다.

"내가 그분을 어찌 모르겠습니까? 내 사조이신데."

어떤 식으로든 관련이 있을 거라고 생각했는데 역시 그랬군.

"제가 듣기로 후손의 일부만이 북해에 남았고, 다른 이들은 제국에 정착했다고 들었습니다. 그럼 다른 후손들은 어디에 있습니까? 그 후손이 한두 명은 아니었을 것 아닙니까?"

"다들 죽었지요."

"네?"

"솜씨만 뛰어나면 뭐합니까? 성격이 그 모양인데 어떻게 결혼을 해서 아이를 낳고, 제자를 들이겠습니까?"

"……."

"그리고 본인의 일이 더 중요했지, 자신의 기술을 전수하는 건 안중에도 없었습니다. 어리석게도 말입니다."

결국 명맥이 거의 끊어졌다는 의미다.

그는 푸념하듯 말을 이었다.

"내 성격이 처음부터 이렇게 지랄맞은 건 아니었습니다. 지랄맞은 스승님을 모시다 보니 이렇게 된 겁니다."

그러셨군요.

"그런데 용케 혼인을 하셨네요."

내 말에 그는 머리를 긁적였다.

"내 스승님의 딸입니다."

"네?"

"그래도 내 스승님이 그나마 성격이 좀 괜찮았습니다."

방금 지랄맞은 스승님이었다고…….

"그래서 내가 알기로 제국에 청태 조사님의 기술을 이어받은 자는 나밖에 없습니다."

그래서 염씨 노장이 만든 무기가 그렇게 대단했던 거군.

"하지만 사조님의 기술의 반의 반도 전해지지 않았습니다. 스승님께 듣기로 설풍궁이라는 곳에 그 기술에 대한 기록이 남아 있다고 하지만 설풍궁은 이제 없지 않습니까?"

나는 그에게 묻지 않을 수 없었다.

"설풍궁에 대해 아십니까?"

"당연히 알지요. 사부님께서 그곳에 대해 수소문하다가 멸문당했다는 소식을 듣고 충격으로 앓아누우셨습니다. 결국 일어나지 못하셨고요."

염씨 노장은 쓴웃음을 짓고는 은무검을 보며 말했다.

"그나저나 보면 볼수록 참으로 아름다우면서도 놀라운 실력입니다."

이걸 알아보지 못하는 것을 보면, 확실히 기술의 대부분이 실전된 것이 분명했다.

"이건 청태 야장께서 만드신 검입니다."

"네?"

염씨 노장은 깜짝 놀라는 모습이었고, 나는 진지하게 물었다.

"그래서 말인데, 일전에 보셨다는 빙정은 어디서 보신 것입니까?"

내 물음에 염씨 노장은 깊은 한숨을 내쉬고는 입을 열었다.

"내 스승님께 형님이 계셨습니다. 그러니 내게는 사백이 되겠지요. 스승님과 사백의 대장간에 간 적이 있습니다. 그것도 제법 오래전이군요."

그는 과거를 회상하는 표정으로 말을 이었다.

"그때 스승님이 사백을 졸라 빙징을 보여 달라고 했습니다. 내게 견식시켜 주기 위해서였죠."

생각보다 좋은 스승이었군.

"그때 처음 빙정이라는 것을 볼 수 있었습니다. 투명하면서도 하얀, 영혼이 빨려 들어갈 것 같은 흡입력과 영혼을 정화시켜 주는 듯한 순수한 힘이 담긴 보석이었습니다. 동시에 한기가 느껴지더군요. 그건 단순히 추운 것을 넘어서는 한기였습니다."

빙정이 확실하군.

"제 엄지 한마디 크기밖에 안 되었음에도 그 존재감은 지금도 잊을 수가 없습니다."

그 정도면 보통의 크기일 터.

나는 묵묵히 그의 이야기를 경청했다.

"그 이후로 빙정을 두 번 더 본 적이 있는데, 그때마다 느껴지는 게 달랐습니다. 아마도 제 실력이 늘었기 때문이겠지요."

나는 고개를 주억였다.

"그런데 제가 아까 듣기로, 남은 제자가 어르신밖에 없다고……."

"엄밀히 말하면 나와 내 아들들뿐입니다."

"그러면 사백께서도 돌아가셨다는 말씀입니까?"

"그렇습니다. 이제는 이십 년도 넘은 것 같군요."

"그러면 그 빙정은 어떻게 되었는지 알 수 있겠습니까?"

염씨 노장은 침음성을 흘리더니 난감한 표정을 지었다.

"음…… 그게 참 의문입니다."

"그게 무슨 말입니까?"

"사백께서 돌아가셨다는 소식을 듣고 가서 사백의 장례를 치른 후 유품을 정리하는데…… 빙정이 없었습니다."

"빙정이 사라졌다는 말입니까?"

"네."

염씨 노장은 고개를 끄덕였다.

"하여 수소문했지만, 낯선 사람이 방문했던 적도 없고 사백께서 어디 멀리 외출하신 적도 없었습니다. 그렇기에 더욱 의문인 일이었습니다. 그렇다고 사라진 것이 빙정이라고 말할 수도 없는 일이었기에 거의 포기하고 있을 때 누군가 찾아왔습니다."

그는 자리에서 일어났다.

"잠시만 기다리십시오."

안에 들어갔다가 나온 그의 손에는 봉투 하나가 들려 있었다.

"찾아온 이는 그 마을의 촌장이었습니다. 유품을 정리하러 온 자가 만약 뭔가를 열심히 찾는 것처럼 보이면 돌아가신 사백께서 그걸 전해 달라고 부탁하셨다고 합니다."

그러면서 내게 봉투를 내밀었다.

"이게 그 서신입니다."

나는 그것을 받으며 물었다.

"읽어 봐도 됩니까?"

"물론입니다."

나는 봉투 안의 서신을 꺼내어 펼쳤다.

[그것을 찾으려 애쓰지 마라. 그건 네가 감당할 수 있는 것이 아니기에 자연으로 돌려보냈으니]

자연으로 돌려보냈다는 것이 무슨 의미지?

나는 고개를 갸웃하며 서신을 다시 돌려주었다.

그 서신에 쓰여진 건 딱 그 문장뿐이었으니까.

"제 생각에는 두 가지 중에 하나입니다. 빙정을 가루로 만들어 산에 뿌렸거나, 아니면 어딘가에 몰래 숨겼을 수도 있습니다."

확실히…… 그 외에는 생각나질 않네.

"그런데 노장의 사백께서 계셨던 곳은 어디입니까?"

"섬서성의 종남산 자락에 계셨습니다. 그리고 지금 그 터에는 제 둘째랑 셋째 아들이 야장 일을 하고 있습니다."

"네? 자녀분이 몇이나 되십니까?"

"다섯입니다. 장남이랑 막내는 여기 있고 둘째랑 셋째 아들은 섬서성에 있습니다. 그리고 딸 하나는 근방으로 시집을 갔죠."

"그러셨군요."

"사백께서 터를 잡아 놓으셨는데, 그 대장간을 닫는 것도 아깝고 그래서 제 스승님께서 주기적으로 가셔서 관리하시다가 스승님께서 돌아가신 후에 그리했습니다."

하긴 터를 잡는 게 보통 일은 아니긴 하지.

텃세도 그렇고, 대장간이라는 게 짓기도 쉽지가 않다.

나 같아도 어떻게든 그곳을 유지했을 거다.

"언제 필요한 일이 생기면 방문해 보십시오. 제 눈에 차진 않아도, 어느 정도 쓸 만한 수준입니다."

"알겠습니다. 섬서성에서 대장간에 갈 일이 있다면 들르겠습니다."

.

.

.

염씨 야장과의 대화를 마친 후 나는 자리에서 일어나 밖으로 나갔다.

"나오셨습니까?"

"네."

팔갑과 마순복 무사가 뭔가 대화를 하고 있는 듯했다.

"무슨 이야기를 그렇게 재밌게 하고 있습니까?"

"아! 안에 들렸습니까? 송구합니다."

그 말에 나는 손을 저었다.

"그건 아닙니다. 그저 팔갑의 얼굴을 보니 신나 보여서요."

이에 팔갑이 대답했다.

"별건 아니고, 얼굴을 관리하는 방법에 대해서 말해 주고 있던 참이었습니다요."

"얼굴을 관리하는 법?"

"제가 매일 도련님의 얼굴을 관리하고 있지 않습니까요."

아, 그 이야기였구나.

팔갑은 내 얼굴이 망가지면 안 된다면서 강제로 내 얼굴에 뭔가를 해 주고 있다.

얼굴만 보는 더러운 세상 어쩌고 하면서도 내 얼굴을 신경 쓰는 녀석이지.

일종의 대리만족일지도…….

이필 무사가 말했다.

"덕분에 저희도 유용한 정보를 알았습니다. 살구씨를 가루 내어 쌀가루와 물에 섞어 얼굴에 바른다든시, 익모초 가루를 밀가루에 개어 그것을 말린 후 목욕할 때 쓴다든지 하면 피부가 좋아진다는 것 말입니다."

요즘 내게 매일 하는 것들이네.

"그런데 팔갑아, 그런 건 다 어디서 배운 거야?"

"시녀분들에게도 배웠고 또 하 소저에게도……."

"하 소저?"

하 소저라면 정보대의 하화 대원을 말하는 건가?

팔갑은 슬쩍 말을 돌렸다.

"아무튼, 이제 집으로 가시면 되는 겁니까요?"

"응."

이번엔 그냥 넘어가 줄까?
나는 속으로 피식 웃으며 말했다.
“만들어진 검은, 나중에 내 혼인 때 찾아가기로 했어.”

.

.

.

드디어 호북성을 떠나는 날이 되었다.
이번에는 창인표국 사람들과 은해상단의 건상 사람들도 함께였다.
그들은 우리와 북경까지 같이 갔다가 북해까지 가야지.
“아버지. 부디 몸 조심하세요.”
“그래. 걱정하지 말거라.”
하철 표두님은 둘째 형수님과 작별 인사를 나누었고 우리는 모두의 배웅을 받으며 길을 나섰다.
이번에는 낙양이나 정주까지 갔다가, 그곳에서 배를 타고 북경 근처까지 올라가는 길을 선택했다.
하루 종일 이동한 우리는 야숙을 위해 적당한 곳에 자리를 잡았다.
야숙 준비를 마치고 식사를 한 후, 잠시 주변을 둘러보고 있을 때였다.
“소단주님.”
고개를 돌려 보니 마순복 무사였다.
“무슨 일이십니까?”
“저, 그게……. 그날 제 검을 부탁하신 분이 염씨 노장이시라고 들었습니다."

생각보다 빨리 알게 되었군.

"제게는 너무 과분합니다. 저는 그저 이 검이면 충분합니다."

그의 손에는 임시로 쓸 검이 들려 있었다.

"그 검은 손에 맞으십니까?"

"아? 네. 이전에 쓰던 검보다 훨씬 좋습니다."

그렇겠지.

아무리 임시로 쓸 검이라고 해도 염씨 노장이 만든 검이니까.

"다행이군요."

"그러니까, 제가 드리고 싶은 말씀은……."

"과분한 검이라고요?"

"네. 그렇습니다."

"그런 생각하지 마십시오. 제가 목숨을 빚졌는데, 그 정도도 못 해 드리겠습니까?"

"제가 한 일이 소단주님의 목숨을 구할 정도는 아니었다고 생각합니다."

"그렇게 도움을 주시고 그런 말을 하는 건, 상대방을 기만하는 겁니다."

"그, 그럴 의도는 없었습니다."

"됐습니다. 그 검을 선물하는 건 그냥 제 마음이니, 더 이상 부담스럽게 생각하지 않았으면 합니다."

나는 단호하게 말을 이었다.

"아마 구표 행수님께 여쭤봐도 '감사합니다'하고 그냥 받으라고 할 겁니다."

"……."

"용건은 끝났습니까?"

"아, 네."

그는 여전히 떨떠름해했지만, 더 이상 반박할 생각은 없어 보였다.

"그럼 가 보십시오. 저기 마 무사님을 부르는 것 같군요."

"실례했습니다."

그는 자신을 부르는 무사에게 달려갔고, 나는 피식 웃었다.

마순복 무사는 북해에서의 일만 생각하고 있겠지만, 내가 말한 목숨의 빚은 북해에서의 일뿐만이 아니다.

이전 삶에서도 그에게 몇 번이나 목숨을 빚졌으니까.

그리고 나는 빚은 갚아야 직성이 풀리는 사람이다.

우리의 여정이 이어졌고, 숭산 아랫자락에 다다랐다.

여기서 서쪽으로 가면 섬서성이다.

내가 서쪽을 보고 생각에 잠기자, 팔갑이 물었다.

"무슨 고민이라도 있으십니까요?"

"가는 길에 잠시 섬서성에 들를까 고민 중이야."

"섬서성에 말입니까요?"

명종 무사와 창운 무사의 시선이 나를 향했다. 그도 그럴 것이, 섬서성은 두 무사가 몸담았던 화산파와 종남파가 있는 곳이니까.

여응암 무사가 물었다.

"뭐 하셔야 하는 일이 있으십니까?"

"중요한 일은 아닙니다만, 가 보긴 해야 하거든요. 그런데 이대로 북경으로 가면 언제 가 볼 수 있을지 모르겠어서요."

서우 무사가 고개를 끄덕였다.

"그렇긴 합니다. 워낙 바쁘시니 언제 시간을 낼 수 있을지 모르죠."

이필 무사 역시 고개를 주억였다.

"그렇다면 이 김에 다녀오는 것도 나쁘지 않을 것 같습니다."

"저 역시 그렇게 생각되어서 고민 중이었습니다."

서우 무사가 말했다.

"북경에 돌아가시면 밀린 일도 하셔야 하고 산동악가에도 다녀오셔야 하지 않습니까? 몇 달 후에는 다시 혼인을 위해 호북에 가셔야 하고요."

"……그렇군요."

"그 뒤에도 언제 시간이 날 거라고 확신할 수는 없다고 봅니다."

"확실히 그렇죠."

"뭔가 슬퍼 보이십니다요."

팔갑이 슬쩍 물었다.

"혹시 곽 부관님과의 혼인이 슬프신 건?"
"꾸이?"
그 말에 금령이 내 소매 안에서 나왔고, 팔갑을 향해 몸통 박치기를 했다.
"꾸잇!"
"꿱!"
역시 금령이야. 내 마음을 잘 아는구나.
팔갑은 배를 움켜쥐고 데굴데굴 굴렀다. 금령의 몸통 박치기에 당하고도 기절하지 않은 것만으로도 대단하단 말이지.
"아이고, 나 죽네."
"엄살 부리지 말고 일어나."
"진짜 죽을 것 같습니다요."
"네가 선을 넘는 발언을 했으니까, 금령이 그러지."
나는 피식 웃으며 말했다.
"금령이가 곽 부관을 엄청 좋아하거든."

그렇게 섬서성에 들렀다 가기로 한 나는 명종 무사와 창운 무사에게 말했다.
"저는 잠시 종남산에 다녀올 생각입니다. 그래서 말인데 혹시 함께 그곳에 가는 것이 불편하게 생각된다면 다른 일행과 먼저 북경으로 가 있어도 됩니다."
내 말에 그들은 고개를 저었다.
"아닙니다. 괜찮습니다."

"주군을 따르겠습니다."

"정말 괜찮으시겠습니까?"

내 물음에 그들은 고개를 주억였다.

"이미 몇 년이나 지났습니다. 전혀 문제 없습니다."

"지금은 그저, 주군의 호위무사일 뿐입니다. 주군의 호위무사가 주군의 곁이 아닌 어딜 간단 말입니까?"

"그리 말해 주니 고맙네요. 알겠습니다. 그리 알고 추진하겠습니다."

나는 두 무사의 의향을 물은 후, 하철 표두님에게 향했다.

하철 표두는 선선히 고개를 끄덕였다.

"하긴, 여기서 조금만 더 가면 섬서성이긴 합니다."

"그래서 그곳에서 일을 보고, 곧바로 뒤쫓아 가겠습니다."

"저희는 배를 타고 이동할 생각입니다만……."

"저희가 가진 말이 주강마라는 것을 잊으셨습니까?"

"아! 그렇군요."

"그러니 저희가 전력으로 달리면 북경에는 비슷하게 도착할 수 있을 겁니다."

그렇게 일행에게 양해를 구하고 아침이 되자마자 서쪽으로 말을 달렸다.

"가시려는 곳이 종남산 자락이니 제가 안내하겠습니다."

창운 무사가 자신감 있게 말했다.

"종남산 근방에 대해 잘 아십니까?"

"물론입니다. 종남산을 손바닥 보듯이 모르면 종남파 제자라고 할 수 없죠."

하긴 수련을 위해서든 임무를 위해서든 종남산 곳곳을 가 봤겠군.

"그럼 혹시 종남산 자락에 염씨 성을 가진 야장이 운영하던 대장간을 아십니까?"

염씨 노장이 대략적인 위치는 알려 주었지만, 혹시 모르니 물어본 것이다.

그는 잠시 고민하다가 입을 열었다.

"정확한 건 아닙니다만 짐작 가는 곳이 있습니다. 종남산 동쪽에 쇠를 기가 막히게 다루던 분이 계셨습니다. 성격이 좀 더럽지만 그 재주가 정말 뛰어나서 그분이 만든 검을 가지고 싶어서 사형들이 제법 노력했던 기억이 있습니다."

그렇다면 그곳이 염씨 야장이 말해 준 곳이 맞겠군.

"그곳으로 안내를 부탁드립니다."

"알겠습니다."

우리는 창운 무사의 안내를 따라 종남산으로 향했다.

주강마 덕분에 오래지 않아 종남산 자락에 도착했다.

종남산은 제국의 북쪽과 남쪽을 나누는 경계라고 할 정도로 규모가 크다.

"예전에 한 제자가 종남산에서 길을 잃어서 열흘 만에 찾은 적도 있습니다."

"그럴 만도 하네요."

"제 기억에 그 대장간은 꽤 큰 마을에 있었습니다."

창운 무사의 안내를 따라 도착한 곳은 확실히 컸다.

이 정도면 종남파의 제자들이 파견되어 마을을 지키고 있겠군.

이런 산자락에까지 관의 영향력이 미치기는 힘드니까.

황제 폐하, 좀 더 힘을 내셔야겠습니다.

그런 생각을 하며 대장간을 수소문했고, 곧 위치를 알아낼 수 있었다.

그런데.

"불이야! 불이야!"

"누가 좀 도와주세요! 저 안에 우리 아들이!"

대장간 옆의 건물이 활활 타오르고 있었고, 그 앞에서 한 여인이 주저앉아 울고 있었다.

"무슨 일입니까?"

"제 아들이 저 안에……."

그렇다면 지체할 틈이 없다.

"주군!"

"사람들을 동원하여 빨리 불을 끄십시오."

나는 내공을 끌어 올렸다.

태음빙해신공의 음기는 불을 제압하는 힘이 있으니까.

나도 뭔가 믿는 구석이 없었으면, 이렇게 위험을 무릅쓰지 못했을 거다.

불길이 타오르는 집 안으로 들어갔지만 아이는 보이지 않았다.

어디 있지?

그때 금령이의 전음이 들렸다.

– 꾸이!

저곳이구나!

그때였다.

바닥에서 뭔가 진동이 느껴진 것은.

갑자기 느껴지는 진동에 나는 바짝 긴장했다.

이것은 필시 진법에 의한 진동이기 때문이다.

나는 진법에 걸리지 않지만, 혹시 모르는 일이니까.

– 꾸이! 꾸!

하지만 금령이의 반응을 보니, 함정은 아닌 것 같군.

나는 태음빙해신공의 기운으로 불길을 제압하면서 금령이 가리키는 곳으로 향했고, 한 아이를 발견했다.

아이는 물에 적신 수건으로 얼굴을 덮은 채 큰 물통 안에 들어가 있었다.

아이가 저런 걸 할 줄 알다니?

나는 조금 놀라며 아이에게 다가갔다.

"나가자! 구하러 왔다!"

그러고는 아이를 안았고, 물수건에 다시 물을 묻혀서 아이의 머리를 덮어 주었다.

그리고 집 밖으로 나가는데, 뭔가 이상함을 느꼈다.

집의 불이 점차 사그라지고 있는 것.

내가 지나오면서 불길을 제압한 곳이 아님에도 불이 꺼지고 있었다.

동시에 무언가가 내 기운을 흡수하고 있음을 알아차렸다.

보통 다른 존재의 기운을 흡수하는 건 좋은 의도가 아니기에 긴장할 수밖에 없었다.

하지만 문득 드는 생각.

왜 내 기운이 흡수되고 있다는 것을 이제야 알아차린 거지?

내게서 빠져나가는 기운을 자세히 살펴보자, 그 이유를 알 수 있었다.

내 내공이 아니라, 내 내공에 담긴 음기만을 흡수하고 있었기 때문이다.

그러니 알아차리지 못한 것.

우선 나가자.

아무리 불길이 약해지고 있다지만 천장이나 벽이 무너지면 큰일이니까.

"후!"

그렇게 바깥으로 나가서 아이를 바닥에 내려 주었다.

"아이고, 익이야!"

"어머니!"

어머니와 아이는 서로를 부둥켜안았고, 이어서 나를 향해 연신 고개를 숙였다.

"감사합니다. 정말 감사합니다."

"아이를 구할 수 있어서 정말 다행입니다."

그때 내 호위무사들과 사람들이 물을 가지고 왔다. 내

가 그리 느리게 나온 건 아니지만, 생각보다 마을 사람들의 대처가 빨랐다.

"그래도 이번에는 다행이네."

"그러게 말이야. 저번에는 전소됐었는데 말이지."

마을 사람들의 말을 들으니, 이전에도 화재가 났던 것 같군.

어쨌든 불은 꺼졌다.

내가 안에서 불길을 제압하고 밖에서 물을 뿌린 것도 있지만, 의문의 힘이 불길을 꺼트린 덕분이다.

다행히 세간살이를 어느 정도는 건질 수 있겠군.

그때 멀리서 두 명의 사내가 허겁지겁 달려오는 게 보였다.

어딘가 익숙한데…… 아, 저들이 염씨 노장의 둘째 아들과 셋째 아들이군.

염씨 노장 부부와 닮았군.

"모, 모두 무사한 거야?"

그 물음에 아이의 어머니가 대답했다.

"네. 저랑 익이는 무사해요."

"정말 다행입니다! 형수님!"

"여기 이분께서 익이를 구해 주셨어요."

그녀의 말에 한 사내가 내게 공손히 고개를 숙였다.

"정말 감사합니다. 제 아들의 목숨을 구해 주신 것, 결코 잊지 않겠습니다."

그는 조심스레 물었다.

"그래서 말인데, 혹시 존함을 알 수 있겠습니까?"

내가 대답하려는데 팔갑이 먼저 나를 소개했다.

"도련님께서는 은해상단의 은서호 소단주이십니다요. 선협미랑이라고도 불리는 분입니다요!"

그 말에 사람들이 웅성거렸다.

"오오! 선협미랑!"

"역시!"

"어디선가 많이 본 분이다 했더니! 선협미랑이셨군!"

그들 중에는 종남파의 제자로 보이는 이들도 있었는데, 그들은 선망의 눈으로 나를 바라보고 있었다.

팔갑아…….

나는 속으로 한숨을 내쉬며 말했다.

"은해상단의 소단주 은서호라고 합니다. 염씨 노장께서 안부를 전해 달라고 하신 적이 있는데, 마침 근처를 지날 일이 있어서 잠시 들렀습니다."

"아, 기억납니다. 아버지께 이야기 많이 들었습니다. 매년 보약을 지어 주시는 고마운 분이시라고요. 그런데 이렇게 제 아들의 목숨도 구해 주시고…… 정말 감사합니다."

"사람을 구하는 것은 당연한 일입니다."

나는 그리 겸양을 표하고 고개를 돌려 옆을 보았다.

"그런데 집이 타 버렸으니……."

"괜찮습니다. 워낙 화재가 잦다 보니 그리 정성 들여 짓지도 않았습니다."

하긴 대장간은 불을 다루는 곳이라 화재가 잦은 편이다.

"아까 보니 아이가 물통에 들어가 물수건으로 얼굴을 가리고 있더군요."

"아, 제가 말한 대로 했군요. 만약 불이 나면 그리하라고 했습니다."

"덕분에 아이가 무사할 수 있었습니다. 그리고 노장께서 이런 일이 있을까 봐 제게 이곳에 들러 달라 부탁하신 듯합니다."

그러고는 주머니에서 금자를 꺼내 내밀었다.

"이 돈을 복구에 써 주십시오."

"아닙니다! 아이를 구해 주셨는데, 어찌 이런 것까지……."

"거절하지 마십시오. 이거 공짜로 드리는 거 아닙니다."

"네?"

나는 웃으며 말했다.

"제 부인에게 줄 호신용 비수 하나 부탁드립니다."

"물론입니다. 그게 아니더라도 만들어 드려야지요."

"지금은 아니고 나중에 부탁드리겠습니다."

그렇게 이야기를 나누고 있는데 한 중년인이 다가왔다.

그를 본 염씨 노장의 둘째 아들이 그를 소개해 주었다.

"저희 마을 촌장님입니다. 대를 이어 촌장을 하고 계십니다."

"처음 뵙겠습니다. 은해상단의 은서호 소단주입니다."

"저는 이 온곡촌의 촌장 장포입니다. 이렇게 선협미랑

대협께서 이 마을에 방문해 주시고 또 불상사를 막아주셔서 정말 감사드립니다."

"그저 지나가는 길에 우연히 구했을 뿐입니다."

"그걸 보고 연이 닿았다고 하더군요."

장 촌장이 말했다.

"바쁘지 않으시다면, 저희 집에서 하룻밤 묵고 가시지요."

이에 나는 손을 저으며 거절하려고 하다가, 염씨 노장의 말을 떠올렸다.

사백의 서신을 전해 준 이가 촌장이었다지.

그리고 대를 이어 촌장을 하고 있다고.

"폐가 되지 않는다면 하룻밤 신세 좀 지겠습니다."

우리는 장 촌장의 집으로 향했고, 세법 풍성한 대접을 받았다.

"선협미랑 대협께서는 술을 즐기시지 않는다고 들어서 차로 준비했습니다."

"감사합니다. 함께 드시지요."

그렇게 우리는 식사를 하고, 차를 마시며 담소를 나누었다.

"대장간의 화재가 크지 않아 정말 다행입니다."

"그러게 말입니다. 그나저나 제 기억에 의하면 이십여 년 전까지만 해도 화재가 난 적이 한 번도 없었는데……아무래도 불씨 관리에 신경 쓰라고 따끔하게 한 번 말해야겠습니다.”

“그러지 마십시오. 이번에 화재로 인해 아들을 잃을 뻔했습니다. 그러지 않으셔도 관리를 소홀히 하지는 않을 겁니다. 그리고 대장간이니만큼 어쩔 수 없는 것도 있습니다.”

그렇게 촌장을 만류하면서 이상한 점을 느꼈다.

“그런데 이십여 년 전에는 화재가 없었다고요?”

“네. 그렇습니다.”

내가 알기로 대장간을 하면서 크고 작은 화재가 나지 않는다는 건 거의 불가능에 가깝다.

항상 불을 다루는 곳이기 때문에 일을 하던 중이든, 자리를 비울 때든 화재의 가능성이 있을 수밖에 없다.

그런데 한 번도 화재가 나지 않았다라…… 이거 뭔가 있는데?

“그때라면 지금 분들이 아니라 다른 분이 그 대장간을 운영했다고 들었습니다.”

“아, 맞습니다.”

그는 고개를 끄덕였다.

“저도 기억하고 있습니다. 상당히 불같은 성격의 소유자셨죠. 그에 비해 가끔 들르던 동생 분은 유순한 편이었고요.”

네?

아니, 대체 얼마나 성격이 더러웠기에 염씨 노장의 스승이 유순하다고 하는 거지?

염씨 노장은 본인의 성격이 지랄 같아진 것이 스승님 때문이라고 했는데.

“하지만 실력은 정말 최고였습니다. 그 아저씨가 만든 농기구를 한 번 쓰면 다른 건 못 썼을 정도였습니다. 그리고 종남파의 제자분들께서도 그분이 만든 검을 얻기 위해 줄을 섰지요. 하지만 이제는 돌아가셨으니…….”

그는 안타까운 표정을 지었다.

“지금 대장간에 계신 분들도 실력이 좋지 않습니까?”

“물론 지금 사람들도 실력이 좋지만, 그 아저씨에 비하면 눈에 안 차는 것은 어쩔 수 없는 것 같습니다.”

나는 웃으며 말했다.

“그야 당연하지요. 그분은 제국에서 다섯 손가락 안에 드셨던 야장인데요.”

“……그랬습니까?”

눈이 휘둥그레지는 것을 보니 잘 몰랐던 것 같군.

“하나 여쭤볼 게 있습니다.”

“말씀하시지요.”

“촌장님의 춘부장께서, 그분의 유품을 정리하러 온 염씨 노장께 서신을 하나 전했다는 말을 들었습니다.”

“아! 그거 말이군요.”

그는 고개를 주억였다.

“저도 아직 기억하고 있습니다. 그 대장간 아저씨가 아버지를 찾아오더니, 그 서신을 맡기시면서 사흘 후에 대장간을 닫는다고 하셨죠.”

장 촌장은 말을 이었다.

"그리고 닷새 뒤쯤에 돌아가셨습니다."

"그랬군요."

"그 오래된 사연을 아시다니, 기억력이 좋으십니다."

"제 기억력이 좋다기보다는 그만큼 그 실력이 좋았으니까요."

나는 그에게 물었다.

"혹시, 그분이 돌아가시기 전에 뭔가 특별한 행동을 하시거나 하지 않으셨습니까?"

"음, 특별한 일은 없었던 것 같습니다만…… 아! 그때 큰 산을 자주 다니셨긴 합니다."

큰 산?

"혹시 큰 산이라면……."

"네. 종남산입니다."

"……."

다음 날.

나는 대장간으로 향했다.

타 버린 것들을 정리했기 때문에 바닥만이 남아 있었다.

"바닥이…… 화강암이군요."

화강암은 상당히 단단하다. 그리고 이 근방은 화강암이 흔하기에 이렇게 화강암을 바닥재로 쓰곤 한다.

그런데 화강암 바닥재가…… 이중이다.

한 겹만 깔아도 되는데, 굳이 이중으로 깐 이유가 뭐지

싶을 때 뒤에서 귀에 익은 목소리가 들렸다.

"오셨습니까?"

"아, 네."

염씨 노장의 두 아들이다.

"죄송합니다. 이름이 기억이 나지 않네요."

"알려 드리지도 않은 이름을 어찌 아시겠습니까? 제 이름은 염의입니다. 그리고 제 동생은 예이고요."

의(義), 예(禮)?

둘째 아들인 염의 야장이 웃으며 설명해 주었다.

"눈치채셨겠지만, 아버지가 충의예지신의 한 글자씩 따서 저희 남매의 이름을 지었습니다."

"그렇군요. 다름이 아니라, 터의 회장님이 이준이라서 신기하게 생각하고 있던 참이었습니다."

"아…… 그건 처음부터 그랬습니다. 마을 어른께 듣기로 아버지의 돌아가신 사백이 이곳에 터를 잡을 때 저 돌을 애지중지하며 가지고 왔다고 합니다."

"그렇군요."

나는 고개를 주억이며 그 돌 위로 올라갔다.

우웅.

다시금 느껴지는 진동.

확실히, 어제 내가 느꼈던 진동은 착각이 아니었다.

그리고 내 기운에서 음기만이 흡수되고 있었다.

그 음기의 움직임에 집중하자, 음기가 어디로 흡수되는지 알 수 있었다.

바로 이 바닥이다.

화강암 바닥재가 두 겹으로 되어 있는 이유를 알 것 같군.

두 겹의 바닥재 사이에 진법이 있는 것이다.

그 진법은 비단 음기를 흡수하는 것에 그치지 않았다. 그 음기를 수기로 바꾸어 집 전체로 퍼트렸다.

이게 불길을 사그라들게 한 힘의 정체였군.

그러고 보니 촌장님이 그랬지.

이십여 년 전만 해도 이 대장간에 불이 난 적은 한 번도 없었다고.

그때와 지금, 이 대장간에 달라진 점이라고 하면 두 가지다.

염씨 노장의 사백이 돌아가셨기에 주인이 바뀌었다는 것과 그 사백이 빙정을 처리해서 이곳에 빙정이 없다는 것.

그렇다면 그전까지 화재가 일어나지 않은 이유도 간단하다.

빙정 때문이었겠지.

빙정의 기운을 이 진법이 수기로 바꾸어 집을 감싸게 했기에 화재가 일어날 수 없었던 것이다.

그리고 염씨 노장의 사백은 자신이 죽을 것을 짐작하고 빙정을 처리했고.

보아하니 대대로 빙정이 전해져 내려온 듯한데, 왜 그 빙정을 동생에게 주지 않았을까?

이 대장간의 새로운 주인인 염의 야장의 말에 의하면 이곳에 터를 잡을 때 이 화강암 바닥재를 애지중지하며 가지고 왔다고 했지.

그렇다면…… 원래 다른 곳에 있다가 빙정으로 인해 곤란에 처하게 돼서 도망쳐 온 걸 수도 있다.

빙정은 보물 중의 보물이다.

북해빙궁이 신성시 여길 정도로 말이지.

그렇기에 자신의 동생이 곤란을 겪지 않도록 자신이 처리한 것일 터.

성격이 더럽다고는 해도 동생을 꽤나 아낀 듯하군.

돌아가시기 전에 종남산을 자주 오르셨다고 하니, 분명 산에 숨긴 것이겠지.

그렇다면 가능한 한 회수해야겠군.

사부님께 듣기로 설풍궁의 의무 중 하나가 북해에서 반출된 빙정의 관리 및 보호라고 했으니까.

즉, 빙정이 엄한 곳에 쓰이지 않도록 해야 한다.

나는 그곳에서 벗어나 팔갑에게 창운 무사의 행방을 물었다.

"창운 무사님은 종남파의 제자들을 만나고 있습니다요."

"그래?"

나는 창운 무사가 종남파 제자들을 만나고 있다는 곳으로 향했다.

창운 무사가 사문의 근황에 대해 묻고 있는 듯했는데,

한 제자가 퉁명스럽게 반문했다.

"솔직히, 사형은 이제 종남파의 진산제자도 아니고 외거제자인데 대체 그게 왜 궁금하신 겁니까?"

그 말에 창운 무사는 당혹스러워했다.

"사문에 큰 누를 끼치고, 그리되셨으면 그냥 자중하고 계시지 뭐가 미련이 남아서 궁금해하시는 건지 모르겠습니다."

아니, 저게 지금 창운 무사한테 할 소린가?

아무리 상황이 그렇게 되었다고 해도 사형은 사형인데 말이지.

– 꾸이!

봐, 금령이도 마음에 안 든다잖다.

나는 그들에게 다가가며 말했다.

"수구지심이라고 했습니다. 짐승도 죽을 땐 자신이 자라던 굴을 향해 머리를 두는데, 사람은 어떻겠습니까?"

"헙! 선협미랑 대협."

"창운 무사가 종남파를 떠나게 되었지만, 고향이나 다름없는 곳입니다. 그곳을 그리워하고 궁금해하는 창운 무사의 그 마음을 업신여기는 것이 도를 행한다는 도사들이 할 짓입니까?"

안 되겠군.

이번 기회에 버릇을 좀 고쳐 줘야겠다.

나는 창운 무사에게 싹수없는 말을 했던 그 제자에게 물었다.

"그나저나 도장의 도명이 어찌 되십니까?"

"유각이라고 합니다만, 제 도명은 왜?"

"도명을 알아야 장문인께 아직 수양이 부족한 제자분이 있다고 알려 드릴 수 있지 않겠습니까?"

내 말에 그는 잠시 당혹스러워했지만, 이내 표정을 관리하고는 태연하게 말했다.

"사, 상관없습니다. 그래도 제가 종남파의 진산제자인 것은 변하지 않습니다."

"그렇군요."

나는 피식 웃었다.

"아무래도 제법 든든한 뒷배가 있는 모양입니다. 뭐, 괜찮습니다. 이에 대해 맹주님께도 말씀드릴 생각이니까요."

"……!"

내 말에 그의 얼굴은 하얗게 질렸다.

그에게 아무리 든든한 뒷배가 있다고 해도 무림맹주에 비할 수는 없겠지.

"그리고 그 전에 제가 아는 분들께도 유각 도장에 대해 말씀드릴 생각입니다. 저도 제법 아는 사람들이 많거든요."

"……."

"그러면 온 무림에 소문이 파다해지겠지요. 그럼에도 종남파에서 과연 문파의 명예를 떨어뜨린 유각 도장을 계속해서 진산제자로 둘지 궁금하군요."

내 말에 그는 그제야 상황을 파악했는지 그 자리에 털썩 무릎을 꿇었다.

"제가 어리석은 발언을 했습니다. 부디 용서해 주십시오."

"정말 그리 생각하는 것 맞습니까?"

"네?"

"단지 지금의 상황을 모면하기 위해서라고밖에는 보이지 않는군요. 그래서야 그 사과가 마음에 와닿겠습니까? 사과란 무릇 진정성이 있어야 하며 이를 위해서는 같은 처지가 되어 보는 것도 좋은 방법이라고 봅니다."

나는 말을 이었다.

"창운 무사님과 같은 외거제자가 되거나 파문당하면 자신이 얼마나 도사답지 못했는지, 그리고 창운 무사의 마음에 상처를 줬는지 깨닫게 될 겁니다. 그제야 비로소 마음에서 우러나는 진정한 사과가 될 거라고 봅니다만."

내 말에 유각 도장은 머리를 조아렸다.

"정말 죄송합니다. 살려 주십시오! 저 파문당하면 집안에서 쫓겨나고, 맞아 죽습니다."

그런데 왜 그랬습니까?

나는 냉담한 눈으로 그를 바라보았다.

그가 눈물을 줄줄 흘리며 애원했지만, 동정심 따위는 전혀 들지 않았다.

감히 내 사람에게!

그때 창운 무사가 나에게 포권했다.

"주군, 부디 저 어리석은 사제를 용서해 주십시오. 주군께서 한다면 하시는 분이라는 건 압니다만, 그래도 한 번만 더 기회를 주십시오."

"이번 기회에 저런 썩어 빠진 정신을 가진 제자를 정리하는 게 종남파에 도움이 될 겁니다."

"그 말씀도 맞습니다만, 나뭇잎이 썩어 거름이 된다고 했습니다. 이 일이 저들에게 교훈이 되어 더 좋은 제자가 될 수 있습니다. 그러니 부디 한 번만 더 생각해 주십시오."

"후…… 창운 무사님은 사람이 너무 좋습니다."

나는 쓰게 웃으며 말하고는 고개를 돌려 유각 도장과 다른 이들을 바라보았다.

"창운 무사가 그리된 건 의도치 않은 사고였습니다. 그러면 같은 종남파의 제자로서 이를 감싸줘야 할 텐데, 그러지는 못할망정 비아냥거리고 비난한다면 종남파는 어찌 되겠습니까? 정녕 그것이 그대들이 꿈꾸는 종남파의 모습입니까?"

내 일갈에 그들은 모두 고개를 푹 숙였다.

"오늘은 창운 무사의 청이 있기에 이만 넘어가겠습니다."

"감사합니다."

"다시 경거망동하지 않겠습니다."

나는 다시 고개를 돌려 창운 무사를 보았다.

"그럼 채비하십시오. 산책이라도 좀 합시다."

그리 말하며 뒤의 제자들을 일별했다.

오늘은 이만 넘어간다는 말은, 내일 다시 저들을 갈구겠다는 말이다.

한 번 질책을 들었다고 저들이 반성할까?

내 장담하는데, 절대 아니다.

그리고 내가 좀 뒤끝이 길거든.

잠시 후.

우리는 종남산을 오르고 있었다.

"산책이 종남산 산행이었습니까?"

창운 무사의 물음에 나는 고개를 끄덕였다.

"네. 찾을 게 있거든요."

"알겠습니다. 그리고……."

창운 무사는 머뭇거리다가 말을 이었다.

"아까는 감사했습니다."

"그 일이라면 괜찮습니다. 저는 제 사람을 무시하거나 업신여기는 것은 참지 못하기에 그리했을 뿐입니다."

"……."

내 말에 그는 순간 멍해졌다.

"왜 그러십니까?"

"아, 아닙니다! 아무것도……."

그리고 그는 감동한 표정으로 말했다.

"제가 최적의 경로로 안내해 드리겠습니다."

의욕적으로 말하며 앞서가는 그를 보며 나는 고개를 갸웃했다.

"갑자기 왜 저러는 건지 모르겠네."

내 말에 팔갑이 피식 웃었다.

"그건 아마 도련님께서는 평생 모르실 겁니다요."

뭐야?

그리고 고개를 돌리며 웃는 다른 호위무사들.

단체로 놀리는 건가?

아무튼, 우리는 열심히 산을 올랐다.

염씨 노장의 사백에 대해 좀 알고 있다면 그가 움직인 범위 안에서 살펴볼 수 있겠지만, 그걸 모르니 차근차근 살펴볼 수밖에 없다.

종남산은 상당히 넓은 산이다.

괜히 마을 사람들이 큰 산이라고 부르는 것이 아니다.

그렇게 한두 시진 정도 산을 올랐을까?

"잠시 쉬었다 갑시다."

"네."

우리는 적당한 바위에 앉아 물을 마시고 육포를 씹으며 휴식을 취했다.

칠월에 접어드니까 여기도 꽤 덥네.

"그런데 뭘 찾으시는 겁니까? 저희가 알아도 된다면 같이 찾으면 좋을 것 같습니다."

"아, 빙정을 찾고 있습니다."

나는 선선히 대답해 주었다.

어차피 찾게 되면 다들 알게 될 일이니까.

"네? 빙정이라면……."

"그 빙정이 맞습니다."

"북해에 있어야 하는 것이 왜 이곳에 있는 것입니까?"

"그건 사연이 있습니다."

나는 그들에게 자초지종을 설명했다.

"하여…… 저는 이곳에 빙정이 있다면 회수해야 합니다. 그 이유는……."

이에 여응암 무사가 말했다.

"거기까진 말씀하지 않으셔도 됩니다."

"네. 왠지는 짐작하고 있습니다."

이필 무사도 그 말에 동조했다.

"험험, 그러면 알겠습니다."

진유 무사가 물었다.

"그런데, 금령이는 빙정을 찾지 못하는 것입니까?"

"본인 말로는 찾을 수 있다고는 하는데, 아직 반응이 없습니다."

상당히 꼭꼭 숨겨 놓은 듯했다.

진짜 가루로 만들어서 뿌리기라도 했나?

하지만 빙정을 가공하는 기술은 그 후손들이 제국으로 넘어오면서 실전되었을 텐데.

그게 아니라면 빙정은 이미 조각조각 나뉘어서 그 후손들이 하나씩 소지했을 테니까.

그때 명종 무사가 말했다.

"그럼 그 붉은색 보자기를 쓰시는 건 어떻습니까?"

붉은색 보자기라면 현로도?

"빙정이 그 자리에 온전히 남아 있다면 그게 길을 알려줄지도 모릅니다."

"좋은 생각입니다."

나는 즉시 현로도를 꺼냈고, 그 옆에 손가락으로 글자를 적었다.

[여기서 가장 가까운 곳에 있는 빙정이 있는 곳으로 안내해 줘]

곧 현로도에 지도가 나타났다.

그리고 현도로에 금빛 선이…… 반짝.

어?

왜 내가 있는 곳에서 반짝이는 거지?

잠시 고민하던 나는 이내 그 이유를 알아차렸다. 내가 지닌 은무검은 빙정으로 만든 검이다.

그렇기에 현로도는 내 은무검을 빙정으로 파악한 것이다.

[내 검 말고, 두 번째로 가까운 곳에 있는 빙정을 찾아 줘]

그러자 금빛의 선은 곧 다른 곳으로 우리를 안내해 주었다.

그런데…… 선이 제법 기네?

그걸 본 서우 무사가 말했다.

"염씨 야장의 사백이라는 분이, 체력이 상당히 좋으셨나 봅니다."

"그러게 말입니다."

하지만 어쩔 수 없지.

우리는 현로도가 알려 준 길을 따라 종남산을 주파해 나갔다.

가다 보니 현로도가 알려 준 경로가 제법 긴 이유를 알 수 있었다.

그건 안전한 길로 우리를 안내했기 때문이다.

위험을 무릅쓰고 간다면 얼마 걸리지 않을 길이지만, 현로도의 존재 목적은 가장 안전한 길을 알려 주는 데 있으니까.

그렇게 도착했을 땐 이미 저녁이었다.

"꾸이!"

그때 금령이 내 소매 안에서 빠져나왔고, 어디론가 향하더니 바닥을 팡팡 앞발로 내리쳤다.

여기인가 보네.

나는 금령에게 다가갔다.

"거기에 묻혀 있는 거야?"

"꾸이!"

"꽤 깊이 묻은 거 같다고? 들었지? 팔갑아?"

"금령이가 뭐라고 하는지 모르겠지만, 도련님 말씀은 들었습니다요."

그리고 팔갑은 미리 준비했던 삽으로 금령이가 가리킨 곳을 파기 시작했다.

퍽! 퍽! 퍽!

하지만 좀처럼 빙정이 나타날 기미가 보이지 않았다.

"헉헉! 금령아, 여기 맞는 거냐?"

"꾸이! 꾸!"

왜 이렇게 삽질이 시원찮냐는 거다.

금령은 팔갑이 삽질을 하던 곳 안으로 쏙 들어가더니 앞발로 흙을 파기 시작했다.

파바바바바바박!

그 속도에 팔갑은 놀라더니 이내 허탈한 표정으로 중얼거렸다.

"이럴 거면 그냥 네놈이 파지……."

옆에 쪼그려 앉아 실의에 빠진 팔갑을 위로해 주고 있을 때 금령이 튀어나왔다.

그 입에는 뭔가를 물고 있었다.

내가 손을 내밀자 금령이 그것을 내 손에 올려놓았다.

하얗게 빛나는 보석.

내 태음빙해신공으로 쌓은 내공이 활발하게 움직이는 것을 보니, 틀림없는 빙정이다.

역시 없애 버리지는 못하고 숨겨 놓았군.

"수고했어!"

"꾸이! 꾸!"

이따가 은자 챙겨 주는 거 잊지 말라고?

그래. 챙겨 줄게. 팔갑이 몰래.

"그게 빙정입니까요?"

팔갑이 호기심을 보였고, 손을 뻗어 빙정을 만지려고 했다.

"어허! 거기까지!"

"왜 그러십니까요? 이거 만진다고 닳는 것도 아닌데 말입니다요."

"아니, 닳아. 네 목숨이."

"흐익! 그게 무슨 말씀입니까요?"

팔갑은 기겁했고 이에 진유 무사가 웃으며 설명해 주었다.

"팔갑 소이. 빙정은 극음의 기운을 지닌 이가 아니면 만질 수 없는 기물이네. 얼어 죽거든."

"네에? 고작 만진다고 얼어 죽는다고요?"

서우 무사가 고개를 끄덕였다.

"그래서 북해의 보물이자, 귀물이라는 것이지."

"그러니까 이건 여기서 나밖에 손댈 수 있는 사람이 없어."

"금령이가 입에 물고 왔습니다요."

"응, 금령이는 영물이잖아."

"꾸이!"

나는 빙정을 품에 넣고는 손수건을 꺼내서 금령의 몸에 묻은 흙을 닦아 주었다.

그리고 금령이 파낸 땅 안쪽을 살펴보고는 미간을 찌푸릴 수밖에 없었다.

애초에 금령이가 아니면 파기 힘들었겠네.

금령이가 파낸 땅굴은 옆으로 구부러져 있었기 때문이다. 그리고 그곳 위에는 커다란 바위가 있었고.

즉, 빙정을 꺼내기 위해서는 땅을 비스듬히 파야 하는데, 그렇게 해도 결국 바위의 무게 때문에 땅을 파낸 곳으로 바위가 쓰러져 헛수고가 되어 버리겠지.

그렇다면 염씨 노장의 사백은 대체 어떻게 저곳에다가 빙정을 묻은 거지?

그런 의문을 풀기 위해 바위를 살펴보자 이상한 점이 보였다.

바위 곳곳에 끌과 망치로 뭔가 작업을 한 흔적.

그렇다면…….

어떻게 된 건지 머릿속으로 그려졌다.

염씨 노장의 사백은 바위 밑에 빙정을 묻은 것이 아니다. 빙정을 묻고, 그 위쪽의 바위가 자연스럽게 무너지도록 작업을 한 것이다.

그 결과 세월 속에서 비바람을 맞은 바위는 끌과 망치로 작업한 곳부터 약해져서 무너지며 빙정을 묻은 곳을 덮어 버린 것이다.

그 위로 산사태가 일어났고.

그러니까 이게 이곳에 있음을 아무도 알지 못한 것.

어쨌든 다행히 빙정을 회수했군.

나중에 북해빙궁에 갈 때 돌려놔야겠다.

빙정은 제국에 있기에는 너무 위험한 물건이니까.

.

.

.

우리는 그곳에서 야숙하는 대신 그대로 움직여 온곡촌으로 돌아왔다.

야명주 덕분에 길을 헤매거나 하지는 않았지만, 돌아오

니 이미 새벽이었다.

"이 새벽까지 어딜 다녀오신 겁니까?"

염예 야장의 물음에 나는 웃으며 대답했다.

"잠시 산행을 했는데, 길을 잃는 바람에 좀 헤맸습니다."

"다행이군요. 그래도 용케 돌아오셨습니다."

"종남파 출신 무사가 있어서, 덕분에 빠르게 나올 수 있었습니다."

"그렇군요."

"그런데 이 새벽에 어인 일이십니까?"

"아, 집을 지을 준비를 하고 있습니다."

그 뒤를 보니 집을 짓기 위한 자재가 여럿 쌓여 있었다.

"자재가 생각보다 빨리 마련되었군요."

"돈만 있으면 안 되는 게 있겠습니까? 대협께서 선불로 주신 비수값 덕분에 빠르게 집을 지을 준비를 할 수 있었습니다. 정말 감사합니다."

"별말씀을요."

나는 왠지 그 대장간이 눈에 밟혔다.

불을 다루는 곳이니만큼, 언젠가 또 화재가 발생해서 이 집이 타 버릴 수 있겠지.

그리고 내가 구해 준 아이가 또다시 화재에 휘말릴 가능성도 있었고.

아무리 생각해도 좀 찜찜한데…….

나는 잠시 고민하다가 묘책 하나를 생각해 냈다.

우리는 객잔에 방을 구했고, 나는 내게 배정된 방으로 들어갔다.

그리고 비고 안으로 들어갔다.

슉슉!

아…… 독각사도 잘 있군.

저거 조만간 사천당가에 가서 팔아먹어야지.

우선 빙정을 선반에 잘 올려놓았다.

그나저나 그게 어디 있지…….

아, 저기 있군.

내가 찾은 것은 파란색의 노리개다.

이전에 눈을 가지고 귀주성에 갈 때 써먹으려고 사두었던 것 중 하나다.

나는 그 노리개의 보석 부분만 떼었고, 그 안에 음기를 불어 넣었다.

저번보다 기운을 다루는 것이 익숙해졌기에, 충분한 양의 음기를 담을 수 있었다.

나는 밤이 되기를 기다렸다가 보석을 들고 대장간으로 향했다.

당연히 그곳에는 아무도 없었다.

"금령아, 네 차례다!"

"꾸이?"

"주기로 한 은자는 잊지 않았어. 너도 한 번에 세 개 받으면 좋잖아?"

"꾸이!"

금령은 내가 준 파란색 보석을 가지고 대장간의 화강암 바닥재 아래로 들어갔다.

보아하니, 그곳의 진법은 음기가 위에 있든 아래에 있든 상관없는 거라서.

잠시 후, 진법에 음기가 모이고 수기가 퍼지는 것이 느껴졌다.

그리고 금령이 다시 나왔다.

흔적도 없는 것을 보니, 특별한 능력을 쓴 모양이구나.

그런데 웬일이냐?

사물을 통과하는 능력을 쓰면 배고프다고 안 썼잖아?

"꾸이!"

아…… 그래도 쓸 땐 쓴다고?

나는 피식 웃으며 금자를 주었다.

"꾸! 꾸이잇!"

무척 좋아하는 금령이.

원래 은자를 주기로 했는데, 이번에 특별히 수고했으니 금자를 주는 거다.

쉿! 이거 팔갑이에게는 비밀이다.

팔갑이가 삐지거든.

* * *

마을에 있던 종남파 제자들이 아침 식사를 마치고 마을 순찰을 위해 나왔다.

그런데 저 멀리, 마을로 들어오는 이들이 보였다.

종남파 제자들이 깜짝 놀라 그들에게 달려가며 물었다.

“헉! 사, 사형들! 사숙까지! 무슨 일 있으십니까?”

이에 그들의 사숙이자 대표인 진백이 말했다.

“선협미랑 대협께서 이 마을에 오셨다는 보고를 들었다.”

이에 그들은 고개를 주억였다.

그들을 인솔하고 있던 사형이 직접 그 소식을 보고하기 위해 종남파로 갔었으니까.

빠르게 소식을 전해야 했기에 가장 발이 빠른 사형이 직접 간 것.

“대협께서 본문 근처까지 오셨는데, 응당 초대해서 대접하는 것이 예의지 않겠더냐.”

진백의 말에 제자들은 속으로 놀랄 수밖에 없었다.

은서호의 명성이 높다는 것은 알고 있지만, 진백 사숙이 직접 나와서 모셔갈 정도라는 것은 몰랐으니까.

“대협께서는 어디에 계시냐?”

“저기, 녹라객잔에 계십니다.”

“왜 본문의 접객실이 아닌, 객잔에 머물고 계시는 것이냐?”

“저, 그것이…….”

“권유했지만, 딱 잘라 거절하셨습니다.”

“딱 잘라 거절했다? 뭐라고 거절하셨기에 그러느냐?”

“그, 그러니까…….”

제자들은 식은땀을 흘리며 머뭇거렸고 그들에게서 뭔가 이상한 기류를 감지한 진백이 추궁하듯 물었다.

"어서 말해 보아라. 뭐라고 하셨지?"

그 말에 담긴 기세에 제자들은 결국 사실을 말할 수밖에 없었다.

"처지가 달라졌다고, 태도를 달리하는 가짜 도사들과는 함께 있고 싶지 않다고 하셨습니다."

"음?"

진백의 미간이 좁아졌다.

뭔가 일이 있었음을 알아차렸기 때문이다.

은서호는 선협미랑이라 불리는 사람답게 참으로 좋은 사람이다.

무림대연회의 비무에서 기권하게 된 것도 화재에서 사람들을 구하느라 부상을 당한 탓이었으니.

그 외에도 수많은 선행을 하고 항상 예의 바르기로 유명한 인물.

그렇기에 험한 말을 함부로 내뱉는 사람이 아니다.

그런 그가 저런 말을 했다는 것은 제자들이 뭔가 잘못한 일이 있음이 분명했다.

'처지가 달라졌다…… 설마?'

은서호의 곁에 있는 두 명이 떠올랐다.

창운과 명종.

'하지만 화산파의 제자 때문에 그런 말이 나왔을 리는 없고…….'

그렇다면 답은 하나뿐이었다.

"혹시, 대협과 함께 있는 창운에게 불경한 언행을 한 건 아니겠지?"

"……!"

눈에 보일 정도로 움찔하는 제자들.

이에 진백은 한숨을 내쉬며 물었다.

"도대체 무슨 추태를 보인 것이냐?"

"그것이……."

그들은 선뜻 대답하지 못했다.

"됐다! 내가 직접 물어보는 게 낫겠구나."

* * *

나는 종남파에서 손님이 찾아왔다는 말에 객잔의 일 층으로 내려왔다.

이전에 무림대연회에서 뵈었던 분이군.

"오랜만에 뵙습니다."

"오! 저를 기억하시는 겁니까?"

"물론입니다. 종남파의 이 대 제자이신 진백 도장 아니십니까?"

"맞습니다. 종남파 이 대 제자 진백이 선협미랑 대협께 인사드립니다."

그는 말을 이었다.

"종남산에 방문하셨다는 말을 전해 들었습니다. 이에

장문인께서는 어찌 그냥 보낼 수 있느냐면서 차라도 한 잔 하고 가시라며 저를 보내 초청하셨습니다."

"그러시군요."

장문인이 나를 초청하는 이유는 짐작이 갔다.

창운 무사와의 인연도 있지만, 나를 통해 은해상단으로부터 기부금을 받고 싶은 생각도 있겠지.

자체적인 수입원이 많을 뿐만 아니라 대놓고 세속적인 면을 표방하는 세가와 달리, 문파들은 물질적인 것에 초탈해 있다는 인식이 있다.

그렇기에 자체적인 고정 수입원이라고 해 봤자 종남파 주변의 상가에서 상납하는 수익 정도.

그 외에는 대놓고 돈벌이를 하기 어렵다.

그러니 기부금의 의존도가 높을 수밖에.

게다가 몇 년 동안 흉년으로 인해 참배객이 줄어 기부금도 줄었으니 살림이 제법 빡빡할 거다.

금주령이 풀렸어도 아직 이전 수준으로 회복될 정도는 아니니까.

이건 비단 종남파뿐만 아니라 다른 문파도 마찬가지다.

솔직히 내 입장에서도 나쁠 건 없다.

장문인과 차 한 잔 하고, 기부금을 주면서 종남파와 친분을 쌓을 수 있다면 남는 장사지.

창운 무사 때문에 연이 있기는 하지만 우호적인 관계 정도에 불과하다.

하지만 이렇게 금전으로 친분을 쌓아 두면 향후 내게

도움이 될 터.

나는 포권하며 말했다.

"어찌 장문인의 청을 거절할 수 있겠습니까."

"감사합니다."

그는 잠시 머뭇거리다가 다시 포권하여 말했다.

"이 마을에 있던 제자들이 추태를 보였다고 들었습니다. 사과드리겠습니다."

창운 무사의 설명에 따르면 이 마을에 있던 제자들은 삼 대 제자들이라고 한다.

장문인과 장로들 아래, 각 기관의 책임자를 맡은 자가 일대 제자.

그 아래가 이 대 제자로 지금 나를 찾아온 진백 도장을 비롯해 핵심적인 실무를 맡고 있는 이들이라고 한다.

창운 무사가 삼 대 제자이고.

종남파에서는 정식 제자가 되기 전에 수련제자를 거치는데, 그때 진산제자와 외거제자와 하산제자로 구분된다고 했다.

수련을 견디지 못하고 떠나면 하산제자.

이는 기록도 되지 않는 제자로, 제자로 치지도 않는다.

모든 수련을 마친 후 재능이 있으면 진산제자가 될 수 있지만 그 외에는 외거제자다.

종남파의 외거제자는 간단히 말해 외당에 머무는 제자를 의미한다.

해당 문파와의 연을 위한 속가제자와는 좀 다르다.

같은 배분이라고 해도 진산제자에게만 상승무공을 익힐 기회가 주어지는 등의 많은 혜택이 있지.

그만큼 진산제자와 외거제자 사이에는 엄청난 차이가 있다.

그렇게 종남파의 정식 제자가 된 이들은 진산제자와 외거제자가 함께 일종의 수련을 위해 한 달마다 돌아가며 종남산 아래의 마을을 지키는 일에 투입된다고 했다.

창운 무사의 경우 외거제자와 속가제자의 경계에 애매하게 걸쳐 있지만.

나는 고개를 저으며 말했다.

"저는 괜찮습니다. 제가 그들에게 나쁜 말을 들은 것도 아니니까요. 다만……."

나는 허공을 바라보며 한숨을 내쉬었다.

"후, 아무것도 아닙니다."

"대체 무슨 일이 있기에 그러십니까?"

"죄송합니다. 종남파의 명예와 관련된 일이기에 가볍게 입을 놀릴 수가 없습니다."

내 말에 진백 도장은 더욱 답답한 표정이 되었지만 나는 대답하지 않고 말했다.

"장문인께서 기다리시겠습니다. 어서 가시죠."

"……알겠습니다."

한편 진백 도장과 같이 온 종남파의 제자는 창운 무사와 대화를 나누고 있었다.

"오랜만이다. 잘 지냈냐?"

"물론이지."

"사문은…… 평안하냐?"

"나쁘지는 않다."

"다행이군."

"신경이 쓰이나 보구나. 하긴 당연한 일이지. 네가 그리되긴 했어도 네가 내 동기가 아닌 건 아니다. 그러니까 도움이 필요하면 언제든지 찾아와라."

"고맙다."

"물론, 나까지 위험해지는 일은 사양한다."

"짜식, 그런 일이면 찾아가지도 않는다."

그 대화를 들으니, 창운 무사의 평판이 나쁘지 않았던 듯했다.

그리고 다른 종남파의 제자들도 괜찮아 보이고.

그 유각이라는 도장이 이상했던 거군.

잠시 후.

우리는 종남파가 있는 누관대에 올랐다.

오랜만에 보는 종남파의 모습에 창운 무사는 감회가 새로운 듯 보였다.

곧 내당으로 들어가는 문이 보였다.

"그럼, 다른 분들은 저를 따라오십시오."

그의 말에 서우 무사가 대표로 말했다.

"아닙니다. 저희는 여기서 대기하겠습니다."

"바로 저 앞의 정자에 앉아 다과라도 드시면서 대기하

시지요."

"저희는……."

이에 내가 말했다.

"정자에서 편히 계시면 좋겠습니다. 이곳은 위험한 곳도 아니고 종남파 장문인이 계시는 곳입니다. 그런데 여러분들이 이 땡볕에서 고생하고 계신다고 생각하면 제가 마음이 아프고 신경이 쓰여서 장문인과의 대화에 집중하지 못할 것 같습니다."

내 말에 서우 무사는 고개를 주억였다.

"알겠습니다. 그러면 그리하겠습니다."

그렇게 내 호위무사들은 바로 옆의 정자로 향했고, 나는 진백 도장을 따라 내당 안으로 들어갔다.

그렇게 우리는 장문인이 거하시는 곳에 도착했다.

그곳은 장문인이 있는 곳답게 삼엄한 경계가 펼쳐져 있었다.

그리고 그 처소 주변을 둘러싼 진법이 그 철통같은 경계를 한층 더 강화하고 있었다.

"장문인, 선협미랑 대협께서 오셨습니다."

곧 문이 열렸고, 우리는 안으로 들어갔다. 장문인이 나를 맞아 주셨다.

"소상 은서호가 장문인을 뵙습니다."

"장문인 금덕이라 하네. 어서 오시게. 먼 길 오시느라 고생 많았네."

"이리 환대해 주시니 감사합니다."

"앉으시게."

나는 장문인의 맞은편에 앉았고, 곧 탁자에 다과가 올라왔다.

"자양모첨이네. 입에 잘 맞을지 모르겠네."

"좋아하는 차입니다. 이렇게 귀한 차를 대접해 주셔서 감사합니다."

나는 장문인이 찻잔을 드는 것을 보고 찻잔을 들어 한 모금 마셔 보았다.

부드러운 맛이 혀를 휘감는 것을 보니 특상품의 차다.

"일전에 보고 오랜만에 보는군."

"그렇습니다."

"창운은 잘 적응하고 있는가?"

"물론입니다. 처음에는 조금 어색하고 힘들어하는 모습이 보였지만, 이제는 완전히 적응한 듯합니다. 그리고 개인적인 성취도 있어서 얼마 지나지 않아 절정에 오를 듯합니다."

"허어! 그것 참 기쁜 소식이네."

"그리고…… 일전에 주신 금창약 통을 여전히 소중하게 간직하고 있더군요."

"……녀석도 참."

장문인은 머쓱한 표정을 지으셨다.

지금이 좋겠군.

나는 미리 준비한 봉투를 탁자에 올려놓았다.

"이거, 받으십시오."

"이게 무엇인가?"

다 아시면서 그러시네요.

"작은 정성입니다. 종남파의 발전을 위해 쓰일 수 있다면 기쁘겠습니다."

"허허, 사양하지 않겠네."

장문인이 기쁜 마음을 감추며 그 봉투를 받아들었다.

"바쁘지 않다면 잠시 머물다 가도록 하시게."

"제안은 감사드립니다만, 일이 바빠 서둘러 북경으로 가야 합니다. 양해를 부탁드립니다."

"아닐세. 일이 바쁘다는데 내 어찌 잡겠나? 다음에 오면 편히 들러 주게."

나는 포권하며 감사를 표했다.

"알겠습니다. 그리고…… 떠나기 전에 하나 부탁드리고 싶은 것이 있습니다."

"무엇인가? 말해 보게."

"온곡촌에 있는 제자들 중에 유각이라는 도장이 있더군요."

"유각이라…… 삼 대 제자 중에 그런 아이가 있었지. 무슨 일이 있는가?"

"이번에 보니 앞으로 발전한 가능성이 커 보였습니다."

"그런가?"

"예. 하지만 그 내공에 비해 육체가 허약해 보였습니다. 그래서 일 년 동안 백 근 정도 되는 단련쇠를 차고 생활하면서 육체를 강화하면 균형이 맞아서 더욱 빠르게 성장할 듯합니다."

"단련쇠를?"

"예. 물론 그만한 단련쇠가 구비되어 있지는 않을 테니, 제가 온곡촌의 대장간에 요청해서 이를 제작해 드리겠습니다. 물론 제 사비로 말입니다."

"허어, 제자의 수련을 위해 그렇게까지 신경 써 주다니! 정말 감사한 일이네."

"창운 무사의 사문이 아닙니까? 그럼, 이를 부탁드려도 되겠습니까?"

"물론이네. 내 신경 쓰도록 하지."

나는 두 팔과 다리, 허리까지 총 백삼십 근 정도로 단련쇠를 마련할 생각이다.

백삼십 근이면 쌀 한 가마 정도의 무게.

일반 성인이라면 들기 버거운 무게지만, 종남파의 삼대 제자쯤 되면 그걸 차고 생활해도 안 죽는다.

이가 갈릴 정도로 상당히 힘들겠지만.

말했듯이, 나는 뒤끝이 길다.

창운 무사를 무시한 대가를 고작 질책 한 번 듣는 것으로 치르려 하다니!

꿈도 야무지지.

사실 변소 청소를 시킬까도 고민했지만, 그러면 내가 너무 치졸해 보일 것 같아 방법을 바꾸었다.

나중에 유각 도장이 무슨 무례한 언행을 했는지 알게 되겠지만, 누가 남을 골탕 먹이려고 직접 단련쇠까지 만들어 줄까?

쇳값이 장난도 아니고.

그러니 종남파의 이들은 '비록 자신의 호위무사에게 무례한 언행을 했지만, 이를 용서해 주고 수련까지 신경 써 주는구나!'라고 생각하겠지.

아, 물론 단련쇠를 제작할 가격만큼은 기부금에서 뺐다.

.

.

.

그렇게 장문인과의 담화를 마치고 내당에서 나왔다.

내당의 문 앞에서 호위무사들이 기다리고 있었다.

"일은 끝나셨습니까?"

"네. 그럼 이만 돌아갑시다."

그렇게 우리는 종남파가 있는 누관대에서 내려왔다.

가는 길에 창운 무사가 뒤돌아보지 않는 것은, 어느 정도 마음의 정리를 했다는 증거겠지.

나는 온곡촌에 돌아와 곧바로 대장간을 찾아갔다.

"오셨습니까?"

"네. 한 가지 부탁이 있습니다."

"말씀하십시오."

그리고 아까 장문인에게 말했던 단련쇠를 의뢰했다.

"만들어지면 종남파로 보내 주시면 됩니다."

"알겠습니다만 그리 말씀하시는 것을 보니 혹시 바로

떠나시는 겁니까?"

"네. 북경에 할 일이 쌓여 있습니다."

그렇게 나는 온곡촌의 촌장에게도 인사를 드린 후 말에 올라탔다.

이미 팔갑이 출발할 준비를 마쳐 놓고 있었다.

역시 팔갑이야.

며칠 안 되었으니 주강마를 타고 빠르게 달리면 하철표두 일행을 따라잡을 수 있겠지?

– 꾸이!

가능하다고? 다만, 고삐를 꽉 잡아야 한다고?

나는 일행에게 경고했다.

"고삐를 꽉 잡고, 허리를 숙이십시오. 지금부터 전속력으로 달립니다."

"네."

"이랴!"

내 호령에 주강마는 코로 김을 뿜더니 점점 속도를 높이기 시작했다.

그리고…….

순식간에 숭산 아랫자락을 지나서 개봉에 닿았고, 개봉을 지나 황하를 건넜다.

불과 이틀 만에 하북 땅에 다다른 것.

역시 주강마다.

저 멀리 은해상단의 깃발과 창인표국의 깃발이 보이고 있었다.

그때 여응암 무사가 말했다.

"이제 북경으로 가시면, 서류가 잔뜩 쌓여 있겠군요."

나는 달리던 말을 멈출 수밖에 없었다.

"왜 그러십니까?"

"갑자기 북경으로 가는 것이 두려워지네요."

– 꾸이!

얼른 가서 일하라고?

그래야 네 먹이를 벌 수 있다고?

금령아, 너무 하는 거 아니냐? 이럴 땐 위로를 해 줘야 하는 거라고.

– 꾸이?

후, 됐다. 내가 말을 말아야지.

158장. 산동악가

산동악가

북경에 돌아온 내 미래는 정해져 있었다.

바로 내 집무실의 말뚝 신세다.

"소단주님, 이 서류도 있습니다."

"이게 더 급합니다."

내가 북경에 돌아온 지 며칠이나 됐지?

하루, 이틀, 사흘, 나흘, 닷새…… 아닌가? 나흘쯤 된 거 같은데?

나는 서향 소저에게 물었다.

"제가 북경에 돌아온 지 며칠이나 되었습니까?"

"나흘이요."

내 생각이 맞았군.

"그런데 나흘 동안 다섯 시진밖에 주무시지 않았어요. 좀 눈을 붙이시는 게 좋지 않을까요?"

서향 소저가 걱정스러운 얼굴로 쉴 것을 권했지만, 나는 고개를 저을 수밖에 없었다.

"저도 그러고 싶지만, 이 서류들이 저를 자게 내버려두지 않는군요."

이에 연주혁 공자가 말했다.

"그래도 오늘은 처소에 들어가서 눈을 붙이셔야 할 듯합니다."

그리고 작은 목소리로 속삭였다.

"아까 들으니, 팔갑 소이가 곽 표두님께 서신을 보낼지 말지 고민하는 것 같더군요."

"윽!"

순간 나도 모르게 움찔했다.

사부님께서 주먹으로 나를 기절시켜서 강제로 자게 했던 기억이 아직도 생생하기 때문이다.

차라리 하루 이틀 더 빡세게 일하고 말지, 그건 아니다.

"오늘은 조금 일찍 가서 자야겠군요."

"잘 생각하셨어요."

서향 소저가 다행이라는 듯 말했다.

"얼마 후면 산동에도 다녀오셔야 하는데, 계속 이러시면 너무 힘들잖아요."

아…… 그러고 보니 무관의 교관 초빙 건 때문에 산동 악가에 가야 하지.

물론 북경에서 산동까지 그리 먼 편은 아니다.

성을 넘어가야 하지만 운남이나 북해까지도 몇 번이나

다녀온 내게는 가까운 거리.

하지만 다른 세가에 방문한다는 것은 이모저모로 신경 쓰이는 일이다.

지난번에는 황제 폐하의 성지를 받아 갔었는데, 이번에도 그러는 게 좋겠지.

아무래도 삼대 무림 군벌 가문 중 하나니까.

그렇게 약 열흘 후.

드디어 밀렸던 모든 일을 처리할 수 있었다.

물론 지금도 일거리가 들어오고 있었지만, 이제 어느 정도 자리를 비워도 될 정도가 되었다는 의미다.

나는 이필 무사를 불러, 진영 대협께 서신을 전해 달라고 부탁했다.

그날 밤.

진영 대협이 북경지부로 오셨다.

"오랜만에 보는군."

"그간 평안하셨습니까? 자주 찾아뵙지 못해 송구합니다."

"아닐세. 자네가 바쁜 사람인 건 내가 더 잘 아네."

진영 대협은 말을 이었다.

"이번에 은해상단과 창인표국이 북해로 향했다는 보고를 받았네. 새로운 사업이라도 시작하려나 보군."

역시 알고 계시는군.

며칠 전, 창인표국의 이들과 은해상단의 건상은 북해로

떠났다.

대부분의 자재는 요녕에서 구할 예정이라, 복윤 소단주에게 협조를 부탁한다는 서신을 들려 보냈다.

나는 여상하게 말했다.

“맞습니다. 얼음 사업과 새로운 비단 사업을 시작할 생각입니다.”

“얼음은 알겠는데, 새로운 비단이라니?”

나는 씩 웃었다.

“상인에게 새로운 사업에 대한 건 목숨과도 같은 겁니다.”

“아, 그렇군. 내가 실례했네.”

“양해해 주셔서 감사합니다. 하지만 곧 보게 되실 겁니다. 가장 먼저 진상할 곳이 황궁이니까요.”

“기대되는군. 그러면 바로 가지. 황제 폐하께서 기다리고 계신다네.”

잠시 후.

나는 황제 앞에서 극상의 예를 다해 인사했다.

“고개를 들고 일어나라.”

“황은이 망극하옵니다.”

“쯧쯧.”

그런데 황제는 내 얼굴을 보자마자 혀를 찼다.

왜 그러시지?

“대체 얼마나 과로하기에 얼굴이 그리 상한 것이냐? 곧 혼인을 앞둔 새신랑이 그러면 되겠느냐?"

"아, 송구합니다."

"왜 나에게 송구하다고 하는 것이냐? 네 신부에게 송구하다고 해야지."

아…… 생각해 보니 그렇긴 하군.

"북경에서 북해로, 북해에서 북경으로, 북경에서 호북으로, 호북에서 섬서로, 섬서에서 북경으로…… 아주 바쁘게 움직이더구나."

역시 황제 폐하, 내 움직임을 다 파악하고 계시는군.

뭐, 딱히 몰래 다니거나 한 건 아니지만.

"소상의 일이 바빠 어쩔 수 없었습니다."

"그것도 능력이니 탓할 생각은 없다."

황제는 말을 이었다.

"그래, 이번에는 무슨 일로 나를 찾아왔느냐?"

"무관의 교관 초빙 건으로 인해 산동악가에 가야 합니다. 하여 황제 폐하께서 성지를 내려 주실 것을 청합니다."

"그건 별로 어렵지 않지. 알겠다."

"황은이 망극하옵니다."

"대신, 사흘 동안 몸을 보양하고 움직이도록 하여라. 그 몰골로 가면 산동악가에서 뭐라고 생각하겠느냐? 내가 신하들 쥐어짜는 황제라고 생각할 것 아니냐?"

……아니셨습니까?

"산동악가는 중요한 가문이다. 그러니 처신을 잘하도록 해라."

"네. 그리하겠습니다."
나는 깊이 고개를 숙였다.
황제가 저렇게까지 신경 쓰는 것을 보면, 그만큼 산동악가에 인재가 많다는 의미겠지.
그런 건가?
황제가 산동악가라는 고양이 앞에 앉아서 생선을 흔들며 말하는 거다.
'황궁의 신하가 되면 아주 좋으니까 어서 오도록 해라. 이거 맛있어 보이지? 허어! 안 잡아먹는다니까 그러네.'
아…… 나도 모르게 상상하고 말았군.
"왜 그러느냐?"
"송구합니다. 좀 피곤해서 그런 듯합니다."
"쯧쯧, 이만 물러가도록 해라."
황제는 축객령을 내렸고, 나는 얼른 그곳에서 나왔다.
그나저나 선일 형님하고 형수님께서는 무사히 잘 도착하셨는지, 건강히 잘 계시는지 모르겠군.

나는 북경지부에 돌아오자마자 처소로 향했다.
"오셨습니까요?"
"응. 오늘도 힘들었어."
그렇게 바로 침상에 누우려는 나를 팔갑이 팔을 착 뻗어 막았다.
"피곤하시더라도 씻고 옷을 갈아입고 누우시는 게 좋을 것 같습니다요."

"……그래, 그래야겠지."

팔갑의 도움을 받아 옷을 갈아입고 침상으로 들어갔고, 금방 잠이 들었다.

.

.

.

다음 날.

일찍 일어나 운기조식과 수련을 한 후, 아침을 먹었다.

그리고 차를 마시며 오늘 해야 할 일에 대해서 생각하고 있을 때 누군가 달려오는 것이 느껴졌다.

은풍대 무사로군. 무슨 일이지?

잠시 후 팔갑이 다급하게 들어왔다.

"도련님! 어서 나가 보셔야 할 듯합니다요!"

"응? 왜?"

"황궁에서 사람이 왔습니다요!"

벌써 성지를 보내신 건가? 빠르시기도 하시지.

나는 얼른 의관을 정제하고 나갔다. 내관은 접빈실에서 기다리고 있다고 했다.

그 말은 즉, 공개적인 일은 아니라는 의미군.

나는 곧바로 접빈실로 들어갔다.

그리고 방문한 내관이 그냥 내관이 아니라 동창의 일원이라는 것을 알 수 있었다.

"소상이 내재를 뵙습니다."

"반갑습니다. 황제 폐하의 명을 받아 왔습니다."

"앉으십시오."

나는 그에게 자리를 권했고, 팔갑이 다과를 가지고 들어왔다.

"우선, 이건 황제 폐하께서 내주신 겁니다."

나는 공손하게 두 손으로 받았다.

그리고 두루마리를 풀어 보니, 내가 부탁드린 산동악가에 가지고 갈 성지였다.

"그리고 이것도 받으십시오."

그는 탁자 위에 올려놓았던 상자를 내밀었다.

"이건?"

"황제 폐하께서 내리신 보약입니다."

네? 보, 보약이요?

"몸을 보중하시란 전언도 있었습니다."

몸을 보양하고 움직이라는 말씀이 빈말이 아니셨구나.

나는 공손히 그 상자를 받으며 말했다.

"황은에 감사드린다고 전해 주십시오."

나는 내관을 배웅하고 보약이 담긴 상자를 챙겼다.

후…….

보약을 보니, 왠지 살짝 두려워졌다.

원래 소에게 일을 시키려고 해도 잘 먹인 후에 부려 먹는다.

대체 얼마나 부려 먹으시려고…….

그나저나 이거 난감하네?

보통 보약은 양기를 더해 주기 위해 먹는다. 하지만 내게는 양기를 더하는 보약이 도움이 되지 않는다.

내 체질이 특이해서 그런 것인데, 이걸 어찌 처리한담…….

그렇게 한숨을 내쉬며 상자를 열었다.

그런데 상자 안에는 보약과 함께 붉은색의 종이 한 장이 들어 있었다.

이건 뭐지?

보약에 대한 안내서라도 되나?

[황제 폐하께 설명을 들었습니다. 음기의 무공을 쓰시는 분이니 남자라고 해도 양기를 보하는 약재는 좋지 않다고 판단해서, 음기를 보충하고 신체에 도움이 되는 약재로 약을 지었습니다. 그러니 걱정하지 마시고 드셔도 됩니다. 복용 시 주의하실 점은…….]

"……."

순간 등골이 오싹해지고 식은땀이 흐르는 건 왜일까?

역시 황제 폐하는 무서운 분이다.

그러니까 잔말 말고 열심히 먹어야겠군.

내가 보약을 들고 나오니 팔갑이 물었다.

"그건 뭡니까요?"

"응, 보약. 황제 폐하께서 하사하셨어."

"내 평생에 황제 폐하께서 내리신 보약을 보다니! 가문의 영광이다."

정호 형의 말에 형수님이 고개를 주억이셨다.

"그러게요."

한편, 팔갑의 동공이 격하게 흔들렸다.

"그, 그건 어떻게 달여야 하는 겁니까요? 그거 달일 때 약재 하나라도 떨구면 큰일 난다고 그랬습니다요."

그 정도까지는 아니야.

그나저나 이 보약, 진짜 귀한 약재로 지은 건 맞는 듯하다.

아까부터 금령이가 탐을 내는 거 보니 말이야.

그때 서향 소저가 말했다.

"그럼 제가 달여 드릴게요."

"네? 곽 부관님이 말입니까?"

"황제 폐하께서 내리신 약은 아랫사람을 시키는 게 아니라, 부인이나 가족들이 직접 달여야 하니까요."

하긴, 이전에 그랬지. 그래서 어머니께 약 달이는 법을 배웠다고.

그리고 실제로도 약 달이는 솜씨가 좋았고.

형도 그 말이 맞다는 듯 고개를 주억였다.

"그게 좋겠다. 어차피 몇 달 뒤면 혼인할 사이이니, 지금부터 곽 부관이 달여도 문제는 없어 보이는구나."

"그렇긴 하네요."

나는 보약 상자를 내밀었다.

"그럼 잘 부탁드립니다."

그렇게 황제의 명령대로 사흘 동안 열심히 보약을 먹고 잠도 충분히 자 가면서 몸을 보양하는 데 힘썼다.

"이제야 얼굴의 때깔이 좀 볼만해졌습니다요."

"그래?"

나는 팔갑의 말을 듣고 면경을 보며 얼굴을 살폈다.

음, 이 정도면 괜찮아 보이는군.

황제의 은덕으로 얼굴에 윤기가 반질반질해졌다.

그나저나 좋은 보약인 건 확실했다.

몸도 건강해진 것 같지만, 내공도 조금 늘어났거든.

그럼 이제 슬슬 출발할 준비를 해야겠군.

"팔갑아. 내일 산동악가로 갈 거야. 그러니 준비해 두도록 해."

"알겠습니다요."

다음 날 아침.

나는 다른 이들의 배웅을 받으며 산동으로 향했다.

서향 소저는 북경에 있기로 했다.

이제 혼인이 얼마 남지 않았으니, 혼인을 위해 준비해야 할 것이 많다고 형수님께서 만류하셨기 때문이다.

그리고 내 업무를 대신해 주려면 서향 소저가 북경에 남아 있어야 하기도 하고.

산동으로 가는 길은 다른 여정에 비해 편안했다.

그만큼 관도가 잘 정비되어 있으니까.

하지만 워낙 제국이 넓다 보니 간혹 예상치 못한 장애물을 만나기도 한다.

“지금 여기로 못 갑니다.”

“며칠 전의 폭우로 인해 산사태가 일어났습니다. 그래서 지금 복구 작업 중이긴 하지만 며칠 더 걸릴 겁니다.”

“좀 기다리거나 급하면 저쪽 길로 돌아가셔야 합니다.”

그 말에 서우 무사가 물었다.

“어찌할까요?”

“돌아가야죠.”

며칠씩이나 기다릴 바에는 조금 더 움직이더라도 돌아가는 길을 선택해야지.

출발할 때부터 현로도의 도움을 받을 것을 그랬군.

그렇게 속으로 투덜거리며 현로도를 꺼냈다.

이제부터라도 현로도의 도움을 받을 생각이다.

나는 현로도의 옆에 목적지를 적었고, 곧 현로도는 나에게 길을 알려 주었다.

“이번에는 제가 앞장서겠습니다.”

“네. 따르겠습니다.”

그렇게 우리는 현로도가 알려 주는 길을 따라 말을 달렸다.

원래대로 창주를 통해 갔으면 길이 평탄했을 텐데, 돌아가려다 보니 태형산을 넘어야 했다.

태형산은 수백 년 전의 영웅이었던 이가 고한행이라는 시를 지을 정도로 험한 산이다.

그럼에도 현로도가 우리를 이 길로 이끄는 건 그럴 만한 이유가 있을 터.

어느덧 날이 어두워졌다.

"아무래도 이곳에서 야숙을 해야 할 듯합니다."

"그렇군요. 부탁드립니다."

"네."

팔갑과 호위무사들은 분주하게 움직였고, 어느새 내 앞에는 모닥불이 타올랐다.

"그러면 식사로는 만두를 데우겠습니다요."

"응."

팔갑이 타고 있던 재를 옆으로 끌어모으고 그 위에 나뭇잎을 깔았다.

그리고 그 위에 만두를 올려놓으면, 만두가 따뜻하게 데워진다.

"잠깐만!"

"왜 그러십니까요?"

"만두는 이따가 데우도록 해."

나는 자리에서 일어났다.

"초대하지 않은 손님들이 오시네."

내 말뜻을 알아차린 호위무사들이 검을 잡았다. 그리고 팔갑은 얼른 몸을 숨겼다.

순식간에 사라지는 팔갑의 기척.

현로도는 대체 왜 이곳으로 우리를 안내한 것일까?

우리는 긴장한 채 살기가 느껴지는 곳을 바라보았고 이

내 한 무리의 이들이 모습을 드러냈다.

우리의 값어치를 품평하는 눈빛.

목적은 분명하군.

"누구십니까?"

내 물음에 그들 중 하나가 말했다.

"이거 오랜만에 대어가 낚였군."

"흐흐흐, 산사태 덕분에 장사가 되나 했더니 죄다 별볼 일 없는 놈들이라서 실망하던 참이었는데 말이지."

이에 우리는 검을 빼어들었다.

"호오? 검을 좀 쓰나 보네?"

"경고하는데, 그 검 집어넣는 것이 좋을 거다. 우리 형님이 무려 화경의 고수시거든!"

무슨 자신감으로 우리를 노리나 했는데…….

그나저나 화경의 고수라고?

그렇다면 이거 낭패인데. 젠장.

"형님! 부탁드립니다!"

그 말에 모습을 드러낸 한 남자.

"흐흐흐, 오냐. 내 오늘 내 너희들에게 진귀한 구경을 하게 해 주지!"

하지만 나는 그 남자를 보는 순간 당황하고 말았다.

뭐? 화경? 화겨엉?

지금 장난해?

저들이 화경의 고수가 있다고 했을 때 식겁한 건 사실이다.

나와 서우 무사가 초절정이지만, 화경의 고수를 감당하기에는 역부족이니까.

그만큼 화경의 고수는 격이 다른 존재다.

하지만 상대에게서 위압감이나 두려움이 느껴지지 않았다.

지금까지 화경의 고수를 마주했을 때면 어김없이 그런 감각이 느껴졌는데 말이지.

그 이유는 간단했다.

그자는 화경은커녕 초절정도 아닌 절정 수준이었기 때문이다.

녹림치고 절정도 충분히 대단한 실력이지만, 우리 일행의 무위를 생각하면…….

하지만 저 녹림들이 화경의 고수라며 믿고 따르는 것을 보면 뭔가 이유가 있을 터.

나는 두려워하는 연기를 하기로 했다.

"이, 이런! 화경의 경지라니! 여기가 우리의 무덤인가 봅니다."

그리고 다른 일행에게 전음을 보냈다.

– 일단 장단을 좀 맞춰 주세요. 그리고 저자는 절정 정도로 보이는데, 진유 무사님께서 저자를 살펴보다가 이상한 게 보이면 처리해 주세요.

이에 서우 무사가 입술을 깨물며 말했다.

"주군. 저희가 주군의 목숨만은 살리겠습니다."

"주군께서는 반드시 살아 돌아가셔야 합니다."

이에 녹림들은 그런 우리를 비웃었다.

"아이고, 눈물겹다. 눈물겨워."

"그럴 거 없어. 너희는 오늘 여기서 다 죽을 거니까."

그리고 화경이라 밝힌 자가 말했다.

"작별 인사는 끝났나? 그럼…… 죽어랏!"

그가 우리를 향해 검을 휘두른 순간 손에서 떨어진 그의 검이 공중을 날았다.

화경에 오른 자만이 사용할 수 있는 이기어검술이다.

"우와아아!"

"저것이 바로 이기어검술!"

그것을 보며 감탄하는 녹림들.

반면 나는 이상함을 느끼고 미간을 좁혔다.

이기어검술이란, 기로서 검을 조종하는 것이다.

그 말은 즉, 검사와 검 사이에 눈에는 보이지 않지만, 기가 연결되어 있어야 한다는 것.

하지만 내 감각에는 그런 것이 전혀 느껴지지 않았다.

그때였다.

툭.

공중을 날던 검이 갑자기 바닥으로 추락한 것은.

"……!"

이에 녹림들은 놀란 눈으로 형님이라는 사내를 보았고, 그 사내는 당황한 표정이었지만 얼른 표정 관리를 하며 말했다.

"내 오늘은 기분이 좋아서 자비를 베풀어 주지. 목숨은 빼앗지 않을 테니 가진 것 다 내놓고 가도록."

허세군.

허세를 부리는 놈들을 제법 봐서 잘 안다.

"어서 움직이지 못할……."

그의 말은 더 이어질 수 없었다.

털썩.

녹림들과 우리 사이에 한 남자가 패대기쳐졌기 때문이다.

"으으으……."

꽤나 고통이 심한지 끙끙거리고 있는 그를 그리 패대기친 이는 진유 무사다.

"주변을 살피니, 이 자가 보이지 않는 실로 저 검을 조종하고 있었습니다."

"이자가 이기어검술의 비밀이었군요."

이에 형님이라 불린 자는 버럭 소리쳤다.

"닥쳐라! 내 이기어검을 매도하다니, 어디서 되지도 않는 모함을 하는 것이야!"

그리 분노하면서 내게 달려들었지만.

퍽!

커헉!

내 검집에 배를 찔리고는 꺽꺽거리며 쓰러졌다.

"당신의 실력이 절정이라는 거 압니다. 대체 무슨 자신감으로 화경 행세를 하는 것인지 궁금해서 연기를 좀 해봤을 뿐입니다."

나는 손으로 이마의 머리카락을 쓸어 올리며 말했다.

"그럼, 처리하죠."

"네!"

그 녹림들을 처리하는 것은 순식간이었다.

그리고 손목뼈를 부러트린 후 팔다리를 묶어 나무에 대롱대롱 매달았다.

절정무사도 있었기에, 내공을 쓰지 못하도록 조치도 했다.

팔갑이 그들에게 말했다.

"그래도 만두를 데우기 전에 와서 그 정도입니다요. 만약 데운 만두를 드시기 전에 와서 만두가 식어 버리거나 흙투성이가 되었으면 지금보다 더 험한 꼴을 당했을 겁니다요."

그건 아니야.

음, 아닌가? 팔갑의 말이 맞을지도.

나는 그들에게 물었다.

"그래서, 네놈들이 속한 산채는 어디입니까?"

"그, 그건……."

"혹시, 산채에서 쫓겨났습니까?"

내 말에 그들은 움찔했다.

녹림은 녹왕의 지배를 받는 산채에 속한 이들로 주로 통행세를 받으며 영업한다.

간혹 재물을 약탈하는 경우도 있지만, 되도록 사람을 해하지는 않는다.

너무 귀한 물건을 뺏거나 누군가를 죽였다가는 뒤탈이 생길 수 있으니, 적당한 선을 지키며 영업하는 것이다.

여차하다 토벌당할 수도 있으니까.

아무튼, 산채에서 이런저런 이유로 쫓겨난 이들이 할 수 있는 것이 뭐가 있을까?

배운 게 도둑질이라고 그들이 삼삼오오 모여 다시 녹림질을 하는 거다.

그것도 적당한 선이 없는 녹림질이다.

그리고 다른 녹림의 구역을 침범한 셈이니 기존에 이곳을 손에 넣은 산채에 쫓기고 있을 터.

"뭔가 이상하다 생각했는데, 역시나 그렇군요."

나는 다시 물었다.

"그래서, 요 며칠 사이에 몇 명이나 죽이셨습니까?"

"……."

"저 모닥불이 얼마나 뜨거운지 알려 드릴까요?"

내 말에 그들은 서로 눈치를 보았고, 이내 한 녹림이 대답했다.

"여, 여덟 명입니다."

"날짜별로 말씀해 주시죠?"

"그, 그러니까 엊그제 두 명, 그다음에 한 명, 그리고 어제 네 명에, 부자지간으로 보이는 두 명, 오늘 세 명입니다."

나는 잠시 생각하다가 호위무사들에게 말했다.

"저자들, 다리 하나씩 태워 버리죠."

"으아아악! 왜 그러십니까?"

"원하시는 대로 말씀드렸잖습니까!"

"말씀하신 바에 의하면 열두 명입니다. 여덟 명을 죽였다면서요?"

"……."

"거짓말을 했으니 그에 대한 대가를 몸으로 느껴야 거짓말을 하지 않을 것 아닙니까?"

여응암 무사가 불이 붙은 장작을 가지고 그들에게 다가갔다.

"끄아아악!"

"끄으읍!"

왜 꼭 좋은 말로 할 때 순순히 말하지 않는 걸까?

게다가 멍청하게 금방 들킬 거짓말까지…….

본인들이 얼마나 강단 있는지 시험해 보고 싶어서 그런 것일 수도 있겠지만, 아무리 저런 자들이라고 해도 누군가에게 고통을 준다는 건 기분 좋은 일이 아니다.

하지만 저들에게서 바른말이 나와야 뭔가를 할 수 있으니 이러는 거다.

"이제 다시 대화를 시작해 보죠. 네놈의 본거지가 어딥니까?"

"그게……."

"장작은 많습니다. 그러니까 가능하면 두 다리가 타기 전에는 말씀해 주셨으면 합니다. 그다음에는 아시죠?"

이에 그들의 눈동자가 격하게 흔들렸다.

"여, 여기서 동쪽으로 가면 있는 동굴입니다!"
"여응암 무사님."
"네!"
"확인해 보세요."
여응암 무사는 대답한 즉시 몸을 날렸다.
"네! 명을 받듭니다."
나는 고개를 돌려 다시 그들에게 물었다.
"그래서, 지금 한 말은 거짓말이 아니겠죠? 거짓말이면 뭐…… 그 대가가 뭔지 아실 테니까요."
"……."
잠시 후 여응암 무사가 돌아왔다.
"본거지로 보이는 동굴을 발견했습니다."
"그럼 서우 무사님과 여응암 무사님만 저와 같이 가시고, 다른 분들은 저놈들을 감시해 주세요."
"알겠습니다."
"아, 허튼짓하면 불붙은 장작이 얼마나 뜨거운지 다시 알려 주는 것도 나쁘지 않겠죠."
그때 팔갑이 말했다.
"이미 손목뼈를 부러트렸지 않습니까요?"
"그래도 혹시 모르는 일이니까."
"그렇긴 합니다요."
나는 여응암 무사와 서우 무사를 데리고 저들의 본거지로 향했다.
하늘을 올려다보니 저 멀리 동이 트고 있는 게 보였다.

후, 배고프네.

그래도 조금만 참자.

여웅암 무사가 확인한 대로 동쪽에는 동굴 하나가 있었다.

은신처로 쓰기에 제법 괜찮은 동굴이군.

안으로 들어가 보니, 구석에 적잖은 물건들이 쌓여 있었다.

그중에는 최근에 챙긴 듯한 물건들이 보였다.

옷가지와 이런저런 소지품 등.

그중에는 여인이 쓸 만한 물건과 아이의 물건으로 보이는 것도 있어 희생자 중에 여인과 아이도 있음을 알 수 있었다.

이런 × 같은 새끼들.

후우, 진정하자.

나는 금령에게 말했다.

"금령아. 이 물건의 주인을 좀 찾아 줄래?"

사망한 지 그리 오래되지 않았고, 거리도 멀지 않으니 금령이가 충분히 찾을 수 있을 터.

상황이 심각함을 금령이도 알았는지, 군말 없이 그 물건의 냄새를 맡았다.

"꾸이!"

그리고 따라오라고 말했고, 우리는 금령을 따랐다.

한 이 각 정도 갔을 때.

금령은 앞발로 앞을 가리켰다.

"꾸이!"

그곳으로 다가가니 벌레들이 윙윙대고 있었다.

나는 기운을 뿜어냈고, 이에 벌레들은 혼비백산하여 다급하게 도망갔다.

쯧, 정말 대충 파묻었군.

하긴 이자들은 이 구역의 녹림들에게 쫓기는 신세일 터.

일을 저지르고 서둘러 그 자리를 떠야 하는 만큼, 시체를 태울 시간이 없어서 대충 묻고 떠난 거겠지.

여응암 무사와 서우 무사가 삽으로 그곳을 파헤치니 시신 몇 구가 나왔다.

용케도 산짐승이 건드리지 않았군.

죽은 이들의 시신을 찾는 이유는 그들의 신분패를 챙기 위함이니.

그래야 희생자의 정체를 알아내고 소식을 전하거나 할 수 있으니까.

누군가가 실종된 채 소식을 알 수 없는 것만큼 답답한 것도 없다.

우리 상단에서도 그런 적이 있었기에 그 마음을 어느 정도는 안다.

그러니까 이렇게 조금의 수고만 들이면, 새로운 인연을 맺을 수 있는 거지.

은해상단에서 실종된 이들의 유해를 찾아 주고, 그 흉수를 잡아 복수까지 해 줬다고 하면 얼마나 고마워하겠어.

그러면 어지간해서는 우리 상단의 상품을 사거나 이용하게 될 터.

이런 것들이 하나하나 모여서 천하제일상단을 만드는 것이다.

우리는 시신을 뒤지며 신분패를 찾기 시작했다.

그때 내 기감에 느껴지는 미약한 기운.

설마?

"잠시만요."

나는 잠시 두 무사를 멈추게 했다.

"왜 그러십니까?"

"누군가 살아 있습니다."

"그게 정말입니까?"

나는 즉시 시신 중에서 살아 있는 것으로 짐작되는 자를 찾았다.

그는 한 청년이었다.

가슴에 검을 찔렸는데, 치명적인 부위를 피한 덕분에 즉사하지 않은 듯했다.

"미약하지만 아직 숨을 쉬고 있네요."

나는 즉시 금령이의 침을 담아 놨던 병을 꺼내어 그의 상처에 발랐다.

그리고 입을 벌려 금령의 침을 먹였다.

생존본능 덕분인지 그는 금령의 침을 삼켰다.

금령의 침은 이런 외상에는 즉효약이다.

그래서인지 조금씩 맥이 돌아오고 있었다.

"이자의 신분패를 찾아야겠습니다."
"알겠습니다."
내 말에 두 무사는 주변을 뒤져 신분패를 찾아냈다.
"여기, 신분패가 있습니다."
"나이를 보아하니, 이 출생연도의 신분패가 이자의 것임이 틀림없습니다."
신분패가 있을 거라 예상은 했는데, 다행히 있었다.
살육을 일삼는 흉신악살 같은 자들도 원혼은 무서운지 신분패와 함께 묻어 주기 때문이다.
희생자의 신분패를 태우거나 가져가면 원혼이 붙는다는 그런 속설이 있거든.
그래서 신분패는 보통 그냥 땅에 묻어 버리는 편인데, 다행히 함께 묻은 모양이다.
"이자는 어찌할까요?"
"우선 이자를 저희가 있던 곳에 옮기죠. 그 뒤에 시신을 수습하도록 합시다."
"네."
우리는 그를 조심스럽게 야숙하던 곳으로 데려왔다.
우리가 생존자를 데려오자, 그를 본 녹림들은 움찔했다.
나는 그들을 쏘아보고는 명종 무사와 창운 무사에게 말했다.
"두 분은 지금 즉시 이 근처의 산채로 가서 제가 협조를 요청한다고 해 주십시오. 제 명호를 대면 협조하겠다고 할 겁니다."

"알겠습니다."

내 말에 녹림들은 버둥거리기 시작했다.

재갈이 물려 있어서 말은 못 하지만, 신기하게도 무슨 말인지 알 것 같았다.

이 구역을 담당하고 있는 산채에 걸리면 죽는다고, 그러니 제발 봐 달라고 그러는 거다.

나는 차갑게 일갈했다.

"닥치세요. 네놈들은 그런 부탁을 할 자격도 없습니다."

한 시진 후.

한 무리의 이들이 내가 있는 곳으로 다가오는 것이 보였다.

이 구역을 담당하는 산채의 녹림들이지.

내가 현청이 아닌, 녹림에 협조를 요청한 이유는 이곳에서 현청까지 제법 멀기 때문이다.

차라리 녹림들의 협조를 받는 게 더 효율적이니까.

이곳은 수도인 북경과 가까우며, 근처에는 산동악가에 진주언가도 있다.

이런 곳에서 녹림으로 활동한다는 의미는, 선을 넘지 않는 자들이라는 의미다.

그러니 내 정체를 알고도 나를 공격할 리는 없다.

혹시 공격하면 이자들이랑 똑같이 만들어 주면 되고.

나는 그들에게 다가갔다.

가운데 있는 자의 기도가 범상치 않은 것을 보니 저자

가 채주겠군.

"소상 은시호가 숲의 범을 뵙습니다."

"이곳 산채의 채주이오. 그냥 광부(狂斧)라고 불러 주시오."

미친 도끼라는 의미군.

"그대가 선협미랑 대협이겠군. 이 근처에서 우리 몰래 영업하던 이들을 잡았다고 들었소."

나는 나무에 매달려 있는 이들을 가리키며 말했다.

"네. 저들입니다."

"그래서, 우리가 뭘 도와주면 되나? 저들을 도륙 내는 건 어차피 우리가 해야 할 일이고."

"아뇨. 저들은 현청으로 데리고 갈 겁니다."

"현청에?"

"그래야 본인들의 죄를 본인들의 입으로 실토할 것 아닙니까?"

그리 말하며 미리 만들어 놓았던 돈주머니를 던졌다.

"대가는 이거면 충분할 겁니다."

내가 건넨 주머니를 받아 열어 본 광부 채주가 씨익 웃으며 말했다.

"뭐, 저들을 찜쪄먹든 구워 먹든 알아서 하게."

"감사합니다."

"그렇다면 우리는 왜 부른 건가?"

"저들은 산사태가 일어나 길을 우회하게 된 이들을 죽이고 그 재물을 뺏었습니다. 이를 관에서 알게 되면 누구의 소행이라고 생각하겠습니까?”

“뭐?”

“이런 ×××!”

“당연히 우리지!”

“까딱하면 우리가 그 죄를 뒤집어쓸 뻔했잖아! 이런 ××새끼!”

나는 씩 웃으며 물었다.

“그런데 저희가 저놈들을 잡아놨으니, 고마워하실 일이죠?”

“그건 그렇군.”

그러니까 일하십시오.

채주가 잠시 고민하더니 말했다.

“음…… 은자 몇 개 빼주지.”

“은자 몇 개 얻자고 한 말은 아닙니다. 그냥 충실히 도와달라는 겁니다.”

나는 말을 이었다.

“지금 희생자들의 유해를 수습하는 중이거든요.”

“유해를?”

“비명횡사한 것도 억울한데, 그 유해가 고향으로 돌아가지도 못하면 얼마나 슬픈 일입니까?”

“그건 그렇지.”

“산채에서 이를 도와주시면 관에서도 오해를 풀겠지요.”

“알겠네. 성심성의껏 돕도록 하지.”

우리는 산채 녹림들의 도움을 받아 유해를 수습했다.

그 처참하게 당한 모습에 산채의 녹림들은 욕설을 퍼부었다.

한 어린아이가 그 가족과 함께 죽어 있는 것을 발견하고 또 함께 묻힌 여인의 시신을 봤을 땐 내가 잡아 놓은 그들을 찢어 죽일 뻔했지.

그들은 자신들이 그런 천인공노할 일을 저지른 자로 오해받을 뻔했다면서 다시 한번 진땀을 흘렸다.

우린 수습한 유해를 태웠다.

그리고 산채의 녹림들이 만들어 준 상자에 유골과 신분패를 넣은 후 수레에 실었다.

"도와주셔서 감사합니다."

"우리가 더 고맙지. 생각지도 못한 수입을 챙겼을 뿐만 아니라, 오해를 풀 기회를 얻었으니 말이야. 꼼짝없이 토벌당할 뻔했지. 아무튼, 현청에 잘 말해 주게나."

"그러죠."

나는 고개를 끄덕이고는 화제를 돌렸다.

"그나저나 지금 토사로 인해 길이 끊겨 수입이 없으시죠?"

"……알면서 왜 묻나?"

그래서 내 요청에 즉각적으로 응답한 것도 있을 터.

"그러면 빨리 길이 복구되면 영업을 빨리 재개할 수 있지 않겠습니까?"

"그렇…… 지?"

"그럼 여러분들이 그 길의 복구를 도우면 작업이 빨라지는 거 아닙니까?"

"아……!"

뭐지…… 설마 그걸 지금 깨달은 건가?

그나마 지금이라도 깨달아서 다행이군. 일을 마치고 돌아올 땐 편한 길로 올 수 있겠어.

그렇게 우리는 우리를 공격했던 녹림들을 말 뒤에 묶고 산에서 내려가기 시작했다.

끌려가느라 넘어지고 굴러 상처투성이가 되었지만, 별 신경 쓰지 않았다.

그놈들은 그런 꼴을 당해도 싸거든.

그들은 지금 화경의 고수라고 자신들을 속였던 자를 눈으로 욕하고 있었다.

참고로 그는 내공을 쓰지 못하도록 조치해 놨다.

한편, 우리가 구한 청년은 외상이 다 나았음에도 불구하고 아직 정신을 차리지 못하고 있었다.

하여 진유 무사가 자신의 등에 묶은 채 말을 타고 이동하고 있었다.

나는 현로도가 알려 주는 길을 통해 말을 달렸다.

그나저나 현로도가 우리를 이 길로 알려 준 데에는 뭔가 이유가 있을 텐데…….

아직은 알 수가 없군.

그냥 선협을 베풀라는 의미인가?

그렇게 산길을 통해 말을 달리자 한 마을이 보였다.

행고현의 현청이 있는 마을이다.

여기서부터 산동악가가 있는 태산까지는 평지였으니 금방이다.

하지만 이곳에서 해야 할 일이 있다.

우리는 즉시 행고현의 현청으로 향했다.

"멈추시오!"

현청에 가까이 가니, 현청의 문을 지키는 위사들이 우리를 멈추어 세웠다.

나는 말에서 내렸다. 그리고 그들에게 말했다.

"소상은 은해상단의 소단주 은서호라고 합니다."

"은해상단?"

"헉! 설마 선협미랑?"

"부끄럽지만 그리 불리고 있습니다."

나는 공손하게 말했다.

"흉악범을 잡아 왔습니다. 지현 대인을 뵐 수 있겠습니까?"

"어서 안으로 드시지요. 지현 대인을 모셔오겠습니다."

같이 왔던 호위무사들은 다른 곳에서 대기했고, 나는 접빈실로 안내되었다.

그렇게 홀로 접빈실에서 차를 마시며 잠시 기다리자, 문이 열리고 지현의 관복을 입은 이가 들어왔다.

"소상이 지현 대인을 뵙습니다."

"이 행고현의 지현을 맡고 있는 봉춘이라고 합니다."

그는 내게 공손히 인사하며 말했다.

"너무 본인을 낮추시지 않아도 됩니다. 이 산동에서는 어린애도 선협미랑 대협을 아니까요."

내가 여기서 뭔가를 한 적은 없는 것 같은데?

"백염상단의 자제를 구했고, 토분근초로 만든 고약으로 많은 피해를 입기 전에 사기꾼을 잡는 데 도움을 주셨다고 들었습니다."

그러고 보니 그 황전이라는 사기꾼을 잡은 곳이 산동이었구나.

"또한, 산동에 숫돌 채석장을 만들어 지역 상권 활성화에도 도움을 주셨죠. 그래서 황보세가에서는 은해상단을 황보세가에서 보호하는 상단이라 공표까지 했습니다."

"그, 그랬군요."

백천상단을 엿먹이기 위해서 시작한 건데, 이런 대우를 받으니 민망하네.

그 채석장이 잘되고 있다는 보고는 들었는데 생각보다 더 산동에서의 반응이 좋은 듯하다.

하긴 황실 납품 숫돌이라는 것은 그 품질을 증명하는 셈이니까.

"그런 영웅을 이리 만나게 되어 영광입니다."

"영웅이라니, 민망합니다."

"게다가 황제 폐하께서 총애하시는 분이라고 들었습니다."

"그건 어떻게?"

"제 본가가 북경에 있습니다. 그리고 친척분들 중에 황궁에 근무하시는 분들도 제법 많고요."

그 말을 들으니 지현 대인의 공손한 태도가 이해되었다.

혹시나 이상한 사람이면 감찰어사의 패를 사용할 생각이었는데, 그럴 필요는 없는 듯했다.

"제가 이렇게 지현 대인을 찾아뵌 것은 협조를 요청하기 위해서입니다."

"말씀하십시오."

나는 그에게 상황을 설명하였다.

"……하여 우리를 습격했던 자들을 제압하여 그 여죄를 캐물었고, 그들이 최근에 약탈하면서 살해한 이들이 열 명이 넘는다는 것을 알게 되었습니다."

"이런 극악무도한 놈들!"

"하여 인근 산채의 협조를 받아 시신을 수색하였습니다."

"그럼, 수레에 싣고 오셨다는 것이?"

"예. 희생자들의 유골과 유품입니다."

"그랬군요. 대협의 도움에 감사드립니다."

"별말씀을요. 제 여정에 그런 자들을 만나게 된 건, 희생자들을 도우라는 하늘의 뜻이라는 생각이 들어 그리했을 뿐입니다."

나는 말을 이었다.

"조금 번거로우시겠지만, 그 상자 속 신분패에 쓰인 마을로 유골함과 유품을 보내 주시면 감사하겠습니다."

"이미 어려운 건 다 해결해 주셨는데, 그게 뭐가 번거롭겠습니까? 알겠습니다. 그리하지요."

"감사드립니다."

나는 포권하며 감사를 표했다.

"그리고 생존자가 한 명 있는데 그를 보살피면서 그의 집에 전갈을 보내 주실 수 있겠습니까? 시신을 수습하던 중 기적적으로 목숨을 구한 청년이 있습니다. 신분패를 보니 쌍화현의 길지양이라는 자더군요."

"물론입니다. 쌍화현이라면 이곳에서 멀지 않으니까요. 곧바로 전갈을 보내겠습니다."

"감사합니다."

"그나저나 길 씨라…… 유력 가문의 사람일 수도 있을 듯합니다. 잘하면 사례를 받으실 수도 있을 겁니다."

이에 나는 손을 저었다.

"사례라니요! 그런 거 필요 없습니다. 저는 그저 한 사람이라도 생존자를 구할 수 있었다는 것에 만족합니다."

"허허, 그래서 다들 대협을 보고 선협미랑이라 부르는가 봅니다."

"……."

사례금이라는 말에 너무 좋아하면 속물적으로 보일까 봐 그리 말한 것뿐인데.

이거 괜히 멋쩍어지네. 나는 헛기침하며 말했다.

"제게 과분한 명호입니다. 그리고 제가 데리고 온 이들에게 여죄를 물어 주십시오."

"여죄라 하면?"

"그들이 본거지로 삼은 동굴에 갔을 때, 흙투성이가 된 옷과 커다란 끌과 망치를 발견했습니다. 일부러 산을 무너트려 관도를 막은 듯합니다."

"허…… 이미 지금까지 저지른 것만 해도 엄청난 중죄인데, 관도를 일부러 무너트렸다니요! 알겠습니다. 안찰사 대인께 보고드리고 철저하게 그 여죄를 캐묻겠습니다."

나는 부드럽게 말을 이었다.

"이 근처에 광부라는 자가 이끄는 산채가 있습니다. 혹시라도 이번 일에 대해 그들의 이름이 거론될 수도 있습니다만 이번 일에 한해서는 그들은 죄가 없습니다."

"아, 그들의 존재는 알고 있습니다. 거기의 채주가 꽤 약삭빠르고 몸 사리는 데 도가 튼 자입니다. 관이나 주변의 무림 세력들이 나서지 않을 정도로만 활동을 하더군요."

"그래 보이더군요. 아무튼, 그들은 시신을 수습하는 데 도움을 주었습니다. 그리고 무너진 관도를 복구하는 데 힘을 보태겠다고 하더군요."

"그렇군요."

그렇게 지현과의 대화를 마치고 바깥으로 나왔다.

내가 한사코 사양했지만, 지현은 나를 배웅하겠다며 현청 바깥까지 따라 나왔다.

"어디로 가십니까?"

"죄송하지만 그건 말씀드릴 수 없습니다. 다만, 황명을 받고 움직이는 중입니다."

"……!"
내 말에 그의 안색이 변했다.
"맡겨 주신 일, 최선을 다해서 처리하겠습니다."
그는 이번 일을 승진을 위한 기회라고 생각하고 있는 듯했다.
그러니 최선을 다해서 처리할 거다.
이를 위해서 슬쩍 황명을 받아 움직이고 있다는 말을 흘린 것이다.
뭐, 일을 잘 처리하면 북경으로 불려 가겠지.
황제가 인재는 귀신같이 알아보시니까.
북경으로 영전해 가는 것이 꼭 좋은 것이라고는 할 수 없지만 구태여 그런 말은 하지 않았다.
희망은 좋은 거니까.

그곳을 벗어난 우리는 곧 태산에 도착했다.
평지인 만큼 주강마가 신나게 달렸거든.
산동악가는 태산에 있는 가문으로, 태산의 기상을 닮은 곳이라 사람들이 평하는 곳이다.
"워워!"
나는 말을 멈추었다.
마치 성문처럼 웅장한 누각에 커다란 현판이 걸려 있었다.
[산동제일악왕부타(山東第一岳王府陀)]
태산의 동쪽에 있는 이곳이 바로 산동악가의 자손들이

모여 사는 곳이다.

산동악가의 시조는 오래전 충신으로 유명했던 악씨 성의 명장이다.

원래 그들은 하남에 자리잡고 있었지만, 황제가 언제든 부르면 달려갈 수 있는 곳에 있고 싶다는 이유로 산동으로 터를 옮겼고 지금에 이르게 된 것이다.

이곳은 커다란 집성촌처럼 형성되었는데, 웬만한 마을 이상의 규모다.

그래서 원래는 지현이 파견되어야 하지만, 이곳의 특수성과 그 충정을 높이 사서 자치현으로 편성되었다.

하여 이곳 악가타는 산동악가의 가주가 지현도 겸하고 있었다.

동시에 이곳은 왕부이기도 했는데, 그건 산동악가의 시조가 왕으로 추존되었기 때문이다.

하여 왕부가 아니면서 왕부라 칭할 수 있는 것.

우리가 다가가니 누각 위에 있던 자들이 일제히 우리를 바라보았다.

약 열 명 정도 되나?

활을 들고 있는 것을 보니, 그들은 침입자에 대비하여 보초를 서고 있는 듯했다.

거대한 문 앞에 있던, 창을 든 두 명의 위사 중 하나가 우리에게 다가왔다.

"실례합니다. 어디서 오셨습니까?"

"소상은 은해상단의 소단주 은서호라고 합니다. 뒤의

일행은 제 시종과 호위무사입니다. 황제 폐하의 성지를 전하러 왔습니다."

그리고 황제가 보낸 사람이라는 증표를 보였다.

이를 본 위사는 깜짝 놀라 무기를 거두고 나를 향해 포권했다.

"어서 안으로 드시지요."

우리는 안으로 들어갔고, 그 성문 뒤에 있는 정자로 안내되었다.

"이곳에서 잠시만 기다려 주십시오. 사람을 보냈으니 곧 모시러 올 겁니다."

그곳에서 잠시 쉬며 기다리고 있으니 저 멀리서 세 명이 말을 타고 달려왔다.

그들은 색만 다를 뿐 같은 모양의 옷을 입고 있었다.

두 젊은 무사는 남색 옷을 입고 있고, 중년의 무사는 녹색 옷이다.

그들은 말에서 내려 우리에게 다가왔다.

"소인은 산동악가 삼십 대손 악황의 둘째 아들 악진이라고 합니다. 빈객당의 당주를 맡고 있습니다."

상당히 공손한 모습.

저번 황보세가에 갈 때와 달리 황제가 딱히 별다른 안내인을 붙여 주지 않은 이유를 알 것 같았다.

황제의 명을 받아 왔다는 이유만으로도 너무나도 황송한 대접을 해 줬으니까.

가문의 시조가 충신이라서 그런지, 지금도 그 가풍이

낡아 황제를 매우 충실히 따르는 듯했다.
"먼 길에 고생하셨습니다. 황제 폐하의 성지를 전하러 오셨다고 하니 즉시 가주님께 안내하겠습니다."
"네."
그렇게 우리는 그를 따라 가주가 머무는 곳을 향해 말을 몰았다.
악가타 안에는 마차가 교행해도 될 법한 넓은 길이 있었고, 그 길은 돌이 깔려 있었다.
하여 말의 편자와 돌이 부딪치는 소리가 경쾌하게 들렸다.
"하나 여쭤보고 싶은 것이 있습니다."
"편히 말씀하시지요."
"사람들이 다들 비슷한 옷을 입고 있는 듯한데, 그 옷에 무슨 의미가 있는 것입니까?"
"아…… 의미가 있습니다."
그는 고개를 끄덕이며 설명해 주었다.
"이 악가타의 모든 이들은 다섯 살이 되면 같은 모양의 옷을 받게 됩니다. 처음엔 검은색의 옷을 받는데, 수련생이라는 의미입니다. 그리고 성년인 열다섯 살이 되면 회색의 옷을 받게 됩니다. 견습 무사라는 의미입니다."
"그렇군요."
이 악가타에 사는 이들이 제법 많은 만큼 그리하지 않으면 구분이 어려울 터.
상하 체계를 중시하는, 군부의 중추를 맡은 가문답다.

"그리고 그때부터 오 년 동안의 훈련을 통해 배속이 결정됩니다."

"배속이라 함은 무엇입니까?"

"말 그대로 앞으로 나아갈 길을 정한다는 의미입니다. 조정에 출사를 할 것인지 가문에 남을 것인지, 무에 집중할 것인지 문에 집중할 것인지, 어느 당에서 근무할 것인지 등을 정하는 겁니다."

그는 말을 이었다.

"그게 정해지면 그땐 남색의 옷을 받고, 소속에 따른 문양이 수놓아진 동의를 입고 근무합니다."

그러고 보니 그들은 문양이 수놓아진 백색의 동의를 위에 걸치고 있었다.

나를 마중 나온 세 무사가 입고 있는 동의의 문양은 등나무꽃 문양이다.

등나무꽃은 환영(歡迎)한다는 의미이기도 하지.

"그리고 당주가 되면 그땐 저와 같은 녹의를 입을 수 있습니다."

"직계도 마찬가지입니까?"

"저희 산동악가는 직계든 방계든 능력을 증명하는 자만이 위에 설 수 있습니다."

합리적이라 생각되지만, 사실 그건 무서운 말이기도 했다.

자신을 증명하지 못하면 비참해진다는 의미니까.

"아, 다 왔습니다."

그런데 앞에서 우리를 맞아 주는 사람을 보며 살짝 당황할 수밖에 없었다.

왜 대인께서 여기 계십니까?

우리를 맞아 주신 분은 다름 아닌 남경의 도지휘사 악영경 대인이셨다.

아니, 남경에 계셔야 할 분이 왜 이곳에?

일단 인사부터 해야겠군.

"소상 은서호가 악 대인을 뵙습니다."

"오랜만이군."

"여기서 뵐 거라고는 생각하지도 못했습니다."

내 말에 악영경 대인이 웃으며 말했다.

"내 첨언을 좀 하러 왔다네. 앞으로 제국의 창과 방패가 될 무관을 육성하는 일이지 않은가?"

"일전에 주신 서신으로도 감지덕지합니다."

악 대인은 나중에 산동악가에 갈 때 도움이 되었으면 한다면서 서신을 내주셨다.

그래서 이번에 그것도 가져왔지.

"생각해 보니 남경에서 본가는 코앞인데, 서신만 보내는 건 좀 그래서 말이지."

남경에서 산동이 그 정도로 가깝지는 않습니다만…….

그리고 남경에는 지금 태자 전하도 계시는데, 이렇게 도지휘사께서 자리를 비워도 되는 겁니까?

내가 아는 악 대인은 그런 면에서는 철저하신 분이다.

그렇다면…….

"걱정하지 말게. 태자 전하의 허락을 받았네."

그럼 그렇지.

그나저나 이렇게 되면 전에 주신 서신은 필요 없겠군.

"방금 가주와 의논을 끝내고 나오는 길이네. 잠시 기다리게. 가주가 나올 것이네. 그리고 용무를 마치면 차라도 한잔하지."

"네."

그나저나 악영경 대인이 행차할 정도면 제법 시끌시끌했을 터인데…….

그런 게 없었던 것을 보면, 은밀하게 오신 것이겠군.

그 사이 빈객당 악진 당주가 안에 나의 방문을 고했고, 곧 문이 열리고 한 남자가 나왔다.

하얀 수염을 휘날리고 있는 모습이 딱 봐도 대장군이라는 생각이 들 정도로 기골이 장대하신 분이셨다.

또한, 기도가 장난 아니시다.

내 뒤쪽에서 악영경 대인이 말했다.

"본가의 가주일세."

이에 나는 내 품에서 성지를 꺼내며 말했다.

"황제 폐하의 성지입니다."

"신 악연개가 황제 폐하의 성지를 받듭니다."

곧바로 내 앞에 무릎을 꿇고 두 손으로 두루마리를 받으시는 가주님.

저번에도 느낀 것이지만, 뭔가 민망하단 말이지.

그는 그 자리에서 두루마리를 풀어 내용을 읽고는 다시

말아 공손하게 읍했다.
그리고 자리에서 일어났다.
나는 그에게 포권했다.
"소상, 은해상단의 소단주 은서호라고 합니다. 태산을 호령하시는 산동제일악왕부의 가주님을 뵙습니다."
"이리 만나서 반갑네. 나는 가주 악연개라고 하네."
그러곤 가주님이 몸을 돌리며 말했다.
"안으로 들어가지."
"감사합니다."
나는 힐끔 뒤를 보았고, 악 대인은 손을 흔들며 말씀하셨다.
"나중에 부르마."
"네."
그렇게 안으로 들어가고 있는데, 가주님이 말했다.
"저 녀석의 마음에 들다니…… 참으로 신기하구나."
"네?"
"그런 말 많이 듣지 않았더냐?"
"제가 그리 신기한 놈은 아닌데, 다들 신기하게 생각하시더군요."
내 말에 가주님은 뭐가 그리 재밌는지 웃으셨다.
그렇게 우리는 접빈실로 들어갔다.
뒤를 따라가며 보니 가주님께서도 다른 이들과 같은 형태의 옷을 입고 계셨다.
차이점이라면 아무 색도 없는 백색이었다는 것.

걸치고 계신 동의 역시 백색이었는데, 동의의 등 쪽에는 하늘을 나는 듯한 매 한 마리가 수놓아져 있었다.

그러고 보니 산동악가의 상징이 매였지.

그래서인지 산동악가의 창법은 마치 매가 사냥감을 사냥하듯이 날쌘 것이 특징이다.

곧바로 시비가 차를 내왔고, 우리는 차를 마시며 이야기를 나누었다.

"자네가 이 산동에서 제법 유명하다는 것은 알고 있나?"

"과분한 일입니다."

"사실, 우리도 자네에게 고마운 일이 있다네. 일전에 백천상단에서 숫돌을 독점했던 일이 있지 않았나? 우리 역시 숫돌 때문에 곤란했었는데 자네가 산동에 숫돌 채석장을 개발한 덕분에 우리도 한숨 놓을 수 있었다네."

그 숫돌 채석장이 여기에도 영향이 있었군.

숫돌 채석장을 빠르게 찾아 개발하느라 고생을 좀 하긴 했지만, 이럴 때는 참 만족스럽다.

그만큼 백천상단의 입지는 좁아지고, 은해상단의 명성은 높아지는 것이니까.

"그럼 본론으로 들어가지."

"예."

"방금 영경이 말했듯, 우리는 한 가지 사안을 논의하였네. 고급 무관들의 양성을 위한 곳인 만큼, 본가에서는 더 신경을 쓰고 싶다네."

"어떤 부분 말씀이십니까?"

"내가 전해 듣기로 현재 무관에서 교육하는 건 검술 위주라고 들었네. 내 말이 맞는가?"

"네. 그렇습니다."

다들 무공을 내놓지 않으려고 하니까 내가 아는 무공을 쓰는 수밖에.

"허어! 그래서는 안 되지! 창이야말로 백병지왕이 아닌가!"

가주님의 말에서는 창에 대한 굉장한 자부심이 엿보였다.

여기서 굳이 이를 거스를 필요는 없지.

"그 말씀대로입니다. 특히나 무관이라면 창을 다룰 줄 아는 게 좋습니다. 하지만 어느 가문이 자신들의 절기를 내놓겠습니까? 하여 아쉬운 대로 제가 익힌 천류공과 천류검법을 관생들에게 가르치려고 했습니다."

"그래서 본가도 창법을 하나 공개하여 그 뜻에 한 팔 보태고자 하는 것이네."

그건 놀라운 일이었다.

상인으로 치면 자신의 사업장 중 하나를 내주겠다는 것과 진배없는 결정이니까.

"혹시, 어떤 창술인지 알 수 있을까요?"

"그 이름은 십이창법이라네. 악가창법은 기초부터 배워야 하며, 그 어느 부분이라도 빼놓아서는 창법으로서의 기능을 하지 못하지. 하지만 십이창법은 다르네. 그것만 익혀도 그 자체로 온전한 창술이지."

"그렇군요."

"그런데, 왜 창법의 이름이 십이창법인지 아는가?"

"……네?"

나는 당황했다.

그걸 왜 저한테…….

하지만 그걸 내게 물을 거라고는 생각하지 못해서 당황한 것이지 그 답을 몰라서는 아니다.

십이창법은 사 방을 네 번 공격하고 네 번 방어한다는 의미다.

그만큼 공격과 방어의 균형이 잘 잡혀 있는 창법이다.

사실, 이 창법은 산동악가의 비전무공이나 전통 있는 무공은 아니다.

이전 삶의 기억을 떠올려보면 만들어진 지 몇 년 안 됐을 거다.

나는 멋쩍은 표정으로 대답했다.

"뭔가 열둘이라는 숫자에 의미가 있는 듯합니다. 혹시 방위에 관련된 것입니까?"

"그것을 눈치채다니! 대단하군! 하하하! 자네 말대로네. 그건 동서남북 네 개의 방위에서 네 번의 공격과 네 번의 방어를 한다는 의미네."

나는 처음 들었다는 듯 반응했다.

"그렇습니까?"

"사실, 이 창법은 몇 년 전에 한 녀석이 만든 것이네. 전통 있는 창법은 아니지만, 내가 자신 있게 보증할 정도로 뛰어난 창법이네. 그래서 이 창법을 무관에 넘기려고 하네."

"가주님의 배려에 감사할 따름입니다."

나는 그리 말하며 속으로 씨익 웃었다.

이렇게 생각하지도 못했던 엄청난 보물이 무관에 넘어올 수 있게 되었으니까.

아직 가주님은 잘 모르시는 것 같지만, 십이창법의 진가는 합공에 있었다.

한 사람이 아닌 열두 명이 펼치게 된다면 그 자체가 창진(槍陣)이 되어 능히 백 명을 물리칠 수 있는 위력을 발휘할 수 있기 때문이다.

"이 십이창법을 만든 녀석은 악유라고 하네. 올해 서른여덟이지."

"그렇게 젊은데 무공을 창시한 것입니까?"

창시자가 생각보다 젊어서 놀랐다.

그 말은 즉, 실제 그 창법을 만든 나이는 서른 초중반이었다는 의미니까.

제법 나이가 지긋하신 분이 만든 것으로 생각했는데 말이지.

"그렇다네. 그리고 그를 무관의 교관으로 보낼까 하네."

"저희로서는 두 팔 벌려 환영입니다. 무공의 창시자가 직접 무관들을 교육한다면 그보다 더 좋을 수는 없으니까요."

"후…… 하지만 문제가 있다네."

무슨 문제가 있기에 갑자기 표정이 안 좋아지시는 거지?

"유는 십이창법을 외부에 공개하고 싶어 하지 않는다네. 그것이 산동악가의 창법이 되었으면 한다네."

"네?"

아니, 가주님.

그거 문제도 보통 큰 문제가 아니지 않습니까?

가주님이 그런 뛰어난 인재를 무관의 교관으로 보내는 이유는 가문을 위해서일 것이다.

그리고 산동악가는 상명하복이 철저한 곳.

싫다는 자를 억지로 보내는 건 자칫하다간 한 사람의 인생을 송두리째 망가트릴 수도 있는 일이다.

왜 말을 강제로 물가로 끌고 갈 순 있어도 강제로 마시게 할 수는 없다는 말이 있겠는가?

"험험, 염치없지만 그를 설득해 줄 수 있겠는가?"

"네? 제가 말입니까?"

"영경이가 그러더군. 자네라면 그를 설득할 수 있을 거라고 말이지."

아니, 악 대인.

대체 무슨 자신감으로 그리 말씀하신 겁니까?

"좀 부탁하겠네. 솔직히 우리도 온갖 방법을 다 써 보았지만, 고집을 꺾지 못했네."

"가주님도 설득하지 못했는데 제가 어찌 설득할 수 있겠습니까? 악 대인께서 저를 너무 과대평가하신 겁니다."

"나는 그리 생각하지 않네. 황제 폐하께서 신뢰하고 계신다는 건, 그만한 능력이 된다는 의미니까."

.

.

.

나는 접빈실에서 나왔다.

그런 나에게 빈객당주님이 다가왔다.

"처소로 모시겠습니다."

"네."

건물을 나서자, 그 앞에 서우 무사와 이필 무사가 서 있었다.

"팔갑 소이와 다른 이들은 처소로 미리 향했습니다."

"네. 그럼 가죠."

가는 길에 서우 무사가 조심스럽게 물었다.

"그런데 왜 표정이 어두우십니까?"

"그게…… 생각하지도 못했던 숙제를 받아 버렸거든요."

내게 주어진 처소는 꽤 넓은 편이었다.

수련할 공간이 많아서 좋군.

그리고 딱 필요한 가구만 놓여 있고, 그 색도 대부분 무채색인 게 군부의 느낌이 물씬 풍겼다.

"이곳에서 머무시면 됩니다."

"이렇게 좋은 곳을 내주셔서 감사하다고 전해 주십시오."

"그리 전하겠습니다."

그때 한 무사가 들어왔다.

"악영경 원로께서 준비가 되면 본인의 처소로 모시라고 하셨습니다."

"알겠습니다. 바로 가죠."

나는 무사를 따라 길을 걸었다.

악가타의 길은 제법 복잡했다.

"이거, 무사님을 놓치면 길을 잃어버리겠군요."

내 말에 나를 안내하던 무사가 웃으며 말했다.

"실제로 손님들께서 자주 길을 잃으십니다."

"악가타 분들은요?"

"수련생은 모르지만, 견습무사라면 어지간해서는 길을 잃기도 쉽지 않습니다."

"그렇겠군요."

가는 도중 보이는 모습에 나는 고개를 갸웃했다.

"남녀 할 것 없이 거의 그 옷을 입고 계시네요."

"태심복을 말씀하시는 거군요. 저희가 입은 옷은 태산의 큰 마음을 수련하기 위한 옷이라고 해서 태심복이라 부릅니다."

"그렇군요."

"사실, 비번이거나 휴가 땐 사복을 입어도 됩니다만 어릴 때부터 이 옷을 입고 훈련하다 보니 익숙합니다. 그리고 제법 잘 만들어진 옷이다 보니 실제로도 편하고요."

그렇게 이런저런 이야기를 나누며 도착한 곳은 악가타 중에서도 중심부에 있는 집이었다.

그 집에 들어간 나는 곧바로 접빈실로 안내되었다.
잠시 기다리자 악 대인이 들어오셨다.
"악 대인."
"편히 앉게나."
"가주님께 들었습니다. 대체 무슨 일입니까?"
"말 그대로네."
악 대인은 차를 한 모금 마시고는 말을 이었다.
"황제 폐하께서 무관에 거시는 기대가 큰 듯해서 내린 결정이네."
그게 악 대인에게도 느껴졌나 보군.
그 무관은 군부에 황제의 영향력을 강화하는 것과 동시에 무림 세력을 견제하기 위함이기도 하다.
정확하게는 무림맹의 수작질을 경계하기 위함이지.
"그런 상황에서 본가가 무공을 기증한다면 황제 폐하께서 흡족해하시지 않겠는가?"
"그렇긴 하겠군요."
산동악가의 생존 전략은 충성이다. 그리고 이를 위해서 뭔가 보여 주어야 했지만 그렇다고 가문의 모든 것인 악가창법을 내어줄 수는 없는 일이다.
그런 와중에 가문의 사람이 준수한 무공을 만들어 냈고, 가주는 그것을 무관에 넘겨서 황제에 대한 충성을 보일 생각인 거다.
나름 명분과 실리를 모두 챙기려는 생각이시군.
"덕분에 악유라는 분을 설득하라는 숙제를 받았습니다.

대인께서 저를 추천하셨다고요."

"그래, 자네라면 그를 설득할 수 있을 거라 믿네."

"후…… 노력해 보겠습니다."

내 입장에서도 애쓰지 않을 수가 없는 것이 잘만 하면 호박이 넝쿨째 굴러오는 것이기 때문이다.

십이창법은 그들의 생각보다 더 뛰어난 무공이니까.

"그리고 태자 전하께서 안부를 전하라고 하시네."

"태자 전하께서는 안녕하십니까?"

"물론이네. 그리고 남경을 잘 치리하고 계시네."

기존에 남경을 담당하던 포정사는 다른 곳의 포정사로 갈 예정이었다.

태자가 남경에 있으면 포정사로서는 위치가 애매할 수밖에 없으니까.

하지만 이제 쉬고 싶다며 은퇴해 버리셨다.

그리고 태자가 남경의 포정사의 역할을 겸하고 있다.

"무관에 대한 건 태자 전하께서도 관여하셨던 일 아닌가? 그래서인지 관심이 크시더군."

그래서였군.

현 황제만이 아니라 차기 황제인 태자에게도 충성심을 보이기 위해 나름 머리를 쓴 것이다.

그나저나 이렇게 산동악가가 치고 나간다면 다른 무림군벌인 황보세가와 진주언가는 어찌 나오려나?

다들 황제의 총애를 받기 위해 경쟁하는 사이인데 말이지.

뭐, 그건 나중에 지켜보면 될 일이지.

"그나저나 악유 공자는 어디에 있습니까?"

"아, 죽마고우나 다름없는 친우의 아버지 생신이라서 그곳에 갔네. 그 가문이 본가의 봉신 가문이기도 해서 겸사겸사 가주님의 축하 서신을 들고 향했네."

"그렇군요."

그렇게 사흘이 지났다.

그사이 악 대인은 남경으로 복귀했고, 나는 쉬면서 악유라는 자를 기다리고 있었다.

오랜만에 생긴 여유에 나는 잠을 보충하고 서책을 읽으며 시간을 보냈다.

이게 휴가지 뭐.

그리 생각하며 책장을 넘길 때였다.

"도련님! 악유 공자가 집에 돌아왔다고 합니다요!"

"그래?"

나는 곧바로 자리에서 일어나 내게 붙은 무사에게 부탁해서 악유 공자의 집으로 향했다.

"이곳입니다."

그리고 그 무사는 큰소리로 외쳤다.

"손님 오셨습니다."

"실례하겠습니다."

그리 말하며 집 안으로 들어간 나는 눈을 깜박이며 앞을 가리켰다.

"어?"

그런 내 반응에 옆의 무사가 물었다.

"왜 그러십니까?"

"아, 그게 말입니다……."

내가 당황한 이유인 한 사내가 자리에서 일어나 나에게 다가와 물었다.

"혹시, 선협미랑이라 불리시는 은해상단의 은서호 소단주 되십니까?"

"맞습니다."

그는 나에게 포권하며 고개를 숙였다.

"여기서 이렇게 구명지은을 뵙게 될 줄은 몰랐습니다. 녹림들로부터 제 목숨을 구해 주셨다고 들었습니다. 정말 감사드립니다."

그는 내가 구해 준 쌍화현의 길지양이라는 사내다.

"아닙니다. 이렇게 건강하신 모습을 보니 다행입니다. 의식을 찾지 못하셔서 많이 걱정했습니다."

"대협께서 떠나시고 바로 다음 날 의식을 되찾았습니다. 지현 대인이 부른 의원의 말에 따르면 제 몸은 일반적인 약초 같은 것으로 회복된 게 아니라고 하더군요."

그는 조심스럽게 물었다.

"저…… 혹시 영약이라도 쓰신 겁니까?"

이에 나는 미소 지으며 대답했다.

"공자의 상태가 너무 좋지 않아서 그 방법밖에 없었습니다. 마침 제게 외상에 좋은 영약이 있었는데, 이는 분명 공자를 살리기 위해서였을 겁니다."

내 말에 그는 존경스러운 눈으로 나를 바라보았다.

음, 뭔가 상당히 민망하군.

이에 그 옆에 있던 기골이 장대한 청년이 말했다.

"처음 뵙겠습니다. 산동악가 삼십일대손 악도혜의, 둘째 아들 악유라고 합니다."

저런 소개를 몇 번 들으니 저게 산동악가의 소개법이라는 것을 알 수 있었다.

악가타는 집성촌이다 보니 몇 대손이고, 누구의 자식인지 소개를 하지 않으면 누구인지 알아차리기 어렵다.

동명이인도 많으니까.

"제 친우를 살려 주셨다기에 개인적으로 보답하려고 했습니다만, 이곳에 계실 줄은 몰랐습니다."

"황명을 받아 급하게 움직이고 있었기에 어쩔 수 없었습니다."

나는 화제를 돌렸다.

"그런데 그때 제가 구했던 길 공자가 악 공자의 친우였다니, 이래서 인연이라는 게 참 신묘한 것인가 봅니다."

이에 길지양 공자가 대답했다.

"사실 이번에 제가 구하려던 서책이 북경의 서책방에 들어왔다는 전갈을 받고 북경에 다녀오던 길이었습니다. 아버지의 생신연회에 참석해야 해서 길을 서두르다가 그만……."

"그러셨군요. 참 고생스러운 일을 겪으셨습니다."

"가문의 무인과 동행했기에 괜찮을 줄 알았습니다. 후……."

그는 한숨을 내쉬고는 내게 포권했다.

"사망한 가문의 무인의 시신까지 수습하여 구천을 떠도는 원혼이 되지 않도록 해 주신 것도 감사드릴 따름입니다."

"저 역시 상인으로서 제국 전역을 돌아다니는 처지입니다. 그런 상황에서 객사한다는 것이 얼마나 슬픈 일인지 알기에 그리했을 뿐입니다."

"이래서 세상이 대협을 선협미랑이라 부르는 모양입니다."

"과분한 이름입니다."

이제 나는 선협미랑이라는 말을 들어도 목이 막히지 않고 자연스럽게 응대할 수 있게 되었다.

– 꾸이?

그래서 좋냐고?

뭔가 할 말이 없어지게 하는구나.

옆에서 악유 공자가 말했다.

"이 친우는 제 죽마고우나 다름없는 친우입니다. 그런 친우를 살려 주셨으니 저 역시 대협께 은혜를 갚고 싶습니다."

"아닙니다. 은혜라니요. 마땅히 해야 할 일을 했을 뿐입니다."

"대협의 은혜에 보답하는 것 역시 마땅히 해야 할 일이라고 생각합니다."

사실 악유 공자를 어떻게 설득해야 하나 막막하던 참이었기에, 먼저 도울 것이 없는지 물어보는 이 상황이 참으로 기꺼웠다.

"사실, 가주님께 이야기 들었습니다. 무관의 교관으로 가는 일에 대해 회의적이시라고요."

"……."

"사실, 그 무관을 설립하고 운영하는 일을 맡은 게 접니다."

"네? 그게 정말입니까?"

나는 고개를 주억였다.

"그러나 그 무관의 관장은 황제 폐하이십니다. 그게 무엇을 의미한다고 생각하십니까?"

"……."

"그 무관은 황제 폐하와 제국을 위한 곳이라는 의미입니다. 황제 폐하에 대한 충심으로는 그 누구에게도 뒤지지 않는다는 산동악가의 자제께서 그런 무관의 교관으로 가지 않으시겠다고 하여 제 근심이 깊던 참이었습니다."

"그게, 그러니까……."

악유 공자는 난감해하며 진땀을 흘렸다.

내 말은 해석하기에 따라 불충을 저지르고 있다는 뜻으로 들릴 수도 있기 때문이다.

"그 이유가 무엇입니까? 어째서 무관의 교관으로 가는 것도 그렇고, 십이창법의 전수도 거부하고 계시는 겁니까?"

그는 한참을 고민하다가 겨우 말을 골랐다.

"사실 저는…… 제 창법으로 인해 산동악가가 더욱 뛰어난 가문이 되길 원했기 때문입니다. 하지만 그 창법이 무관의 것이 된다면…… 그럴 기회가 사라지는 것 아닙니까?"

"가주님께도 그 이유를 말씀드렸습니까?"

"말씀드렸습니다. 하지만 가주님께서는 그건 걱정하지 말고 교관으로 가라고 하셨습니다."

나는 한숨을 내쉬었다.

"불경한 말이지만, 가주님께서 설명이 부족하셨군요."

"그게 무슨 말씀이십니까?"

"십이창법을 무관에서 가르친다고 해서 그게 산동악가의 창법이 아니게 되는 것은 아니라는 뜻입니다. 관생들도 그게 산동악가의 십이창법이라는 것을 알고 배울 것이니 말입니다."

"……."

"그럼 십이창법을 배우는 관생들 사이에서 어떤 반응이 나오겠습니까? '와! 역시 산동악가의 창법이다! 대단하다!'든지, '이런 엄청난 창법을 무관의 관생들에게 공개하다니! 대인배구나!'라며 칭송하는 반응이 나오지 않겠습니까?"

"그…… 렇겠군요."

"또한, 무관을 졸업하고 시험을 통과해서 군부에 들어가는 이들이 늘어나면, 절로 산동악가의 명성이 높아질 것입니다."

나는 씩 웃었다.

"그렇다면 십이창법을 그냥 가문에 묵혀 두는 것과 십이창법을 무관의 관생들에게 공개하는 것. 둘 중에 어느 쪽이 가문의 이름을 더 높이겠습니까?"

"……후자입니다."

"맞습니다. 게다가 관생들이 배우는 무공의 창시자인 공자를 무관의 교관으로 보낸다는 것은 그 의도가 명확합니다."

"아……."

그제야 악유 공자는 알겠다는 표정이다.

"소인이 어리석었습니다. 가주님께 그런 깊은 뜻이 있는 줄도 모르고 저는 제 고집만 앞세웠습니다."

"그럼 교관으로 가는 것과 관생들에게 십이창법을 전수하는 것에 대해 허락하시는 것입니까?"

내 물음에 그는 고개를 주억였다.

"그렇습니다."

그는 고개를 돌려 길지양 공자를 일별한 후 나를 보며 말을 이었다.

"제 친우를 살려 주신 분의 말씀이기도 하고, 제가 추구하는 바에 부합하는 일인데 어찌 거부하겠습니까?"

"용단에 감사드립니다."

나는 포권하여 고개를 숙이며 말했다.

"그 결정은 무관에 큰 힘이 될 것입니다. 그리고 이에 대해 가주님께 말씀드리겠습니다."

"아닙니다."

그는 고개를 저었다.

"제가 말씀드리겠습니다. 그래야 될 듯합니다."

"그렇다면 알겠습니다."

후, 난감했던 숙제를 이렇게 해결했군.

오늘 일은 생각지도 못했는데 말이지.

왜 현로도가 내게 그 길을 안내해 줬는지 오늘에서야 그 이유를 알 수 있었다.

현로도는 사용자에게 가장 안전한 길을 안내해 준다.

그 말은 즉, 사용자에게 있어 최적의 경로를 안내해 준다는 의미이기도 했다.

이번 여정을 전체적으로 봤을 때, 최적의 경로란 악유 공자를 설득해서 최선의 결과를 얻어 돌아오는 것이다.

이곳으로 오는 도중에 녹림들을 만나 그들을 처리하고, 그들에게 희생된 자들의 시신을 수습하는 와중에 길지양 공자의 목숨을 살린 건 최종적으로 악유 공자의 마음을 돌리는 데 도움이 되었다.

만약 내가 길지양 공자의 은인이 아니었다면 악유 공자는 마음을 열고 내 말을 듣지 않았을 터.

마음을 열지 않은 자에게는 백날 말해 봤자 그 말이 가슴에 와닿지 않으니까.

현로도가 왜 황실의 보물이었는지, 그리고 황제가 그것을 아쉬워했는지 알 것 같다.

– 꾸이……?

너는 칭찬 안 해 주냐고?

금령아. 너는 기뷸이 아니잖니?

그때 옆에서 서 있던, 우리를 안내해 준 무사가 조심스레 말했다.

"악유 무사. 이제라도 손님께 차를 대접하지 않겠는가?"

"헉! 이런! 저도 모르게 결례를 범했습니다."

"괜찮습니다."

나는 손을 저었다.

"번거로우시겠지만, 지금 즉시 가주님께 말씀드려 주셨으면 합니다. 죄송하지만 제가 일이 많이 밀려 있어서 서둘러 돌아가 봐야 합니다."

"알겠습니다. 마침 오늘 가주님을 찾아뵈어야 하니, 바로 말씀드리겠습니다."

길지양 공자가 설명을 덧붙였다.

"제 아버지의 생신에 축하 서신을 보내 주신 것에 대해 감사를 표하기 위해 왔으니, 같이 갈 예정입니다."

"공자는 아직 몸을 보하셔야 할 때가 아닙니까?"

"대협께서 내주신 영약 덕분에 더할 나위 없이 건강하니 걱정하지 않으셔도 됩니다."

그렇게 악유 공자와 길지양 공자는 가주님에게로 향했고 나는 내 처소로 돌아왔다.

저녁 식사를 하고 차를 마시며 서책을 읽고 있는데, 누군가 나를 찾아왔다.

“가주님께서 찾으십니다.”

“알겠습니다.”

가주님이 나를 찾을 거라 생각해서 미리 준비하고 있었기에, 곧바로 그를 따라나섰다.

이전에 왔던 접빈실에서 잠시 기다리고 있자, 가주님께서 들어오셨다.

나는 자리에서 일어나 인사했고, 가주님은 그 인사를 받아 주었다.

“편히 앉게나.”

“감사합니다.”

“그래, 유에게 이야기 들었네. 자네가 그 녀석을 설득했다고.”

“설득이라기보다는, 있는 사실을 잘 설명한 것뿐입니다.”

자초지종을 설명하자 가주님은 멋쩍게 웃으셨다.

“내가 설명이 부족했군.”

가주님은 차를 마셨고, 말을 이었다.

“그리고 자네가 길 공자를 구해 주었다는 것도 들었네. 그런 선협을 행했으면서 그에 대해 일언반구도 하지 않은 것인가?”

“자랑하기 위해 그리한 건 아니었습니다.”

“후후후. 영경의 말대로야.”

“네?”

“아닐세. 그나저나 유는 곧바로 북경으로 가면 되는 것인가?”

"아닙니다. 곧바로 시작하는 일은 아니니 시월 정도까지 은해상단 북경지부로 와 주시면 됩니다."

"알겠네."

"그럼, 저는 내일 아침에 이곳을 떠날까 합니다."

"그렇게 빨리 말인가?"

가주님의 말에 아쉬움이 느껴졌다.

"저도 며칠 더 머물면서 태산의 정기를 느껴 보고 싶었습니다만…… 그럴 여유가 없습니다. 이번 가을에 제 혼인이 있기에 얼른 북경에서의 일을 마무리하고 호북으로 가야 합니다."

"허허, 그런 경사가 있었으면 진작 말했어야지!"

"미리 말씀드리지 못해 죄송합니다."

나는 웃으며 말을 이었다.

"그러니 일찍 이곳을 떠나게 됨을 양해해 주십시오."

.

.

.

다음 날 새벽.

우리 일행은 짐을 챙겼고, 말에 올랐다.

이렇게 새벽 일찍 길을 나서는 건, 여러모로 부담스러운 상황을 피하기 위함이다.

악유 공자나 길지양 공자와 인사를 나누게 되면 시간이 늦어질 테니…….

"다른 이들의 배웅도 없이 가시는 겁니까?"

"예, 아무래도 시간이…… 양해를 부탁드립니다."

"그럼 제가 성문 앞까지는 배웅해 드리겠습니다. 제가 그것마저 하지 않으면 나중에 가주님께 크게 질책받을 테니 부탁드립니다."

"알겠습니다. 같이 가시죠."

"네."

악진 당주 역시 말에 올라탔다.

옆에 말을 끌어다 놓고 있던 것으로 보아 미리 준비하고 계셨음이 분명했다.

그렇게 우리는 말을 달렸고, 성문을 통과했다.

어느 정도 말을 달렸을 때 내가 말했다.

"이 정도면 되었습니다."

"알겠습니다. 그럼 부디 편안한 여정이 되시길 바랍니다."

"다른 분들에게 이렇게 급하게 떠나, 죄송하다고 전해 주십시오."

그리 말한 우리는 다시 말을 달렸다.

"금령아. 주강마에게 빨리 가자고 전해 줘."

"꾸이! 꾸꾸잇!"

금령은 주강마에게 뭐라고 말했고, 주강마의 속도는 서서히 빨라졌다.

이렇게 산동에 온 김에 채석장에 들렀다 갈까 고민했지만, 이번에는 건너뛰기로 했다.

내가 채석장에 들르면 다른 곳도 들러야 하는데, 그러

지 않으면 황보세가는 물론이고 백염상단의 호경 공자도 서운해할 것이 분명했으니까.

그러니 일이 바빠서 산동악가에만 들렀다고 하면 저들도 이해하겠지.

그렇게 야숙을 해 가면서 말을 달린 우리는 어느새 태형산 자락에 이르렀다.

현로도가 알려 주는 길이 내가 알고 있는 길과 같아서 짐작은 했는데, 이미 산사태로 인해 끊어진 길은 완벽하게 복구되어 있었다.

상당히 심하게 무너진 만큼 아직 복구될 시간이 아닌데, 벌써 복구된 것을 보니 산채의 녹림들이 열심히 일해 준 듯했다.

덕분에 편하게 길을 가겠군.

그리고 길을 복구한 지 얼마 되지 않았기에 아직 산채에서는 영업을 재개하지 않은 듯했다.

하긴, 그 정도 눈치는 있으니 살아남은 거겠지.

그렇게 말을 달린 우리는 북경에 도착했다.

"오셨어요?"

나를 가장 먼저 반겨 준 사람은 서향 소저다.

"네. 다녀왔습니다."

그녀를 보니 긴장이 풀리는 것이, 집에 왔구나 싶었다.

다른 이들과 인사를 나누고 내 방으로 들어갔다.

나를 따라 들어온 서향 소저가 말했다.

“도착하자마자 이런 말씀을 드리는 것이 죄송하지만, 서둘러 의관을 정제하셔야 할 듯해요.”

“네? 어째서입니까?”

“황궁으로 가셔야 하니까요.”

“…….”

아, 하긴 내가 북경에 도착했다는 것을 알고 계시겠지.

그러면 이번 일에 대해 보고받기 위해 나를 부르시는 거겠군.

황제 폐하. 내일 부르시면 안 되는 거였습니까?

“꾸이. 꾸이.”

금령이 힘내라는 듯, 내 어깨를 앞발로 토닥여 주었다.

(은해상단 막내아들 32권에서 계속)

환상이 숨쉬는 공간 파피루스 blog.naver.com/gnpdl7
서생, 제갈현몽은 꿈을 꾸었다
무와 협이 아닌, 마법과 모험이 공존하는 신세계를!
『무림 속 마법사로 사는 법』
제갈세가 방계 중의 방계로서
표국의 문사로 일하던 제갈현몽
꿈에서 깸과 동시에 마법을 깨우치고
비범한 활약을 통해 명성을 떨치며
감당하기 힘든 별호를 얻게 되는데
"무후재림께서 오셨다! 무후재림 만세!"
"앗…… 아아……."
세상은 영웅을 원하고, 출사표는 던져졌다
고금제일의 마법사, 제갈현몽의 행보를 주목하라!
무림 속 마법사로 사는 법
김형규 신무협 장편소설